W0343807

# Highland Nights

Lara Steel

# Highland Nights

Roman

Copyright: © Lara Steel 2014

Vervielfältigung, Übersetzung und die Einspeicherung
und Verarbeitung in elektronischen Systemen
sind für Bild und Text untersagt.

Ähnlichkeiten von Romanfiguren mit realen Personen
sind rein zufällig.

@steel_lara

Kontakt: lara.steel.mail@gmail.com

ISBN-13: 978-1502454720

ISBN-10: 1502454726

# I

„Was soll das heißen, die Suspendierung wurde verlängert?“ Dexter trat mit grimmig aufeinandergepressten Lippen gegen einen imaginären Gegenstand und starrte giftig auf die Klippen. Am liebsten hätte er diesen versnobten Sesselfurzer direkt durch die Leitung gezerrt, dort hinab in die Tiefe geschleudert und genüsslich dem süßen Geräusch gelauscht, das seine Knochen machten, wenn sie zersplitterten.

*„Wie ich schon sagte, Mr. Hay, die Untersuchungskommission hält es aufgrund der Schwere Ihres Vergehens für angemessen, Sie vorerst nicht wieder in Dienst zu nehmen.“*

„Und was bedeutet das im Klartext?“

*„Das bedeutet“*, hob der bornierte Sachbearbeiter an, *„dass die CIA gottfroh sein kann, dass ein beschissener Irrer wie Sie die Staaten verlassen hat, und nun vorerst in Schottland sein Unwesen treibt.“*

Dexters Brauen zogen sich zornig zusammen und instinktiv ging seine rechte Hand zu der Stelle am Hosenbund, wo er sonst seine Waffe trug. Aber die hatte er ja zusammen mit seiner Marke abgeben müssen.

„Wenn ich dich erwische, mach ich dich fertig, Arschloch!“, rief er ins Telefon und schleuderte es mit einem wütenden Brüllen ins tosende Meer.

Leider minderte das seinen Zorn nicht im Geringsten.

Hatte einer dieser Idioten in diesem Ausschluss jemals in den Lauf einer großkalibrigen SIG Sauer geblickt?

Hatte einer von ihnen schon einmal einen Tag mit dem Gedanken begangen, dass die Chancen gut standen, draufzugehen?

Ehrenvoll, natürlich. Und für sein Land.

Aber was nützte einem das schon, wenn man Blut spuckte und Sekunden später zusammenbrach?

Er hatte unzählige Männer sterben sehen. Nicht wenige davon hatte er selbst getötet, um sein Land zu schützen.

Und nun sollte er suspendiert werden wegen eines … *Dienstvergehens*?

Er fuhr herum und ging durchs hohe Weidegras auf den schmalen Pfad, der zurück zu Lochrick Castle führte. Jetzt würde er eben noch länger auf der Skye bleiben und seine wertlose Zeit damit totschlagen, seinem Vater bei der Führung dieses todlangweiligen Hotels zu helfen.

Mit einem Schnauben trat er gegen lose Kieselsteine, die lautstark durch die Luft spritzten.

Sein Leben war die verdammte, scheiß Hölle!

„Ich brauche ein neues Handy", murrte er, als er im Burghof auf seinen Vater traf, der gerade zwei Blumenkübel auf seinen Armen jonglierte und dabei leicht überfordert wirkte.

„Warum denn?" Angus Hay war ein durchschnittlich großer Mann Mitte Sechzig, der sein feuerrotes Haar und die dunkelgrauen Augen an seinen Sohn vererbt hatte, zu dem er nun fragend aufblickte. Wie fast alle Menschen war er deutlich kleiner als Dexter und wirkte stets leicht eingeschüchtert, wenn er mit ihm sprach.

„Ich bleibe noch etwas länger", gab Dexter zur Antwort, was seinem Vater ein verstehendes Nicken entlockte.

„Okay, dann kann ich mir in etwa vorstellen, was mit dem Telefon passiert ist." Als sein Sohn ohne ein weiteres Wort fortmarschierte, rief er ihm hinterher: „wo willst du denn hin?"

Seine Antwort war zu leise, als dass sein Vater sie hören konnte.

Er sagte: „Ich muss, verdammt nochmal, auf irgendetwas einschlagen, bis mir die Fingerknöchel bluten."

*

Bree Kennedy stand auf der Bühne und maß sie mit Schritten aus. Das tat sie immer, wenn sie auf einer neuen Bühne tanzen sollte. Es gab ihr Sicherheit und half, sich zu orientieren.

„Kannst du den Spot soweit es geht dimmen?“, rief sie hinauf zu Chester, der wie immer für Technik und Beleuchtung zuständig war.

Als der grellweiße Lichtkegel sie erfasste, kniff sie die Augen zusammen.

„Mehr geht nicht, Bree. Tut mir leid.“

Sie nickte. „Schon okay.“

Unsicher warf sie einen Blick zu dem Sicherheitsmann am hinteren Bühnenaufgang, der sie ständig beobachtete und wirklich nie aus den Augen ließ. Es machte sie nervös ihn ständig um sich zu haben und erinnerte sie permanent daran, warum sie in der verdammten Einöde proben musste und das – zumindest vorerst – sogar allein.

Irischer Tanz war zwar auch eine Einzelleistung, aber sein richtiges Feuer und seine Ausstrahlung erreichte er meist nur, wenn sich viele Tänzer zu den leidenschaftlichen, irischen Rhythmen im Takt bewegten und vor allem, wenn sie auch im Takt steppten. Für ihre selbst erarbeitete Show, hatte sie den klassischen irischen Tanz abgewandelt mit den Elementen aus ihrer schottischen Heimat ergänzt und auch einige klassische Ballett-Reprisen eingearbeitet. Man konnte mit Fug und Recht behaupten, dass das Publikum die Shows liebte.

Bree dehnte sich, beugte sich hinab zu ihren Beinen, während sie ihre schlanken Waden umfasst hielt, bis ihre Nasenspitze die Beine berührte und dieses Ziehen im Rücken kurz davor war wirklich schmerzhaft zu werden.

Nach einigen weiteren Übungen schüttelte sie ihre Arme und Beine aus und nickte.

„Okay, Chester. Versuchen wir's mal. Schalt die Musik an!"

Wie immer halfen ihr die vertrauten Klänge der Geigen und Trommeln, der zarte Singsang der Melodie, die ihr so vertraut war, sich ein wenig zu entspannen. Heute ging es nicht darum besonders gut zu tanzen, besonders hoch zu springen oder schnell zu steppen. Es ging vor allem darum, sich mit dem neuen Ort vertraut zu machen und sich einzureden, dass sie hier vor all den schrecklichen Dingen, die sie erst hierher gebracht hatten, sicher war.

Leider gelang ihr das nur mäßig. Ihre Sprünge waren schlecht platziert, wackelig und nicht hoch genug, die Streckung praktisch nicht vorhanden und ihre Haltung saumäßig. Ihre Beine fühlten sich an wie Blei und ihr Takt …; sie musste aussehen wie ein Trampeltier, das sich einen Splitter eingetreten hatte.

Dass sie unkonzentriert war, wusste sie. Aber dass sie so unkonzentriert war, dass sie den Rand der Bühne falsch einschätzte und ihn in ihrem grellen Spotlight nicht kommen sah, begriff sie erst, als ihr Fuß eine Kante erwischte und sie sich trotz aller Wendigkeit nicht mehr auszubalancieren vermochte.

Sie riss die Arme in die Höhe und konnte doch nicht verhindern, dass sie schreiend von der Bühne fiel.

*

Dexters Zorn war durch das Boxtraining nicht einmal ansatzweise verraucht und der Anblick dieser kleinen, lächerlichen, blondgelockten Hupfdohle auf der Bühne des burgeigenen Konzertsaales hatte ihn aus irrationalen Gründen noch wütender gemacht. Warum hatte ihm sein

Vater nichts von dem Mädchen erzählt, das hier Primaballerina spielte?

Und dieses Gedudel!

Gott, wie konnte man sich dieses Saitengeschabe nur den ganzen Tag anhören ohne den Verstand zu verlieren?

Kopfschüttelnd ging er unter der Bühne vorbei, als das Mädchen plötzlich über ihm aufschrie.

Sein antrainierter Schutzinstinkt wollte ihn hinaufspringen lassen. Doch das war gar nicht nötig. Denn sie kam herunter.

Gefallen.

Schreiend natürlich.

Und landete direkt in seinen Armen.

„Holla!“, rief er, um sie noch ein bisschen mehr zu erschrecken, während sie sich wild mit den Armen rudernd in seinem Griff wand, wie ein Aal. „Das kann ungesund werden, Mädchen.“

Wobei das Wort *Mädchen* bei näherem Hinsehen und bei dem, was seine Handflächen da ertasteten, nicht wirklich zutreffend war. Die kleine Hupfdohle war schon eine Frau. Wenn auch eine zierliche und ungewöhnlich kleine Frau, mit weißblonden Locken und fast schwarzen Augen. Und einem fragwürdigen Modegeschmack, denn die obligatorischen Ballerina-Stulpen trug sie in unterschiedlichen Farben.

„Lassen Sie mich bitte … runter.“

Sie verbog sich so heldenhaft in seinem Griff, dass er sie schließlich abstellte. Beinah belustigt blickte er auf sie hinab. Sie reichte ihm kaum bis zur Brust und blickte halb verwirrt, halb wütend zu ihm empor.

„Ich habe die Kante übersehen“, erklärte sie und strich sich das eng anliegende Trainingsshirt glatt. „Tut mir leid. Beziehungsweise: vielen Dank.“

Sie lächelte etwas unsicher. Dexter wunderte sich beinah.

Wer ihm in die Augen blickte, wurde in der Regel von einer tiefen Unsicherheit befallen, die meist augenblicklich in Angst umschlug.

Nicht so dieses Mädchen.

„Darf ich?", fragte sie, hielt sich an seinem Unterarm fest und zog an ihrem Ballettschuh, der sich offenbar irgendwie verschoben hatte. Sie sprach mit dem rauen Singsang der Lowlands. Dexter mochte wetten, dass sie aus Glasgow stammte.

Plötzlich spürte er einen Blick im Rücken, der ihn herumfahren ließ. Ein dunkel gekleideter Kerl mit einer Kanone in der Hand fixierte ihn eisig.

„Hände weg von ihr!", rief er Dexter zu und nahm ihn ins Fadenkreuz. „Sind Sie in Ordnung, Miss?"

„Was?" Sie richtete suchend den Blick in die Richtung, aus der die Stimme kam. „Alles bestens. Dieser Gentleman hier hatte die Güte unter mir zu stehen, als ich den sterbenden Schwan gemacht habe."

Sie entblößte eine Reihe kleiner, weißer Zähne, als sie Dexter anlächelte.

Er war verwirrt. Schließlich war der Zeitpunkt doch eigentlich schon lange gekommen, wo sie hätte zitternd vor ihm weglaufen müssen. War ihm etwa sein tödlich eisiger Blick abhandengekommen?

„Könnte ich womöglich meinen Arm wieder haben?" Er entwand sich ihrem Griff und sah, dass sie auch ohne seine Hilfe problemlos auf einem Bein stehen konnte.

„Natürlich. Vielen Dank. - Chester?"

Als wäre er irgendein x-beliebiger Kerl, blickte sie an ihm vorbei zum Scheinwerfer. „Wir machen die letzten Takte nochmal."

„Bist du sicher?"

„Da ich während der Show nicht von der Bühne fallen sollte, bin ich sicher. Es sei denn dieser Gentleman hat vor mich jedes Mal aufzufangen." Sie lachte und streckte die Arme zu ihm empor wie ein kleines Kind, das auf den Arm wollte. „Könnten Sie mich wieder auf die Bühne heben, bitte?"

Er schnaubte ungläubig. „Warum sollte ich?"

„Weil sie mir damit einen Gefallen tun würden."

„Danke", erklärte er kaltschnäuzig. „Kein Interesse."

Bree zog die Stirn kraus, gab dann aber ein gleichgültiges Achselzucken von sich. „Na, dann."

Sie trat einen Schritt zurück und sprang fast aus dem Stand auf die Bühne. Es sah ein bisschen aus, wie eine Ballettfigur. Aber was immer es auch war, es war verflucht effizient. Sie trat wieder in den Spot.

„Okay, Chester. Ab dem 24. Takt nochmal."

Die Musik setzte ein und die Ballerina stellte sich wieder auf. Dabei würdigte sie Dexter keines weiteren Blickes, was ihn weniger wütend, als vielmehr ehrlich verblüfft weitergehen ließ.

Leicht einzuschüchtern war die Kleine ganz offenbar nicht.

„Dexter!" Sein Vater eilte ihm entgegen. „Gut, dass ich dich sehe. Hast du zwei Stunden Zeit?"

„Sag mir erst, wer das Mädchen ist, das da auf der Bühne rum hopst."

Sein Vater nahm einen eigenartigen Gesichtsausdruck an. Dann sagte er. „Das kann ich nicht."

„Wie bitte?"

„Es ist geheim."

„*Geheim?* Ich bin dein Sohn."

Angus hob hilflos die Arme. „Ich musste es unterschreiben. Niemand darf ihren Namen wissen."

Nun wurde er tatsächlich ein wenig neugierig. „Sie hat einen Sicherheitsmann."

Nickend verschränkte Angus die Arme vor der Brust. „Das hat sie."

„Warum?"

„Das darf ich auch nicht sagen."

„Das ist doch bescheuert!"

„Dex, bitte! Du weißt, wie es dem Hotel geht. Dieses Mädchen, wie du es nennst, zahlt mir ein beachtliches Sümmchen dafür, dass sie hier proben darf und in Ruhe gelassen wird. Bitte belass es dabei." Er schüttelte den Kopf. „Bitte, Dexter."

Dieser zögerte kurz, nickte aber dann. „Ich werde es rauskriegen", drohte er.

„Mach das. Aber vorher …" Er nahm ihn am Arm und zog ihn vom Hoteleingang weg. „Ich habe da diese Rothaarige."

„Wie schön für dich."

„Nein!" Angus winkte ärgerlich ab. „Nicht so! Ich meine, diese Rothaarige, die hier Gast ist. Du weißt doch … diese Frau von dem Börsenheini."

Dexter erinnerte sich nur zu gut an die vollbusige Mitte Zwanzig, die ihm diesen verheißungsvollen Blick zugeworfen hatte, als sie mit ihrem etwa fünfzig Jahre älteren Mann angereist war. „Ja, ich weiß, welche du meinst."

„Sie hat mich gefragt, ob du mit ihr einen Tandemflug machen würdest."

„Einen Tandemflug?"

„Ja. Sie meinte, sie würde sich immer schon fürs Gleitschirmfliegen interessieren."

Dexter lachte. „Die will nicht fliegen, die will flachgelegt werden. Und zwar von jemandem, bei dem noch nicht der Putz abbröckelt."

„Dexter!" Sein Vater blickte mit einem tadelnden Blick zu ihm empor, dann sackten seine Schultern herab und er nickte. „Ja, kann schon sein. Also soll ich ihr absagen?"

Er rief sich noch einmal ihr Bild ins Gedächtnis und erinnerte sich daran, dass er beim Training noch lange nicht allen Dampf abgelassen hatte.

„Nein", erklärte er mit einem eisigen Lächeln. „Schick sie raus."

*

„Ist dir auch wirklich nichts passiert, Bree?" Chester hielt ihr nach dem Training eine Flasche Wasser hin und sie ergriff sie noch immer schwer atmend.

Das Training war ihr heute so verdammt hart vorgekommen, dass sie die Flasche fast in einem Zug leerte. Dann wischte sie sich mit dem Handtuch über die Stirn.

„Nein, alles bestens. Ich hatte nur die Größe der neuen Bühne falsch eingeschätzt. Wer hat mich da eigentlich aufgefangen?"

„Das war Dexter Hay. Er ist der Sohn des Hotelbesitzers. Ein komischer Kerl. Du solltest dich von ihm fernhalten."

„Wenn ich das getan hätte, hätte ich mir vermutlich irgendetwas gebrochen."

„Du weißt genau, wie ich es meine. Er sieht aus wie der Teufel."

„Du meinst er hat Hörner und einen Pferdefuß?"

„Bree!"

„Ja, ja. Schon gut. Ich verstehe schon." Sie gab Chester die Flasche zurück. „Steht der Sicherheitsmann noch immer da hinten?" Sie nickte sich unauffällig über die Schulter.

„Er lässt dich keine Sekunde aus den Augen."

Seufzend peilte sie den Bühnenaufgang an. „Wenn ich dusche, bleibt er aber draußen. Dass das klar ist!"

*

„Und du bist dann also hinter mir?“ Die Rothaarige, deren Name es wie so viele bedeutungslose Dinge nicht in Dexters Langzeitgedächtnis geschafft hatte, beugte sich aufreizend nach vorne und stellte sicher, dass ihm die perfekte Rundung ihres Hinterns auffiel.

„So sieht’s aus“, gab er zurück und holte den Schirm aus dem Wagen, den er am Rand der verlassenen Abflugschanze am Berg geparkt hatte.

Die Möwen sangen ein unmelodisches Lied, die Gischt trieb den salzigen Geruch des Meeres zu ihnen empor und im fahlen Licht, das auf der Skye wohl einzigartig war, fast goldbraun wie eine Mischung aus Whisky und Torf, wogten die Gräser der sanften Hügel.

Die Rothaarige bildete einen grotesken Kontrast. Ihre Beine steckten in einer hautengen Jeans und waren sicher lang genug, um dem Großteil der männlichen Bevölkerung ins Auge zu fallen. Mindestens genauso auffällig waren die künstlichen Rundungen ihrer Brust und ihrer Lippen. Trotzdem war sie scharf. Irgendwie.

Seufzend stellte Dexter den Schirm ab.

„Du bist sicher, dass du Gleitschirmfliegen willst?“, fragte er und betrachtete diesen Satz als das Maximum an Vorspiel, das er ihr zu verschaffen bereit war.

Sie lächelte und leckte sich die Lippen. „Wir können den Flug auch verschieben“, gab sie zurück und öffnete wie aus Versehen den obersten Knopf ihrer Bluse.

Dexter war stinksauer und hatte kein Interesse an Geplänkel. Dass sie ihn trotzdem irgendwie scharf machte, befeuerte seine Wut noch.

„Wenn du willst, dass ich dich ficke“, sagte er und genoss es, wie sie schockiert die Augen aufriss, „dann mach die Jeans auf und leg die Hände auf die Motorhaube. Den Rest erledige ich.“

Sie schien so fassungslos, dass Dexter sich fragte, ob sie sich die Kleider vom Leib reißen oder schreiend davonlaufen würde. Beides wäre ihm irgendwie recht gewesen.

Dann kehrte dieses lüsterne, fast dreckige Grinsen auf ihr Gesicht zurück. Langsam drehte sie Dexter den Rücken zu, öffnete die Knöpfe ihrer Jeans und zog sie sich aus. In dem feuerroten Tanga, den sie trug spreizte sie die Beine und beugte sich über die Motorhaube.

„Fick mich endlich“, verlangte sie und Dexter war einen Moment sogar verblüfft. Aber vermutlich wurde man so, wenn man mit einer Mumie verheiratet war.

Er zog seinen Reißverschluss auf und verschaffte seiner Erektion Platz, die wild zuckte, als er der Rothaarigen den Tanga auszog, die Hand auf den Rücken legte und sie so bis hinab auf die Motorhaube drückte.

Die Verwirrung darüber, dass er sowohl Lust als auch Wut empfand, schob er in den Hintergrund. Er fasste nach ihren Hüften und drang so hart in sie ein, dass sie halb überrascht, halb vor Schmerz aufschrie.

Unwillkürlich schloss er die Augen. Er wollte sie nicht sehen. Er wollte sie einfach nur ficken. Und das tat er.

## II

Als Dexter am nächsten Morgen von einem Gleitschirmflug zurückkam, war er relativ guter Dinge.

Zumindest wenn er nicht an diesen Ausreißer mit der Rothaarigen zurückdachte. Das Gefühl, nachdem er sie flachgelegt hatte, war ein bisschen, wie der fade Geschmack, den man nach Fastfood im Mund hatte. Also nichts, was man wirklich brauchte.

Aus dem Konzertsaal drang schon wieder dieses Geigengedudel und als hätte er einen tief verankerten Hang zu Masochismus ging Dexter zuerst dorthin.

Schon bevor er den Saal betrat, hörte er, dass die Musik diesmal ein wenig anders war. Sie war rhythmischer, lauter, härter und ein ebenfalls rhythmisches Trommeln begleitete sie.

Als er die kleine Tänzerin erblickte, war er ehrlich verblüfft.

Die verspielte Ballerina-Kleidung hatte sie gegen ein schwarzes, kurzes Kleid ausgetauscht. Die Locken hielt sie im Nacken zu einem Pferdeschwanz gefasst und ihr Tanz kam ihm auf einmal viel härter vor. Auf den zweiten Blick erkannte er den Grund dafür.

So etwas hatte er schon einmal im Fernsehen gesehen. Es war dieser irische Stepptanz mit der streng aufgerichteten Körperhaltung und den schnellen Bewegungen und Sprüngen.

Die Kleine fegte über die Bühne, schlug ihre Beine in einem so energischen, schnellen Takt gegeneinander und auf den Boden, dass er dem Geräusch kaum mit Blicken folgen konnte. In einer Sequenz sprang sie in die Höhe und machte auf dem Scheitelpunkt ihres Sprungs einen

Spagat. Beachtlich, denn sie war mindestens einen Meter fünfzig hoch in der Luft. Dabei war sie selbst kaum größer.

Dexter beschloss sich eine Minute zu nehmen und setzte sich in die hinterste Reihe der Zuschauerränge, wo er von niemandem bemerkt werden konnte.

Die Kleine war wirklich fit und dabei biegsam wie eine Sprungfeder. Kein Wunder, dass sie sich in seinem Griff so hatte winden können.

Noch einmal flog sie über die Bühne, stemmte dabei die Hände in die Hüften und schlug ein Rad, bei dem ihre Hände den Boden nicht berührten, landete sicher und steppte weiter, während der Rhythmus anzog.

Erst jetzt bemerkte Dexter die Mikrofone, die am mittleren, vorderen Bühnenrand angebracht waren und offenbar das Geräusch ihrer Steppschritte verstärken sollte, die perfekt zur anschwellenden Melodie passten.

Es war fast ein bisschen beeindruckend.

Oder vielmehr wäre es das gewesen, wenn sie sich nicht zeitgleich mit dem Schlussakkord versprungen hätte und hingefallen wäre.

Sie hielt sich den Knöchel und winkte hoch zum Technikraum.

„Chester!“ Sie begann ihre Schnürsenkel zu lösen. Als sie keine Antwort bekam, blickte sie nochmal hinauf. Ihr Gesicht war ehrlich schmerzverzerrt. „Chester! Komm doch bitte mal runter. Ich hab mir den Knöchel verstaucht.“

Zu Dexters ehrlicher Verwunderung schob sie dieser Feststellung ein paar deftige, gälische Flüche hinterher.

Nur noch wenige Leute sprachen gälisch. Und wenn man bedachte, wie blutjung sie war, war es besonders ungewöhnlich. Apropos blutjung.

Wie alt konnte sie sein? 16? 18? 22?

Ihrem Äußeren nach zu urteilen wäre alles in dieser Region möglich gewesen.

„Chester, nun komm schon! Ich glaube, ich kann nicht gut aufstehen.“

Nun drehte sich sogar Dexter im Sitz und blickte nach oben.

Wo steckte dieser Idiot nur?

Das Mädel mochte eine nervende Hupfdohle sein, aber das war kein Grund, dass sie verletzt von der Bühne kriechen musste.

Ein Gedanke, der ihn ehrlich wunderte. Sonst hatte er nämlich gar nichts gegen kriechende Frauen.

Als dieser Techniktyp noch immer nicht in Sicht war, erhob er sich.

Die kleine Tänzerin richtete sich auf und blickte ins Dunkel des Saales, aus dem sie Dexters Schritte hörte.

„Wer ist da?“, fragte sie. Sie klang dabei so aufgeregt, fast ängstlich, dass er kurz stockte.

„Wer ist denn da?“, fragte sie noch einmal.

„Ich bin es“, gab er zurück, plötzlich von dem irrationalen Wunsch beseelt sie zu beruhigen.

Merklich sackten ihre Schultern herab. „Okay, Gott sei Dank.“

Er zog die Stirn kraus. Ein Satz, den er nur äußerst selten hörte, wenn er irgendwo aufkreuzte. Außerdem war er verwundert, dass sie ihn an den drei kurzen Worten erkannt hatte, wo der Publikumsbereich doch stockdunkel war.

Mit zwei großen Schritten nahm er den Bühnenaufgang und kam zu ihr. Erst jetzt sah er, dass ihre blasse Haut von einer glänzenden Schweißschicht überzogen und ihr Kleid so nass war, dass man es hätte auswringen können. Sie pumpte heftig und die Muskeln an ihren Oberschenkeln zitterten.

„Hartes Training gehabt?“, fragte er und ging vor ihr in die Hocke.

„Ich hab mir den Knöchel irgendwie verdreht.“ Ihre Hände zitterten und so schaffte sie es, die Schnürsenkel noch fester zu verknoten anstatt sie zu öffnen.

„Verdammte Schuhe. Wir schneiden die Bänder ab!“

„Warte mal, Mädchen.“ Er schob ihre Hände fort. Dann setzte er sich vor ihr im Schneidersitz hin, nahm ihren Fuß und legte ihn so auf seinen Beinen ab, dass er die Bänder gut sehen konnte. Sie wurde still und ließ ihn gewähren. Und tatsächlich schaffte er es und öffnete das Schnürband. Vorsichtig zog er ihr den Schuh aus und sog hörbar die Luft ein.

„Grundgütiger“, brachte er hervor, so dass sie sich schnell aufsetzte.

„So schlimm?“, fragte sie, doch Dexter hatte sich gar nicht ihren Knöchel angesehen, sondern ihre Zehen und Ballen.

Sie waren blutig und wundgescheuert, obwohl sie getapet waren. Ihr ganzer Fuß, sowohl seitlich, wie auch an der Ferse und vor allem an den Zehen war von Narben übersäht.

„Deine Zehen sind ja wund bis auf die Knochen.“

Sie verzog zweiflerisch ihr schlankes Puppengesicht und bewegte ihre Zehen in Dexters Hand. Dann schüttelte sie den Kopf. „Nein, das ist in Ordnung. Die haben schon viel schlimmer ausgesehen.“

„Soll das ein Witz sein? Ich habe Männer sich wegen geringerer Verletzungen in Afghanistan ergeben sehen.“

Sie lachte kurz auf und erstaunte Dexter mit dem glockenklaren Klang ihrer Stimme. „Ich mache mir eher um den Knöchel Sorgen.“

Dexter umfasste ihr Fußgelenk und betastete es, drehte es vorsichtig und schüttelte den Kopf.

„Da ist alles in Ordnung."

Sie zog die Stirn kraus. „Sind Sie etwa Arzt?"

„Eher das Gegenteil."

„Wie bitte?"

„Ach, nichts. Ich habe einen Sanitätskurs gemacht vor einiger Zeit. Dein Gelenk ist in Ordnung."

Sie lächelte ihn an und fixierte sein Gesicht auf eine Art, die so prüfend war, dass er sich dabei fast unwohl fühlte. „Na dann, vielen Dank, ... Dexter Hay."

„Oh, du kennst meinen Namen?"

„Mein Techniker meinte, ich solle mich fernhalten." Sie beugte sich verschwörerisch nach vorne und flüsterte. „Er meinte, Sie wären der Teufel."

„Oh, und dabei feile ich meine Hörner regelmäßig."

War das ein Witz? Hatte er sich gerade in das Sperrgebiet vorgewagt, das andere *Humor* nannten?

Es musste wohl so sein, denn sie lachte. Und das gefiel ihm sogar.

„Und wo ist der Gentleman, der so überaus freundlich von mir spricht?"

Der dringende Wunsch dem Kerl aufs Maul zu hauen keimte in ihm und beruhigte ihn dahingehend, dass er trotz aufwallenden Humors noch der Alte war.

„Gute Frage. – Oh, ich höre Schritte." Die kleine Tänzerin zeigte hinter sich, ohne sich umzudrehen. „Das wird er wohl sein."

Dexter hob den Blick und wartete wenige Sekunden. Doch wer hinter dem Vorhang hervor trat, war nicht der Techniker, sondern der Sicherheitsmann vom Vortag.

„Hier ist alles in Ordnung", rief er ihm zu, um zu verhindern gleich wieder mit gezogener Waffe angesprochen zu werden.

Doch der Sicherheitsmann sprach ihn nicht an.

Er fixierte ihn für einen langen Moment und sackte dann leblos in sich zusammen.

„Was war das?“ Das Mädchen wollte sich umdrehen, doch just in dem Moment zersprang eine Glühbirne hinter ihr.

„Ein Schuss!“ Dexter schlang seinen Arm um ihre Taille und hob sie auf die Beine, als würde sie nichts wiegen, klemmte sie sich regelrecht unter den Arm, während er zu dem Sicherheitsmann lief und dessen Waffe aus dem Holster zog. Wieder schlug ein Schuss neben ihnen ein. Dexter feuerte zwei Schüsse in die Richtung ab, wo er den Schützen vermutete, und verschwand dann hinter die Bühne.

Die Tänzerin war so regungslos, dass er befürchtete, dass sie getroffen war. Schnell riss er die Garderobentür auf, versperrte sie hinter sich und ließ sie auf die schmucklose Couch gleiten, die an der Wand stand.

Mit einem prüfenden Blick stellte er fest, dass sie unverletzt war. Sie starrte vor sich hin, regelrecht durch ihn hindurch.

Ein Schock.

„Bist du okay?“

Sie schüttelte den Kopf.

„Kann ich dich hier kurz alleine lassen?“

„Nein!“ Ihre Hände schnellten vor und umfassten seinen Unterarm. „Ich kann nicht allein bleiben. Ich … , ich kann nicht.“

Dexter ging vor ihr in die Hocke und umfasste ihre Schultern. Als er ihr Gesicht durchforstete, sah er darin Angst, Panik und Verzweiflung. Aber etwas darin zeichnete sich nicht ab: Überraschung.

„Hast du mit so etwas gerechnet?“

Sie zögerte einen Moment. Dann nickte sie.

„Ist deswegen der Wachmann bei dir gewesen?“

Sie nickte noch einmal. „Er ist meinetwegen tot."

„Er ist tot, weil er seinen Job nicht richtig gemacht hat", erklärte Dexter eisig. „Sag mir, wie du heißt."

„Ich heiße Bree."

Er starrte in ihre tiefschwarzen Augen. „Bree und weiter?"

„Bree …, Bree Kennedy."

„Okay, Bree Kennedy. Dann hör mir mal gut zu. Dieser Raum ist sicher. Und das ist er, weil eine Tür und ich zwischen dir und dem Kerl mit der Waffe sind. Verstehst du das?"

Sie nickte gefasst.

„Hast du ein Telefon?"

„Auf dem kleinen Tischchen neben der Couch."

Dexter nahm das Telefon und setzte sich neben sie, so dass er auf die Tür und alle, die auf die dumme Idee kamen, sie öffnen zu wollen, schießen konnte.

„Dad", sagte er ins Telefon. „Auf die kleine Ballerina ist gerade geschossen worden. Der Bodyguard ist schwer verletzt oder tot. Der Techniker antwortet auch nicht. Ruf Scotland Yard und sorg dafür, dass keiner das Gelände verlässt. – Ich *scheiß* auf deine Gäste! Hier läuft ein Mörder frei rum!"

Er feuerte das Handy zurück auf den Tisch und legte die Hand mit der Waffe auf den Oberschenkel.

„Sie kommen gleich", sagte er zu Bree, die noch immer in die Leere starrte und schweigend nickte.

*

Dexter, die kleine Tänzerin und zwei Männer von Scotland Yard saßen in Angus' Büro und bekamen gerade die Nachricht, dass Chester in seinem Technikraum niedergeschlagen worden war.

Die Ambulanz brachte ihn sofort ins Krankenhaus.

„Wir haben einige Fragen an Sie, Mr. Hay.“ Der ältere Inspector sah Dexter mit einem Blick an, der vielleicht Normalsterbliche einschüchterte, bei Dexter aber nicht einmal ein Zucken im Augenlid verursachen konnte.

„Zuerst möchte ich wissen, was hier gespielt wird.“ Er blickte Bree an, die sofort zu Boden sah.

„Darüber können wir nicht mit Ihnen sprechen, so leid es uns tut“, erklärte der Inspector.

„Einen *Dreck* tut es. – Bree!“ Er blickte sie fest an und wartete, bis sie aufsah. „Was ist hier los?“

„Sie brauchen mit ihm nicht darüber reden, Miss Kennedy“, ging der Polizist dazwischen.

„Nein, schon gut. Er … hat mich gerettet.“ Sie verschränkte ihre Hände ineinander und sammelte sich sichtlich. „Vor drei Wochen wurde ich bedroht“, sagte sie leise. „Zuerst war es nur etwas wirre Fanpost, dann wurde sie konkreter, drohte mir mit Tod. Mit … Vergewaltigung.“

Sie schluckte kurz und kniff die Augen zusammen.

„Ich dachte erst, es wäre nur hohles Geschreibsel. Doch dann wurde in meine Haus in Edinburgh eingebrochen. Er hat meine Unterwäsche gestohlen und auf meinem Bett …“ Sie brach ab, so dass der Inspector einsprang.

„Onaniert“, sagte er. „Offenbar mehrmals. Er hat außerdem einige Rosen hinterlassen und einen Brief, dass er sie lehren würde ihn zu lieben und dass sie bis weit über die Ewigkeit hinaus glücklich vereint sein würden und ähnliches wirres Zeug.“

„Wenn er onaniert hat, haben Sie doch DNA.“

Bree blickte auf, halb überrascht, halb erleichtert, dass er diese peinlichen Dinge so rational betrachtete.

„Ja, doch bisher keinen Treffer. Weder im direkten Umfeld von Miss Kennedy noch in den internationalen Karteien."

„Danach habe ich mir einen Sicherheitsmann geholt", fuhr Bree fort. „Er starb eine Woche später bei einem Autounfall. Dann noch einen."

„Lass mich raten. Er ist auch tot."

„Vergiftet." Sie atmete zittrig ein. „Dieser arme Mann ist der dritte, den ich auf dem Gewissen habe."

„Sie haben niemanden auf dem Gewissen, Miss Kennedy." Der Inspector legte ihr in einer Geste, die väterlich wirken sollte, so aber eindeutig nicht gemeint war, die Hand auf die Schulter. „Sie brauchen jemanden, der sie beschützt."

Energisch schüttelte sie den Kopf. „Ich werde niemanden mehr sterben lassen", erklärte sie vehement.

„Miss Kennedy, das ist Selbstmord."

„Selbstmord ist besser als Mord. Denn das ist es, wenn ich diese Männer für mich arbeiten lasse."

„Dann muss ich Sie in Schutzhaft nehmen."

„Das müssen Sie nicht. Und das *werden* Sie nicht. Ich habe eine Show in drei Wochen. Und ich werde solange hier proben, bis ich hier entweder rausfliege oder in einem Leichensack abtransportiert werde." Sie zog grimmig die Stirn zusammen und schien offenbar eine Portion Mut in sich zu haben, die den meisten Männern fehlte.

„Ich beschütze sie", erklärte Dexter, noch ehe er den Gedanken zu Ende gedacht hatte.

Sowohl die Polizisten, als auch Bree blickten ihn überrascht an.

„Sind Sie denn … Bodyguard?", fragte Bree.

Der jüngere Polizist lachte abfällig. „Eher das Gegenteil."

Er hatte sich offenbar über Dexter informiert und es passte ihm gar nicht, dass Bree sich dem Inspector mit einem fragenden Blick zuwandte. „Wie meinen Sie das?“

„Mr. Hay ist bei der CIA. Oder zumindest war er das.“

„Pass auf, was du sagst, Freundchen!“ Dexter warf dem jungen Inspector einen vernichtenden Blick zu, während Bree wiederum ihn ansah.

„Sie waren bei der CIA? Was haben sie dort gemacht? Was meint er, mit *eher das Gegenteil*?“

„Ich habe in mehreren Einheiten gearbeitet. Zwei Jahre war ich beim Secret Service und dabei direkt im Weißen Haus zum Schutz des Präsidenten abgestellt. Danach bin ich zur CIA gegangen.“

Bree schwieg. Vielleicht war er der Teufel, wie Chester es sagte. Und ganz offensichtlich war auch, dass er ihr etwas vorenthielt. Aber wer den Präsidenten beschützen konnte und keine Skrupel hatte abzudrücken, der würde vielleicht länger leben, als die anderen drei Männer. Trotzdem …

„Wie ich schon sagte“, beharrte sie, „ich möchte keinen weiteren Bodyguard.“

Dexter verschränkte die Arme vor der Brust. „Wenn Sie ablehnen, sorge ich dafür, dass Sie mein Vater aus dem Hotel wirft.“ Er gab ein arrogantes Schulterzucken von sich. „Es ist Ihre Entscheidung.“

Bree zog zornig die Stirn kraus und presste die Lippen aufeinander. Dann atmete sie tief ein und zwang ein Lächeln in ihr Gesicht. „Na dann. Herzlichen Glückwunsch zum neuen Job.“

Um den Pakt zu besiegeln, streckte er ihr die Hand entgegen. „Abgemacht.“

Sie lächelte noch einmal und nickte, ergriff jedoch seine Hand nicht.

„Abgemacht“, sagte sie und drehte sich den Polizisten zu. „Gentleman, vielen Dank.“ Mit diesen Worten verließ sie den Raum.

Dexter blieb regungslos stehen und starrte auf seine

Hand, die er noch immer ausgestreckt hielt.

Sie hatte seine Hand nicht ignoriert. Das wäre ihm aufgefallen. Nein, sie hatte sie schlichtweg … nicht gesehen.

Hinter ihm lachte der ältere Polizist und stieß den jüngeren mit dem Ellbogen an.

„Es fällt ihm erst jetzt auf", sagte er dabei und der jüngere nickte.

„Unglaublich, wie sie das verbergen kann. Man merkt es kaum. - Mr. Hay." Sie zogen den Hut und verließen das Büro.

Dexter ließ sich auf den Schreibtisch seines Vaters nieder und atmete tief durch. Er hatte noch keine Ahnung, was genau das für ihn zu bedeuten hatte; inwiefern es überhaupt von Bedeutung sein durfte, doch eines war klar: Bree Kennedy war blind.

## III

Bree stand im großzügigen Badezimmers ihrer Hotelsuite und nahm die schwarzen Kontaktlinsen aus ihren Augen. Wie immer war sie danach so extrem vom gedimmten Licht geblendet, dass sie sich in die weiße Blindheit ergeben musste, von der sie wusste, dass sie minutenlang anhalten würde. Wenigstens war der Schmerz in ihrem Knöchel fast nicht mehr zu spüren.

Sie trat aus dem Bad in ihr abgedunkeltes Hotelzimmer und setzte sich in einen der bequemen Ohrensessel, wartete bis ihre Augen sich an das Licht soweit gewöhnt hatten, dass sie ihre Umgebung wieder erkennen konnte.

Die Gedanken an den toten Sicherheitsmann, Chesters Verletzung und den unbekannten Attentäter hielten sie wie eine eisige Faust im Nacken gefangen und brachten sie dazu sich am liebsten irgendwo verkriechen zu wollen, wo sie niemals jemand würde finden können.

Andererseits wollte sie diese Show um nichts in der Welt aufgeben. Und dieser Dexter schien wild entschlossen sie zu verteidigen.

Viel hatte sie von ihm nicht erkannt, denn die Lichtverhältnisse waren immer mäßig gewesen, wenn sie ihm begegnet war. Doch er war ganz unzweifelhaft so groß wie ein Kleinlaster und hatte, wenn er nicht gerade ihre blutigen Zehen bestaunte, offenbar kein Problem damit Menschen umzubringen. Sie hatte nicht viel von seinem Gesicht erkannt. Sein Haar war nicht blond und seine Stimme hatte den rauen Ton, den sich Menschen angewöhnen, die mit nichts und niemandem etwas zu tun haben wollen.

Aber das konnte ihr nur recht sein, denn wenn sie in Ruhe tanzen wollte, war das beste Mittel, um ihre Nerven im Zaum zu halten die Gewissheit, dass jemand auf sie aufpasste, der sein Handwerk verstand.

Als es klopfte fuhr sie zusammen.

„Ich bin es." Dexters Stimme war kühl und beherrscht und sie wurde das Gefühl nicht los, dass er genau wusste, dass sie in ihrem Sessel vor Angst zusammengefahren war.

Hastig stand sie auf und ging zur Tür. Da sie ihre Kontaktlinsen schon herausgenommen hatte, griff sie nach ihrer Sonnenbrille und setzte sie auf. Dann öffnete sie die Tür.

Sie wirkte klein und zerbrechlich wie ein Spielzeug. Ihr Haar war kraus und weißblond. Das erste Mal sah er sie in normalen Kleidern. Sie trug eine kurze graue Stoffhose und eine weiße Bluse.

„Ja, bitte?", fragte sie.

„Darf ich reinkommen?"

Ihr kurzes Zögern entging ihm nicht, doch dann schob sie die Tür ganz auf und ließ ihn ein.

„Bitte setzen Sie sich doch." Sie zeigte auf einen Sessel, doch anstatt sich zu setzen, drehte sich Dexter zu ihr um, so dass sie den Kopf weit in den Nacken legen musste, um in sein Gesicht zu blicken.

„Warum hast du mir nicht gesagt, dass du blind bist?", fragte er. Vorspiel war noch nie seine Sache gewesen.

Bree wirkte halb überrumpelt, halb ärgerlich. Sie verschränkte die Arme vor der Brust und starrte in sein markantes Gesicht. Dann nahm sie die Brille ab.

Ihre Augen waren so strahlend hellblau, dass es ihm beinah die Sprache verschlug. Ganz offenbar hatte sie Kontaktlinsen getragen und der Anblick, der sich ihm jetzt bot, war faszinierend.

„Vielleicht aus demselben Grund, aus dem Sie mir nicht gesagt haben, dass Sie hauptberuflich Leute umbringen. Es ist mir unangenehm."

„Ich bringe keine Leute um. Nur, wenn es nötig ist, um diejenigen zu schützen, denen ich Schutz versprochen habe."

„So wie mich?"

„Ja, ganz genau."

Sie nickte und setzte sich. „Ich bin nicht blind."

Dexter setzte sich ebenfalls und schüttelte den Kopf. „Du siehst meine austreckte Hand nicht. Du fällst von der Bühne und erkennst Menschen besser an ihren Stimmen als an Gesichtern. Und du willst mir sagen, dass du nicht blind bist, Mädchen?"

„Der Fachbegriff dafür lautet Zapfendystrophie. Eine Augenkrankheit, die dazu führt, dass ich nicht nur außergewöhnlich schlecht sehe, sondern auch dafür sorgt, dass ich in hellen Räumen tatsächlich blind bin. Wenn die Lichtverhältnisse gut sind, erkenne ich Konturen, Gesichter, sogar Farben. Ich kann ganz einwandfrei lesen, zumindest wenn es dämmert. Du siehst also, ich bin nicht blind. Ach und hör auf mich Mädchen zu nennen, *Dexter*."

Die Art wie sie seinen Namen aussprach klang als würde sie eine ansteckende Krankheit benennen.

„Auch das hättest du mir sagen können."

Sie sprang plötzlich wütend auf. „Ich brauche es nicht zu sagen. Und ich *will* es nicht! Die Bühne ist 48 2er-Schritte breit und 25 2er-Schritte lang. Ich weiß genau, wie viele Sprünge ich von wo bis wo machen kann, weiß immer wo ich mich befinde, sogar, wenn der Spot dafür sorgt, dass ich blind wie ein Maulwurf bin. Niemand in der Öffentlichkeit weiß, dass ich krank bin. Nicht einmal Michael. Keiner, der im Chor tanzt, weiß es. Nur Chester, der mich seit acht Jahren begleitet. Ich will, dass es niemand erfährt. *Niemand!* Verstehen wir uns?"

Der Anblick war faszinierend. Das kleine Tanzmäuschen stand vor ihm, hatte die Arme in die Taille gestemmt und starrte wütend auf ihn herab. Es wäre fast belustigend gewesen, wenn ihn ihre Entschlossenheit nicht sogar irgendwo beeindruckt hätte.

„Wer ist Michael?", fragte er ohne auf ihre Frage einzugehen.

„Mein Tanzpartner. Wir tanzen das Paar und der Chor tanzt verschiedene Nummern mit uns oder auch ganz alleine."

„Wo sind die anderen Tänzer?"

„Kommen morgen."

Dexter nickte. „Ich brauche alle Namen und Daten."

„Wozu?"

„Ich will sie überprüfen."

„Gut." Sie atmete tief durch und setzte sich wieder. „Tut mir leid, dass ich laut geworden bin."

Noch eine Novität. Jemand entschuldigte sich bei ihm. „Kein Problem", erklärte er. „Ich werde selbst oft laut."

„Kann ich mir vorstellen. Ach, und eins noch …" Sie beugte sich etwas nach vorne, so dass ihr Ausschnitt auffiel und einen Blick auf den Ansatz ihrer perfekt gerundeten, kleinen Brüste freigab.

Bei jeder anderen Frau hätte er vermutet, dass sie versuchte ihn anzumachen, doch das Mädchen hier wollte ihm schlichtweg besser ins Gesicht sehen können.

„Was?"

„Bitte lüg' mich nicht an."

Er zog die Stirn kraus. „Ich habe dich nicht angelogen."

„Nein, ich meine …" Sie stand mit einem ungeduldigen Schnauben auf. „Ich weiß, dass es in einem gewissen Maße normal ist, dass man nicht hundertprozentig ehrlich ist. Bei den Tänzern beispielsweise ist das ständig so. Aber ich beherrsche dieses Intrigenspiel nicht. Ich … sehe es schlichtweg nicht, wenn jemand ironisch das Gesicht verzieht und für Sarkasmus habe ich auch kein besonders gutes Gespür. Es wäre mir sehr wichtig, wenn du … ehrlich wärst. Da du mir ja in den nächsten Wochen nicht von der Seite weichst und immer da bist, würde mich das … beruhigen. Ja." Sie lächelte etwas verlegen. „Genau."

Er blickte sie starr an. Sie verhielt sich überhaupt nicht wie eine Frau. Frauen waren manipulativ, selbstsüchtig und verschlagen. Aber die kleine Tänzerin war … ehrlich. Oder zumindest – das wandte sein Unterbewusstsein zu Recht ein – wollte sie, dass *er* ehrlich war.

„Ich gebe dir mein Wort", erklärte er.

„Gut." Sichtlich erleichtert lächelte sie. „Vielen Dank." Dann fuhr sie herum und ging an einen kleinen Aktenkoffer. Ohne hineinzusehen gab sie ihn Dexter. „Hier sind alle Unterlagen der Tänzer drin."

„Wie viele sind es denn?", fragte er und nahm die mindestens acht Kilogramm schwere Tasche in Empfang.

„46."

*„Was?"* Er riss ungläubig die Augen auf. „Ich dachte, das wären fünf oder sechs."

Bree lächelte gütig. „Du hast offenbar noch keine meiner Shows gesehen."

„Ich bin nicht so der Typ für Shows."

„Ja, das dachte ich mir." Sie nickte in Richtung des Koffers. „Im Innenfach ist die neue Promo-CD. Da ist eine komplette Show drauf. Sieh sie dir einfach an, wenn dir langweilig ist."

„Ich bezweifle, dass mir jemals *so* langweilig sein wird." Als sie grimmig das Gesicht verzog, hob er die Arme. „Was? Ich sollte doch ehrlich sein."

„Ja, richtig." Sie zog die Unterlippe zwischen die Zähne, als wollte sie noch etwas sagen, schwieg aber.

„Was noch?“, fragte er.

„Nichts.“

„Na, sag schon.“

„Naja, jetzt, wo du schon weißt, dass ich fast nicht sehen kann, … würde ich gerne dein Gesicht sehen. Damit ich weiß, mit wem ich es zu tun habe.“ Sie lächelte verlegen und hob ihre kleinen Hände in die Höhe. „Hiermit.“

Dexter war ehrlich baff. Und genauso sehr überraschte ihn sein eigenes Zögern. Hatte er nicht gestern noch die Rothaarige kurzerhand auf der Motorhaube rangenommen? Und jetzt hatte er Skrupel sich von diesem Mädchen ins Gesicht fassen zu lassen?

„Sie sind frisch gewaschen“, setzte Bree nach, winkte aber einen Moment später ab. „Aber wenn du das nicht möchtest, verstehe ich das. Ich würde mir auch nicht von einem Wildfremden im Gesicht -“

„Komm her“, sagte er und wünschte sich plötzlich, es würde weniger schroff klingen.

Mit einem zögerlichen Lächeln setzte sie sich neben ihn und sah zu ihm auf. Er wirkte aus der Nähe noch größer und strahlte eine Art von Gefahr aus, die sie erschreckte.

Trotzdem. Wenn er sie schon beschützen sollte, dann wollte sie ihm einmal ins Gesicht sehen. Sie bemerkte seine Anspannung und dass er seinen Atem seltsam zurückhielt, dennoch streckte sie die Hände aus und schloss die Augen.

Als ihre Handflächen seine Wangen berührten, spürte sie, dass er seit mehreren Tagen unrasiert war. Er hatte einen strengen, breiten Kiefer, hohe Wangenknochen und eine gerade Nase. Seine Lippen waren voll und fest zusammengepresst. Das musste daran liegen, dass es ihm nicht geheuer war, dass sie ihn berührte.

Sein Kinn war markant und hatte ein Grübchen. Sie ertastete lange Wimpern und fragte sich, welche Farbe sie hatten. Seine Stirn war glatt, auch wenn sie unter den

Fingerkuppen die Ansätze von Denkerfalten spürte, die ihr verrieten, dass er nicht mehr ganz jung war. Zumindest nicht so jung wie sie. Er hatte ein schönes Gesicht mit grimmigen Zügen, die ungewöhnlich gut zu seiner tiefen Stimme passten.

Als ihre Finger auf seine Kehle glitten, musste sie seinen rasenden Puls spüren. Die Situation war einfach grotesk. In der absolut stillen Dämmerung des Zimmers betastete dieses Mädchen sein Gesicht wie eine Skulptur. Es hatte beinah etwas Hypnotisches.

Ihre Fingerkuppen hatten kleine Narben, wie bei vermutlich vielen blinden Menschen, doch ihre Handflächen waren weich und warm, sie dufteten nach Seife und Frau und passten sich mit einer fast unheimlichen Sanftheit der Kontur seines Gesichtes an. Er hielt die Augen geschlossen und konnte nicht anders als die Berührung zu genießen, die so völlig anders war, als alles, was er in den letzten Jahren auf seiner Haut gespürt hatte.

Ihre Berührung war unschuldig und als er die Augen öffnete, begriff der instinktive Teil von ihm, dass das ganze Mädchen unschuldig war. Nicht nur körperlich, sondern auch im Wesen. Sie legte die Hände auf seine breiten Schultern und zog sie dann zurück, verschränkte sie im Schoß und lächelte schüchtern.

„Vielen Dank“, sagte sie. „Das hat … sehr geholfen.“

„Und wie sehe ich nun aus?“ Er hoffte, dass sich sein Tonfall im Toleranzbereich der angestrebten Gefühlskälte befand.

„Überraschenderweise genauso, wie du auch klingst.“

Dexter zog die Stirn kraus. „Ist das eine Beleidigung?“

„Eine Feststellung.“

„Na, schön.“ Er stand auf und klemmte sich den Koffer unter den Arm. „Wenn du mich suchst, ich bin da!“

Er zeigte auf eine der Wände.
„Wo?“
„Hinter der Verbindungstür.“
Verwundert drehte sich Bree um die eigene Achse. „Es gibt eine Verbindungstür?“
„Ja. Ich schlafe ab jetzt auf der anderen Seite. Falls irgendetwas nicht stimmt, bin ich in Rufweite. Nachher lasse ich noch ein Alarmsystem an Tür und Fenstern installieren.“
Bree nickte erstaunt. Das hatte keiner seiner Vorgänger getan.
„Gut, okay“, sagte sie. „Ich werde ohnehin bald ins Bett gehen. Das war ein viel zu langer Tag mit viel zu vielen Vorkommnissen.“
Dexter nickte. „Dann bis morgen.“

*

Bree schloss zitternd die Tür hinter ihm und lehnte sich dagegen.
Dieser Mann war einschüchternd und obwohl sie es nicht sehen konnte, strahlte er eine Härte aus, die ihr Angst machte; aber gleichzeitig gab ihr genau diese Härte Sicherheit, denn irgendetwas sagte ihr, dass dieser Mann sie gegen alles und jeden verteidigen würde, wenn es nötig war.
Mit einem Gefühl, das fast an Erleichterung grenzte, ging sie zurück zu ihrem Sessel. Ihre Füße und Beine schmerzten, aber das war ihr egal. Sie goss sich ein Glas Weißwein ein und setzte ihre Kopfhörer auf. Als das Hörbuch auf ihrem MP3-Player startete, schloss sie mit einem entspannten Seufzen die Augen.

Dexter hatte es plötzlich verdammt eilig, um in sein Zimmer zu kommen und die Unterlagen zu sichten. Es war nämlich eine verfluchte Menge.

Kurz bevor er seine Zimmertür erreichte, erstarrte er. Die Rothaarige vom Vortag lehnte lasziv an der Wand und stieß sich mit einem Bein davon ab, als sie ihn erblickte.

Er war nicht zwingend der Typ der Dinge bereute, aber wiederholen wollte er das gestrige Intermezzo bestimmt nicht. Sie schien das allerdings ganz anders zu sehen.

„Hi", sagte sie langgezogen und zwirbelte sich auf billigste Hafennutten-Art eine ihrer Strähnen um den Zeigefinger. „Ich habe dich schon gesucht. Mein Mann spielt heute Karten in seiner Altherrenrunde und ich dachte mir, wir beide könnten -"

Als Dexter ihr Handgelenk umfasste und dabei voll eisiger Härte auf sie herabblickte, schmolz ihr beliebiges Lächeln dahin wie Butter in der Sonne.

„Ich habe keine Zeit", erklärte er.

„Wir können uns beeilen", versuchte sie es.

„Ich habe außerdem keine Lust."

Sie strich ihm mit der anderen Hand über den Unterarm. „Fandst du es denn nicht geil?", flüsterte sie. „Ich kann gar nicht aufhören daran zu denken, wie du mich gefickt hast."

„Ich schon." Er entwand sich ihrem Griff. „Gute Nacht", sagte er noch und ließ sie einfach stehen.

Das Gefühl angewidert zu sein, hatte er schon lange nicht mehr verspürt, doch genau in diesem Moment war es so. Vor allem, wenn er an das starke, kleine Mädchen dachte, das zu beschützen er sich vorgenommen hatte. Er steckte die Karte in den Leser vor der Zimmertür und ging hinein. Er wollte nur noch eines: in Ruhe die Tänzer checken.

*

Als Bree an diesem Morgen auf der Bühne stand und sich dehnte, war sie guter Dinge. Michael würde in fünf Minuten ebenfalls hier sein und sie würden in Ruhe ein paar Nummern proben können, bevor der Rest der Truppe am späten Nachmittag eintraf.

Ehe sie den Gedanken zu Ende gedacht hatte, kündigte sein gleichmäßiger, erhabener Schritt Michael an. Bree lächelte. Es war gar nicht nötig ihn zu sehen. Sie erkannte ihn immer und überall an seiner Art zu gehen.

„Guten Morgen“, rief sie hinab in die Dunkelheit der Zuschauerränge.

„Was hast du dir nur für einen schicken Ort zum Proben ausgesucht?“, antwortete er, sprang kurzerhand auf die Bühne und ergriff Brees Hand.

Sein breites Lächeln, das die Frauenherzen reihenweise zum Schmelzen brachte, konnte sie förmlich hören.

„Guten Morgen, Mylady of Lochrick Castle“, erklärte er galant und hauchte einen Kuss auf Brees Fingerknöchel. Sie machte einen Hofknicks und sagte.

„Ihr beehrt mich mit Eurer Anwesenheit, Mylord.“

Beide lachten und umarmten sich freundschaftlich. Michael ließ sich hinab in den Spagat und Bree folgte ihm in der Übung.

„Es ist wirklich jammerschade, dass du nicht auf mich stehst. Du bist wieder ein wenig schöner geworden, seit ich dich das letzte Mal gesehen habe.“

„Das sagst du jedes Mal.“

„Und jedes Mal ist es die Wahrheit. – Wie geht es dir?“

„Gut“, gab sie zurück. „Ich habe mir gestern kurz den Knöchel verdreht, aber jetzt … ist es wieder in Ordnung.“

„Ich meine nicht deine Beine, Bree. Ich meine, wegen der … Sache.“

Sie hatte ihm am Vorabend am Telefon noch erzählt, was passiert war, und ihn ins Bild gesetzt.

„Ich komm schon klar“, erklärte sie wage. „Chester muss noch eine Zeitlang im Krankenhaus bleiben und ich muss mir einen Ersatz für ihn in der Technik suchen. Aber da stellen sich heute Abend zwei vor.“ Sie zog eine kleine Fernbedienung aus dem Ausschnitt und setzte die Musikanlage in Gang.

„Darf ich bitten?“, rief sie über den lauten Klang der Geigen hinweg.

„Das ist mein Text“, gab Michael zurück, ließ sich aber nicht zweimal auffordern.

Nachdem Dexter vor einer halben Stunde entdeckt hatte, dass sich Bree ohne ihn zum Training geschlichen hatte, war er sich sicher gewesen, dass seine Laune nicht mehr schlechter werden konnte.

Aber das war bevor er in den Saal gekommen war und sie auf der Bühne entdeckt hatte, wie sie sich von diesem geschniegelten Affen in Strumpfhosen durch die Gegend wirbeln, hochheben und verbiegen ließ.

Das musste Michael sein. Michael Logan, wie ihm die Unterlagen verraten hatten, der eine blütenweiße Weste und außerdem einen unmoralisch hohen Gehaltsscheck hatte. Bis zum Vorabend hatte Dexter ja keine Ahnung gehabt, was diese Shows abwarfen, dass sie ganze Olympia-Stadien füllten und was so ein Tänzer verdiente.

Als Michael Logan Bree zwischen den Beinen – auch wenn es nur die Innenseite der Oberschenkel war – packte und in die Luft hob, stürmte Dexter mit wütend zusammengekniffenen Augen die Bühne.

Michael Logans Miene glitt ins Panische ab, als er ihn erblickte. Schnell stellte er Bree ab.

„Okay, Fred Astaire“, knurrte Dexter. „Sendepause. – Bree, ich müsste dich mal sprechen.“

Wütend fuhr sie zu ihm herum. „Ich probe hier gerade.“

„Du hast dich fortgeschlichen.“

„Das ist ein freies Land.“

„Ein freies Land, in dem jemand darauf aus ist, dir ein drittes Nasenloch zu verpassen.“

„Hören Sie mal -“, versuchte es Michael, doch Dexter brachte ihn mit einem Zeigefinger, der ins Nirgendwo zeigte, zum Verstummen. „Verzieh dich, Mann!“

„Er bleibt!“, erklärte Bree.

„Er geht!“

„Michael, du bleibst“, beharrte sie.

„Da Michael mit zwei zertrümmerten Kniescheiben so schlecht tanzen kann, möchte er jetzt lieber gehen.“ Dexter blickte dem Solotänzer ins geschockte Gesicht. „Stimmt doch, oder?“

Er nickte hastig. „Ich warte draußen.“

Als er weg war, stemmte Bree grimmig die Fäuste in die Hüften. „Was fällt dir ein?“

„Was mir einfällt? *Mir?* Es ist so gnadenlos dämlich sich ohne Schutz auf dem Gelände zu bewegen, dass ich es nicht fassen kann. Ich hätte dir mehr zugetraut.“

Bree stockte und bereute es, dass sie ihm gesagt hatte, er sollte ehrlich zu ihr sein. „Ich wollte einfach zum Training.“

„Das ist doch keine Erklärung! Du klingst wie ein kleines Kind! Am liebsten würde ich dich übers Knie legen!“

Eine Vorstellung die ihm plötzlich seltsam verlockend erschien.

Sie reckte einigermaßen pikiert das Kinn. „Na, aus dem Alter bin ich ja wohl raus.“

Das stimmte allerdings. Auch über Bree Kennedy, den Shooting Star der Celtic Dance – Szene, hatte er am Vortag alles erlesen. Sie war 21, galt seit jeher als Wunderkind, was den Tanz betraf und leitete die selbst choreographierte Show seit sie volljährig war. All das war schon beeindruckend, wenn man nicht wusste, dass sie fast blind war.

Dexter schnaufte und stemmte die Fäuste in die Hüften. Er kam ihr in ihrer Gegenwart wie ein Hüne vor.

„Du musst dich einfach damit abfinden, dass ich dir in der nächsten Zeit nicht mehr von der Seite weiche."

„Na, wenn das so ist, hoffe ich, dass du viel Spaß an Wanderungen hast."

Er zog die Stirn kraus. „An … *Wanderungen*?"

„Du sprichst das aus, als wäre es eitriger Ausschlag."

„Es klingt zumindest ähnlich unangenehm."

„Ist mir egal, wie es für dich klingt. Ich werde heute eine schöne, laaaange Wanderung machen nach dem Mittagessen. Es ist bewölkt, also werde ich beste Sicht haben." Sie ließ sich in einer schnellen, fließenden Bewegung in den Spagat herab, umfasste einen ihrer Füße und brachte ihre Nasenspitze zum Knie.

Das sah verdammt schmerzhaft aus.

„Du ziehst am besten andere Schuhe an. Diese haben eine glatte Sohle, das höre ich. Ach, und könntest du bitte Michael aus der dunklen Ecke hervorzerren, in die er sich aus Angst vor dir verkrochen hat?"

Dexters Mundwinkel zuckten belustigt. *Vor Angst verkrochen* klang einfach fantastisch.

„Also sind wir uns einig", erklärte er. „Keine Ausflüge ohne mich auf eigene Faust."

Sie bog den Körper zum anderen Knie und murmelte. „Was auch immer."

*

Als Dexter vor dem Haupteingang auf Bree wartete, starrte er auf seine steifen Wanderschuhe, die er seit mindestens 10 Jahren im Schrank hatte verstauben lassen.

Er hasste Wanderungen. Er hasste sie von Herzen.

„Wo willst du denn hin?“ Angus Hay konnte sich einen belustigten Zug um die Lippen nicht verkneifen, während er mit einem Arm voll Schnittblumen um die Ecke bog.

Dexter verzog das Gesicht.

*Na, bravo.* Jetzt sah ihn sogar sein Vater noch in diesem Picknick-Outfit.

„Sie will wandern“, erklärte er knapp.

„Die Rothaarige?“

„Großer Gott, nein! Bree.“

Angus lächelte und schüttelte kurz danach den Kopf. „Unfassbar, dass du dem Mädchen keine Angst machst. Nichts für ungut, Dex, aber -“

„Ja, ja, schon gut.“ Er winkte ab. „Es kann eben nicht jeder so perfekt sein, wie deine anderen beiden Kinder.“

Angus Miene hellte sich auf, als er die Einfahrt hinabnickte. „Wenn man vom Teufel spricht.“

Dexters Blick folgte dem seines Vaters. Seine beiden Geschwister, sein Bruder Lloyd und seine Schwester Bellinda, bogen Arm in Arm in die Einfahrt. Beide waren sie hochgewachsen. Sie war dunkelhaarig, er blond. Wenn man nicht gewusst hätte, dass sie Geschwister sind, hätte man meinen können …

„Hey, was ist denn mit euch los?“, rief Dexter ihnen entgegen. „Ihr haltet euch ja aneinander fest, als würdet ihr miteinander schlafen!“

„Nur ab und zu“, gab sein Bruder zur Antwort und seine Schwester nickte.

„Er ist einfach fantastisch im Bett.“

Als alle drei Geschwister lachten, schlug Angus Hay die Hände über dem Kopf zusammen.

„Ihr könnt nicht meine Kinder sein. Ihr seid die Brut Satans!"

Bellinda löste sich aus Lloyds Umarmung und eilte zu ihrem Vater, dem sie schnell einen Kuss auf die Wange hauchte.

„Ist doch nur Spaß, Daddy."

„Gott sei Dank." Er lächelte selig. „Du warst schon immer mein Lieblingskind. Und deine Mutter war meine Lieblingsfrau."

„Und was ist mit meiner Mutter?", fragte Lloyd.

Angus gab ein Achselzucken von sich. „Ich erinnere mich nicht."

Aus gutem Grunde verkniff es sich Dexter nach seiner Mutter zu fragen und hielt stattdessen tapfer Lloyds Blick auf seine Wanderschuhe stand.

„Was ist das, Dex?", fragte er grinsend. „Kleiner Imagewechsel?"

*„Ich bin soweit!"*

Alle vier blickten zum Hauteingang, wo Bree mit einer prall gefüllten Umhängetasche am Treppenabsatz stand und in die Runde lächelte.

Lloyd, Bellinda und Angus blickten kurz Dexter an. Dieser jedoch hatte gar keinen Sinn für ihre verwirrten Mienen und zeigte stattdessen auf Brees Füße.

„Stufen!", sagte er nur und sie winkte ab.

„Ich weiß, Dexter!" Sie rollte vielsagend mit den Augen und kam zu ihm an den Wagen, warf mit einer ausholenden Bewegung ihre Tasche auf die Pritsche und drehte sich nochmals um.

Lloyd und Bellinda schwiegen mit einem Lächeln, das mindestens zur Hälfte aus Irritation bestand.

„Da es Dexter an Manieren fehlt", erklärte Bree kurzerhand, die keine Lust hatte zwischen diesen zur Salzsäure erstarrten Riesen zu verharren, „ich bin Bree.

Bree Kennedy."

Sie streckte zuerst Bellinda die Hand entgegen und dann Lloyd.

„Freut mich sehr", sagte dieser und warf Dexter einen bedeutungsvollen Blick zu.

„Sind Sie etwa *die* Bree Kennedy?", fragte Bellinda. „Die Tänzerin?"

Bree lächelte. „Ja, ich schätze, das bin ich."

„Wow!" Bellinda sah ehrlich begeistert auf Brees hellblonden Lockenkopf hinab. „Das ist ja fantastisch. Ich liebe Ihre Shows."

„Vielen Dank. Wenn Sie Lust haben, sehen Sie sich die Proben an. Morgen tanzen wir die ersten Nummern mit komplettem Ensemble."

„Kann ich mitkommen?", fragte Lloyd. „Ich verstehe zwar nicht viel davon, aber ich würde Sie sehr gerne tanzen sehen."

Während Bree ihre Zustimmung gab, verzog Dexter grimmig das Gesicht.

„Halt die Füße still, Bruderherz", flüsterte er, nachdem sich Bree verabschiedet hatte und auf den Beifahrersitz geklettert war.

„Das Mädchen ist viel zu gut für dich, Mann!" Lloyd blickte ihn fest an. Es sollte klingen wie ein Scherz, doch sie beide wussten, dass es kein Scherz war. Und mindestens genauso gut wussten sie, dass Lloyd Recht hatte.

„Ich beschütze sie nur. Es ist ein Job, verstanden?"

„Dann mach deinen Job ordentlich. Und beschwer dich nicht, wenn die Kleine mal in meinem Bett landet."

Dexter lachte grimmig. „Träum weiter!"

Er ging um den Wagen herum, stieg ein und fuhr so herzhaft an, dass die Kieselsteine spritzten. Minutenlang schwieg er.

Keine Ahnung, warum er so heftig reagierte auf Lloyds Ankündigung. Er hatte den überwiegenden Teil der weiblichen, schottischen Bevölkerung im Bett gehabt. Das war also sicher nichts Neues. Trotzdem passte es Dexter nicht. Der Gedanke, dass sein kleiner Bruder seine schmutzigen Finger in Brees Haar wühlte, machte ihn krank.

„Dexter?“

„Hm?“, fragte er mürrisch.

„Könntest du mir einen Gefallen tun, wenn sich die Gelegenheit ergibt?“

„Welchen?“

„Könntest du deinem Bruder sagen, dass ich mich nicht für ihn interessiere?“

Dexter war so überrascht, dass er beinah ein Straßenschild abrasierte. „Bitte?“

„Er wird versuchen mich … anzumachen.“ Sie gab ein Achselzucken von sich. „Und das möchte ich nicht.“

*Sie möchte es nicht?*

„Wie kommt du darauf?“

„Ich spüre es. Manche Dinge erkennt man ohne klare Sicht leichter. Normalerweise muss ich mit so etwas selbst fertigwerden, aber … da du mein Bodyguard bist, dachte ich mir, vielleicht kannst du mich davor ja auch bewahren.“ Sie lächelte etwas verlegen. „Das wäre sehr nett.“

„Vielleicht magst du meinen Bruder ja.“

„Ich denke nicht.“

Das wurde ja immer interessanter. „Was macht dich so sicher?“

„Er ist beliebig und manipulativ.“ Sie zog die Schultern hoch. „Tut mir leid, dass ich das einfach so sage, weil er dein Bruder ist, aber -“

„Nein, nein. Das ist schon okay.“ Er lächelte. „Erkennst du sofort, ob jemand … unehrlich und verschlagen ist?“

„Meistens ja.“

„Menschen können sich ändern."

Sie blickte ihn für einen langen Moment an, dann schüttelte sie den Kopf. „Ich denke nicht, nein."

Dexter überlegte einen Augenblick lang, ob er sie auch nach sich fragen sollte. Doch dann verkniff er es sich. Er wusste nun mal leider verdammt genau, was er war.

*

„Das soll wohl ein Witz sein!"

Bree schulterte ihre Tasche und blickte die vielen Stufen hinab, die auf das felsige Plateau am Neist Point führten. Es war ein spektakulärer Ort, ein langgezogenes Plateau, an dessen Ende ein Leuchtturm thronte und zu dem eine Menge Stufen hinabführten. Außerdem hatte sie gelesen, dass dort die Robben so nah waren, dass man sie sehen konnte. Die Sonne ging gerade unter, das Meer rauschte sanft. Einfach wundervoll.

„Das ist kein Witz!" Sie hob die Tasche hoch. „Wir setzen uns unten an die Felsen und machen Picknick."

„*Picknick*?" Dexter räusperte sich, als seine Stimme etwas schrill wurde. „Sehe ich aus, wie jemand, der gerne picknickt?"

„Ich bezahle dich dafür."

„Picknicks stehen nicht in meinem Arbeitsvertrag."

„Du hast überhaupt keinen Arbeitsvertrag." Sie blickte zu ihm empor und packte seinen Ärmel, zog ihn Richtung Stufen. „Komm jetzt. Du siehst doch ganz fit aus. Es sind nur Stufen, Dexter!"

„Und die Hölle ist nur eine Sauna!"

„Soll ich etwa alleine gehen?", fragte sie und er schüttelte den Kopf.

Lächelnd griff sie nach dem Geländer.

Obwohl Dexter sich zuerst gesträubt hatte, musste er nun, da er auf die eindrucksvolle Bucht zusteuerte und hinabblickte auf die schwarzen Felsen, an denen sich schäumend die Wogen brachen, zugeben, dass er es durchaus sehr ansprechend hier fand.

„Vorsicht!" Er packte Bree am Arm, die gerade einen beherzten Schritt über die Kante machen wollte.

Sie taumelte zurück und lächelte zu ihm empor. Sein Griff war so fest, dass sie morgen einen blauen Fleck haben würde.

„Ich wollte nur sehen, ob du aufpasst", erklärte sie und zeigte hinter sich. „Können wir hier die Decke hinlegen?"

Dexter betrachtete das flache Rasenstück und nickte. „Gib her."

Er legte die karierte Picknickdecke aus, zog unnötigerweise die Kanten glatt und fragte sich, wie er - *ausgerechnet er!* - in diese groteske Situation hatte geraten können.

Bree setzte sich im Schneidersitz auf die Decke und seufzte. Sie klopfte neben sich und Dexter blieb nichts anderes übrig, als ihrer Geste zu folgen. Er kam sich vor wie ein Rottweiler, der am anderen Ende der Leine von einem Zweijährigen gehalten wurde.

„Ich kann das gegenüberliegende Ufer sehen und sehe das Weiß der Wogen. Da hinten sind Seehunde, nicht?"

Dexter nickte.

„Schön."

Sie strahlte über das ganze Gesicht und er konnte nicht anders, als sie dabei zu betrachten.

„Ihr wisst gar nicht, wie gut ihr es habt, dass ihr all diese Schönheit sehen könnt", erklärte sie plötzlich wehmütig.

„Ich habe in meinem Leben schon Dinge gesehen, die diese Aussage relativieren." Er blickte sie fest an. „Und ich habe dafür gesorgt, dass es anderen Menschen genauso geht."

*Warum, zum Teufel, war er so ehrlich?*

„Du hast Menschen getötet, oder?", fragte sie und er nickte, ohne zu zögern.

„Ja."

„Viele?"

„56." Er sah, wie er Schock in ihren Augen explodierte und sagte dennoch. „Und ich erinnere mich an jedes einzelne Gesicht."

„Hatten sie es … verdient?"

„Damals dachte ich, dass sie es alle verdient haben. Heute … hoffe ich, dass es so war."

Er rechnete damit, dass sie aufstehen und fortgehen würde; dass sie sich unter irgendeinem schäbigen Vorwand davonstehlen würde, doch das tat sie nicht.

„Das macht mir irgendwie Angst", erklärte sie und blickte zu ihm auf. „Du … machst mir irgendwie Angst."

Sein Herz schlug heftig in seiner Brust, ohne dass er genau sagen konnte, warum. Er fixierte ihre herzförmigen Lippen.

„Und warum sitzt du dann hier und picknickst mit mir?"

„Ich glaube, es liegt daran, dass ich gerne Zeit mit dir verbringe." Die bedingungslose Ehrlichkeit, zu der diese Frau in der Lage war, raubte ihm fürwahr die Sprache.

„Ohne Hintergedanken, versteht sich!", setzte sie schnell nach und spürte, wie ihr die Röte in die Wangen stieg.

*Hätte sie doch nur die Klappe gehalten!*

Fahrig suchte sie nach ihren Sandwiches und hob sie in die Höhe. „Käse oder Erdnussbutter?"

„Hattest du denn je bei einem Mann … Hintergedanken?", fragte er dagegen.

Sie ließ die Hände mit den halbierten Sandwiches sinken und zögerte einen Wimpernschlag lang. Dann straffte sie die Schultern und sagte mit fester Stimme: „Nein."

Dexter betrachtete sie für einen langen Moment, spürte ihr rasendes Herz, das Flattern ihres Atems und versuchte nicht einmal einzuordnen, was genau hier gerade mit ihm geschah.

„Käse“, sagte er dann.

Bree hatte nicht gedacht, dass das nach ihrem peinlichen Gesprächsauftakt noch möglich war; doch das Picknick entspannte sie, und dass Dexter so heldenhaft um das Attentat-Thema herummanövrierte, trug einen entscheidenden Teil dazu bei.

Seine Fragen hatten geschafft, dass sie aussprach, was sie sich selbst nicht eingestehen wollte. Sie verbrachte tatsächlich gerne Zeit mit ihm. Er war ein mürrischer, riesiger Mann mit einer dunklen Vergangenheit und genauso wenig Taktgefühl wie Charme. Und trotzdem fühlte sie sich wohl in seiner Gegenwart. Sie wusste nicht, ob das auf Gegenseitigkeit beruhte, aber da sie ihn dafür bezahlte, dass er in ihrer Nähe blieb, war zumindest sicher-gestellt, dass das in nächster Zukunft auch so blieb. Bei diesem Gedanken fühlte sie sich nicht ganz so schäbig, wie sie es eigentlich hätte tun sollen.

Als sie die Sachen zusammenpackten, sank die Sonne am westlichen Horizont. Das Bild war einfach traumhaft, das sich ihnen bot.

„Wenn ich daran denke, dass wir diese Stufen auch wieder hoch müssen, wird mir übel.“ Dexter hatte sich heldenhaft dazu bereit erklärt die Picknicktasche zu tragen und murrte vor sich hin, während Bree nach dem Geländer griff.

„Wir könnten ein Wettrennen machen“, befand sie.

„Ein … Wettrennen?“

„Ja. Wer als erster oben ist.“

„Und worum geht es dabei? Wetten wir um Geld?“

„Ich habe genug Geld", erklärte sie, ohne dabei arrogant zu klingen. „Es geht um die Ehre."

„Ich habe genug Ehre. Der Gewinner hat einen Wunsch frei."

„Okay", erklärte Bree. „Aber nichts Peinliches."

„Definiere peinlich."

„Peinlich wäre zum Beispiel, wenn ich in Unterhosen durch den Park rennen müsste oder etwas in der Art."

Dexter nickte und fand die Vorstellung durchaus nicht uninteressant. „Okay, nichts Peinliches."

„Gut, dann auf drei. Eins, zwei … drei!"

Dexter sprang die Stufen hinauf und hielt sich für verdammt schnell. Doch Bree flog buchstäblich an ihm vorbei die geschwungenen Treppenstufen hinauf, die sie in der Dämmerung offenbar ganz gut sehen konnte. Er wollte sie einholen, wollte es wirklich. Doch er war absolut chancenlos. Als er endlich oben ankam, stand Bree schweratmend zwar, aber dafür triumphierend am Absatz und fragte. „Wo bleibst du denn?"

Er nahm keuchend die letzte Stufe und nickte selbstironisch. „Gut, also ich muss nicht in Unterhosen durch den Park laufen. Was muss ich dann?"

Sie kaute kurz auf ihrer Unterlippe und grinste dann breit. „Ich überlege es mir", erklärte sie kurzerhand und stieg in den Wagen.

*

„Ah, wie ich sehe, haben sie die neue Alarmanlage eingebaut. Dexter schob Bree zu ihrem Hotelzimmer und blickte mit gerunzelter Stirn auf das Display des Alarmsystems. „Der Code ist 8stellig." Er gab mehrere Zahlen ein und die Tür entriegelte sich.

Dann schob er sie auf und wies Bree an, ihm zu folgen.

„Die Kombination ist 88455121“, sagte er leise. „Kannst du dir das merken?“

Sie nickte und notierte sich die Zahl im Geiste. „Mit der gleichen Kombination schaltest du die Anlage auch scharf. Versuch es mal.“

Sie gab die Nummer am Bedienfeld ein und wartete das Klicken ab, dann drehte sie sich zu Dexter, der zufrieden auf sie herabblickte.

„Sehr schön. Alle Ausgänge aus deinem Zimmer sind gesichert, die Verbindungstür zu mir nur von meiner Seite aus. Und damit du nicht überrascht bist, ich habe eine Kamera vor deiner Tür und an den Fenstern installiert. Den Wohnraum kann ich nicht sehen.“

Bree schluckte. Sie fühlte sich verkabelt und verwanzt wie ein Undercover-Agent. „Wenn es nötig ist …“

„Ich hoffe, dass wir die Kameras nicht brauchen werden. Aber dieser Kerl hat dich nicht zum letzten Mal belästigt und ich möchte sichergehen, dass wir ihn beim nächsten Versuch erwischen.“

„Tötest du ihn, wenn du ihn kriegst?“, fragte sie und er erinnerte sich an sein Versprechen ehrlich zu sein.

„Ich würde es gerne.“

Bree nickte und lächelte tapfer. „Gute Nacht, Dexter. Vielen Dank, dass du mich begleitet hast. Auch wenn es dein Job ist in meiner Nähe zu bleiben, weiß ich doch, dass es für jemanden wie dich ein Opfer ist mit mir auf einer Picknick-Decke zu sitzen.“

Er blickte sie starr an und fragte sich, wie viel seines aufgewühlten Mienenspiels sie wohl erkennen konnte. Dann beugte er sich zu ihr hinunter, griff nach ihren Händen und legte sie sich auf die Wangen.

„Was siehst du in meinem Gesicht, Bree?“

Ihre Mundwinkel zogen sich bis fast zu den Ohren und sie entblößte eine Reihe kleiner, perfekt weißer Zähne.

„Ein Lächeln", sagte sie stolz.

Er ließ sie los und nickte. „Gute Nacht."

Dann ging er zu der Verbindungstür, öffnete sie und verschwand aus ihrem Zimmer.

*

Die Probe am nächsten Morgen war in vollem Gange und Bree in ihrem Element. Sie hatte Chester vorübergehend durch zwei Techniker ersetzt, die Elle, ihre Assistentin, aus Edinburgh mitgebracht hatte.

Elle war eine quirlige, hochgewachsene Brünette, die sich auf ihren hochhackigen Schuhen besser bewegen konnte, als so manch anderer barfuß. Ihr Gehirn war präzise und kalkulierend wie ein Computer und ihr Herz, nun, Bree hatte manches Mal den Eindruck, dass es bei der Geburt durch einen Taschenrechner ersetzt worden war. Aber das machte sie für ihre Arbeit nur umso wertvoller, denn alleine schaffte sie die Organisation der Shows nicht und Elle ergänzte sie einfach perfekt.

Bree stemmte schweratmend die Hände in die Hüften und lächelte zu Michael empor, nachdem sie eine der Nummern fertiggetanzt hatten. Mit den 23 Männern und 23 Frauen, die im Hintergrund den Chor tanzten, war die Nummer einfach perfekt. Eindrucksvoll und mitreißend. Elle saß in der zweiten Reihe und filmte mit.

„Wie findest du es?", rief Bree zu ihr hinunter.

„Es wird uns ein Vermögen einbringen", erklärte Elle mit Dollarzeichen in den braunen Augen und machte mit der freien Hand eine auffordernde Handbewegung. „Weitermachen!"

„Ihr habt die Dame gehört", erklärte Bree, „wir tanzen die nächsten beiden Nummern durch. Die Geigen müsst ihr euch vorstellen, die kommen erst morgen oder übermorgen dazu. Die Technik wird sie einspielen. Also gut.“ Bree lief an den linken Bühnenrand. „Auf Position!“

Als die Musik einsetzte, stellte Dexter entsetzt fest, dass er mit dem Fuß den Takt mitwippte. Obwohl er eigentlich die Umgebung sondieren sollte, glitt sein Blick immer wieder zu Bree, die mit schier unerschöpflicher Energie und Sprungkraft über die Bühne fegte.

Als er von hinten Schritte hörte, ging seine Hand zur Waffe. Seine Schwester hob abwehrend die Hände und sagte. „Ruhig, Brauner! Ich bin’s nur.“

Dexter entspannte sich wieder und wartete, bis seine Schwester sich neben ihn gesetzt hatte. Als ihre Augen beim Anblick der Tänzer strahlten, empfand er ein unangebrachtes Gefühl von Stolz.

„Sie ist eine quirlige, kleine Person“, sagte Bella. „Und die Show ist toll. Sie muss topfit sein.“

„Sie hat mich am Neist Point beim Stufenlaufen abgehängt“, erklärte Dexter, ohne seinen Blick von der Bühne abzuwenden.

„Tatsache?“

Er nickte. „Vor zwei Tagen ist sie auf der Bühne umgeknickt. Als ich hochgelaufen bin, hat sie gepumpt und ihre Beine haben gezittert, wie bei einem Rennpferd nach dem Lauf.“

Als er zu Bellinda herübersah, lächelte sie. „Sie ist eine eindrucksvolle Frau. Und mutig.“

„Ja, ich glaube, das ist sie.“

„Dexter, darf ich dich etwas fragen?“

Er blickte seiner Schwester tief in die moosgrünen Augen. „Klar.“

„Warst du jemals in deinem Leben … verliebt?“

„Nein, natürlich nicht.“ Er schnaubte. „Das weißt du doch. Warum fragst du mich so etwas?“

Sie gab ein Achselzucken von sich. „Ach, nur so."

Er wollte noch etwas erwidern, doch die Musik endete und der Chor applaudierte Bree und Michael, die wiederum dem Chor applaudierten.

Dann hob Bree beide Hände. „Wir machen für heute Feierabend", erklärte sie. „Um halb Acht lade ich euch alle zum Essen ein! Bis dahin steckt eure Beine in ein Eisbad! Vielen Dank! – Dexter?"

Er wusste, dass sie vom Spot geblendet sein musste, und er sprang nur zu gerne auf, um ihr unauffällig von der Bühne zu helfen.

„Ich schätze, dein Typ wird verlangt, Bruderherz", stellte Bellinda augenzwinkernd fest.

„Ja, das schätze ich auch."

„Dann bis heute Abend. Wir sehen uns."

Während Bellinda sich aus dem Saal verzog, eilte Dexter zur Bühne. Michael, der Solo-Tänzer hatte noch immer einen geschockten Gesichtsausdruck, wenn er Dexter ansah und wirkte, als würd er jeden Moment Reißaus nehmen wollen. Bree hingegen strahlte ihn auf eine Art an, die ihm die Frage seiner Schwester wieder ins Gedächtnis rief.

Als er direkt bei ihr stand, beugte er sich zu ihr hinab und sagte: „Wenn du dich auf zwei Uhr drehst, sind es acht deiner 2er-Schritte bis zum Bühnenabgang.

Verblüfft sah sie zu ihm auf. „Woher wisst du wissen, wie groß meine 2er-Schritte sind?"

„Ich habe dich beobachtet und es auf die Entfernung umgelegt."

Sie strahlte und nickte. „Dann versuchen wir es einmal."

Sein Augenmaß hatte Dexter nicht im Stich gelassen und für Bree war es ein Geschenk so frei von der Bühne marschieren zu können, wo sie doch das Licht des Scheinwerfers noch für Minuten blind machen würde.

„Perfekt“, erklärte sie, als sie unten angekommen war. „Wenn du mir die Abstände immer ins Ohr flüstern würdest, könnte ich womöglich wieder Walzer tanzen.“

„Walzer?“, fragte er irritiert.

„Ich habe früher gerne Walzer getanzt, aber mit meinen Augen bin ich ständig in Leute gerannt oder habe Tische um gemäht. Also habe ich es gelassen.“ Sie lächelte zu ihm empor. „Ich hoffe, du freust dich schon auf deine heutige Wanderung.“

Erschrocken riss er die Augen auf. „Ich … ich habe eine viel bessere Idee“, erklärte er schnell.

„Und welche?“

„Bist du schwindelfrei?“

Sie zögerte kurz, nickte dann aber.

„Dann komm. Wir ziehen uns um und fahren los. Zum Abendessen sind wir wieder hier.“

„Und was soll ich anziehen?“

„Deine Wandersachen am besten.“

Stirnrunzelnd blickte sie zu ihm auf. „Also wandern wir doch?“

Er grinste. „Gewissermaßen.“

## IV

Bree stieg mit zweiflerischem Gesicht aus dem Wagen und starrte die steile Felswand hinab, zu der Dexter sie gebracht hatte. Skeptisch blickte sie sich zu ihm um.

„Du lädst mich zu einem … Selbstmord ein?“

„Keineswegs“, erklärte er und ging zur Pritsche seines Pickups. „Ich dachte mir, da es für dich immer mit Zögern verbunden ist, wenn du dich auf deinen eigenen Beinen fortbewegen musst, zumindest, wenn du nicht auf deiner Bühne stehst, wäre es vielleicht ganz schön anstatt zu gehen … einfach zu fliegen.“

Sie starrte auf das große Stoffpaket, das er auf den Boden legte und vorsichtig entrollte. Nur langsam drangen seine Worte zu ihr durch.

Er wollte … fliegen. Mit ihr? Sich diese Klippe hinabstürzen und das Beste hoffen? Sie schluckte trocken und spürte, wie ihre Handflächen schwitzig wurden.

„Ich kann da unmöglich runterspringen, Dexter.“ Sie blickte zu ihm empor und schüttelte den Kopf. Egal, wie sicher sie sich bei ihm fühlte: alles hatte seine Grenzen.

„Du brauchst auch nicht zu springen“, erklärte er und rollte unbeirrt den Schirm weiter aus, legte die Leinen aus. „Das erledige ich.“

„Und was ist mit mir?“

„Wir machen einen Tandemflug.“

„Das heißt ich hänge dabei an deinem Rücken?“

„Vor meiner Brust, genauer gesagt.“

Dieser Gedanke machte sie schlagartig nervös. Und das nicht nur aufgrund der schwindelerregenden Höhe.

„Ist das eine sichere Sache?“

Er hörte auf an seinem Schirm zu hantieren und sah sie fest an. „Vertraust du mir, Bree?“, fragte er.

„Ja", sagte sie und zögerte dabei keine Sekunde.

„Es ist bombensicher. Und du wirst es lieben."

Mit einem halbherzigen Lächeln hob sie die Schultern. „Na dann", erklärte sie. „Verschnall' mich ordentlich."

Und das tat er. Dexter legte ihr zuerst das Sitzgeschirr an und genoss es sie hin und her zu dirigieren und die breiten Nylonbänder um ihren Körper, ihre Taille, den Hintern und die Oberschenkel herum festzuziehen. Dabei stellte er einmal mehr fest, wie zierlich sie war. Unglaublich, dass in diesem schlanken Körper so viel Kraft steckte.

Er ermahnte sich zur Konzentration und legte sich sein eigenes Geschirr an, überprüfte noch einmal den Anlauf zur Rampe und kontrollierte alle Schnüre am Schirm.

„Alles klar", stellte er fest. „Dann schnalle ich dich jetzt an mir fest und dann uns zusammen am Schirm. Wenn ich los sage, läufst du so schnell du kannst, die Rampe hinunter und am Ende ziehst du einfach die Beine an. Verstanden?"

Sie nickte. „Ja, ist gut."

Er fixierte ihre rosa Lippen. „Bist du aufgeregt?"

„Und wie!"

Er stellte sich hinter sie und zog sie so nah an sich heran, dass er seine Nase in ihr Haar hätte wühlen können. Seine Fingerspitzen prickelten bei dem Gedanken, dass er sich nur hinabbeugen und ihren Kopf in den Nacken hätte reißen müssen, um ihr einen Kuss aufzudrängen, dem sie sich vielleicht nicht entzogen hätte.

Doch schon der Gedanke ließ ihn zurückschrecken.

Dieses Mädchen war mehr wert, als das. Und wie sein Bruder schon so treffend angemerkt hatte: sie hatte etwas Besseres verdient als Dexter.

Er klinkte die Karabiner ein, die ihn mit ihr verbanden, nahm ihre Schultern und drehte sie so, dass sie in die richtige Richtung blickte.

„Kannst du die Rampe sehen?"

Bree nickte aufgeregt. Da es bedeckt war, hätte ihre Sicht kaum besser sein können.

„Wir laufen auf drei. Wenn der Schirm hochgeht, gibt es einen Ruck. Einfach dagegen anlaufen, ja?"

Sie nickte und fasste in ihr Gurtzeug. „Meinetwegen kann es losgehen." Ohne zu wissen, ob ihr Herz wegen des bevorstehenden Sprungs raste, oder weil sie Dexters Körper so dicht hinter sich spürte, atmete sie tief ein.

„Eins, zwei … drei!"

So schnell sie konnte, sprintete sie los und Dexter lief mit ihr. Der Schirm ging in die Luft, hob sie an, so dass ihre Füße nicht mehr auf dem Boden waren. Dexter lief die Rampe zu Ende und schon … waren sie in der Luft.

Bree wurde von den Gurten in eine sitzende Position gezogen, während der Boden unter ihren Füßen plötzlich einfach verschwunden war. Ihr Körper bewegte sich wie eine Schiffsboje im Nichts und ein fast eisiger Wind wehte ihr ins Gesicht.

„Alles in Ordnung?", rief Dexter hinter ihr, der an der rechten Steuerleine zog und dafür sorgte, dass sie in angemessenem Abstand an der Felswand entlangflogen, so dass Bree die brütenden Papageientaucher sehen konnte, wie sie mit einem wütenden Kreischen davonstoben.

Sie sah die Felsen, die Federn, roch das Wasser unter sich, hörte die Gischt und wunderte sich, dass es in dieser Höhe so still war. Beim Blick hinab hüpfte ihr Herz vor Nervosität. Sie waren bestimmt hundert Meter über dem Meer. Sie sah einen Kutter und noch einige andere Unebenheiten im Wasser, die sicher ebenfalls Boote waren. All dies war wunderschön, aber das Schönste, das mit großem Abstand Atemberaubendste, das sie jemals erlebt hatte, war das Gefühl sich zu bewegen, frei wie ein Vogel, und das ganz ohne Angst oder Unsicherheit. Der Luftstrom trug sie und machte ihr damit das größte Geschenk.

„Bree?“, fragte Dexter. „Bist du okay?“

Erst als sie antworten wollte, spürte sie den Kloß in ihrer Kehle, so gerührt war sie.

Um ihn zu beruhigen, drehte sie sich um, soweit es ihr Geschirr erlaubte.

Sie nickte heftig, und das Wort *Wunderschön* las er eher von ihren Lippen, als dass er es hörte.

Er lächelte und spürte tief in sich den Wunsch dieser Frau Freude zu bereiten. Der Drang dazu war so stark, dass es ihm beinah Angst machte.

„Wohin möchtest du fliegen?“, fragte er sie.

„Ganz egal, lass uns nur ewig weiterfliegen.“

„Leider ist die Thermik heute nicht so gut“, erklärte er bedauernd, „aber wenn ich da vorne beidrehe, haben wir noch einen schönen Flug über den Waterstein Head und eine kleine Überraschung habe ich auch noch.“

„Was für eine Überraschung?“

Er drehte bei und konnte sich ein Grinsen nicht verkneifen. „Wart‘ es ab!“

Die Nervosität und Höhenangst verschwanden bei jedem Meter mehr, den sie zurücklegten, und die Faszination wuchs kontinuierlich an.

Es ging nicht nur darum, was sie sehen konnte, nein, es waren die Geräusche des Windes und das ungewöhnliche, fast unheimliche Gefühl das Meer so weit unter sich zu hören.

Bree breitete vorsichtig die Arme aus und spürte, wie der Wind durch ihre Finger hindurchglitt, sie streichelte und sie mit seiner Kraft zum Zittern brachte. Und bei jedem Lenkmanöver, das Dexter durchführte, spürte sie wiederum die Freiheit sich schnell und kraftvoll zu bewegen, in absoluter Sicherheit und Harmonie. Es war Freiheit. Nichts anderes.

Die raue Kante des Waterstein Head, auf dem ein halbes Dutzend Schafe graste, kam in Sichtweite. Seine Form machte ihn zu einem beeindruckenden rauen Klippenrand, aber die Tatsache, dass sie einfach über ihn hinwegbrausten, gab Bree das flüchtige Gefühl unbesiegbar zu sein.

Dexter ließ den Schirm tiefer gleiten. Plötzlich waren sie so nah über der rauen Wiesenlandschaft, dass sie glaubte mit den Füßen den Boden berühren zu können, dann griff der Schirm nach einer Böe und brachte sie wieder in die Höhe. Ein Lenkmanöver später rasten sie über den Rand der Klippe und flogen an der steilen Wand entlang.

„Siehst du das?“

Bree blickte sich überwältigt von den Eindrücken um. „Wo?“

„Da vorne!“

Und dann sah sie es. Ein Wasserfall, in dem sich das Licht in allen Farben brach, stürzte lautstark aus den Felsen direkt hinab in die Tiefe des Meeres. Es war ein unglaublicher Anblick. Und das Gefühl auf gleicher Höhe mit der Quelle zu sein, aus der der Wasserfall entsprang, gab ihr das Gefühl, als wäre sie in einer anderen Welt.

„Es ist wunderschön“, rief sie. „Es ist … als würde ich durch meine eigene Fantasie fliegen!“

Ja, dachte sich Dexter, so fühlte er sich auch immer, wenn er flog.

„Festhalten!“, rief er und ließ den Schirm tiefer gleiten. „Das könnte jetzt etwas feucht werden.“

„Was?“

Doch da stürzten sie schon direkt auf den Wasserfall zu und streiften ihn, weit genug entfernt, um den Schirm nicht zu beschädigen und doch nah genug, um das eisige, klare Quellwasser auf der Haut zu spüren, das donnernd zuerst waagerecht aus dem Felsen schoss und dann unaufhaltsam in die Tiefe stürzte.

Bree schloss die Augen und lachte lauthals. Was für ein Gefühl. Was für ein Erlebnis!

Dexter flog zwei große Kreise um und durch den Wasserfall und drehte dann ab. „Mir geht der Wind hier oben aus, Bree. Ich muss zurückfliegen!"

„Ja, gut!", rief sie und leckte sich das Quellwasser von den Lippen.

Mit einem großen Schwung, an den sie sich bereits gewöhnt hatte, drehte der Schirm bei und glitt fort von den Felsen weiter zu den Wiesen. Plötzlich fuhr ein Ruck durch ihren Körper.

„Was war das?" Sie versuchte sich zu Dexter zu drehen und sah nur, dass sein besorgter Blick nach oben gerichtet war.

Dann noch ein Ruck.

„Verdammt!"

Irgendetwas an seiner Stimme klang außerordentlich beunruhigt.

„Was ist denn los?"

„Einige der Fangleinen sind gerissen."

„Was?" Sie spürte Panik in sich aufwallen. „Stürzen wir jetzt ab?"

„Ich hoffe nicht."

Dexter steuerte den Schirm auf ein freies Feld zu und ließ ihn schneller sinken, als es für eine sanfte Landung gut sein konnte. Als noch eine der Fangleinen riss, schrie Bree unvermittelt auf.

Der Boden raste auf sie zu, so dass sie sich unwillkürlich fragte, wie es sich anfühlen mochte, wenn in einem Körper sämtliche Knochen auf einmal brachen.

„Hör zu“, rief Dexter über das Flattern hinweg, das plötzlich vom Schirm ausging. „Das läuft auf eine Bruchlandung hinaus. Wenn ich jetzt sage, dann halt deine Arme vors Gesicht und zieh die Beine an! Ich werde versuchen uns herumzureißen, so dass ich der Puffer zwischen dir und dem Boden bin.“

Sie riss erschrocken die Augen auf. „Und was ist mit dir?“

„Ich bin doch dein Bodyguard, oder nicht?“

„Aber von Abstürzen steht nichts in deinem Arbeitsvertrag!“

„Ich habe überhaupt keinen Arbeitsvertrag. Und jetzt sei still und zieh die Füße ein und zwar … *jetzt*!“

Bree riss die Arme in die Höhe und rollte sich in ihrem Geschirr so klein zusammen, wie es ihr nur möglich war. Sie spürte, wie sie herumgewirbelt wurde und im nächsten Moment einen Aufprall. Dexter stöhnte dumpf auf, während sie der Schirm noch einige Meter über den unebenen Boden schleifte und sie mit einem heftigen Ruck durch die Luft hüpfen ließ. Beim nächsten Aufprall spürte sie einen Schmerz im Oberkörper, der so stark war, dass er ihr den Atem raubte. Und plötzlich kamen sie zum Stillstand.

Dexter ignorierte die dumpfen Schmerzen an diversen Stellen seines Körpers, rollte sich hastig auf alle Viere und blickte auf Bree hinab, die zusammengerollt auf dem Boden lag, die Augen fest zusammenkniff und bis auf einige Abschürfungen und eine zerfetzte Hose unverletzt zu sein schien.

„Bree, bist du okay?“

„Ja, ich denke -“ Sie versuchte sich aufzusetzen, doch sank mit einem erstickten Stöhnen wieder ins hohe Gras.

Dexter betrachtete sie. Sein Blick verfing sich an ihrer

Schulter, die in einem unnatürlichen Winkel abstand.

„Du hast dir die Schulter ausgekugelt."

„*Was?*"

Sie spürte Dexters Finger an ihrem Geschirr. Er zog es ihr vorsichtig ab und als sie endlich die Augen öffnete, blickte er stirnrunzelnd auf sie hinunter. Da es bereits dämmerte, konnte sie ihn besonders gut erkennen.

„Du hast so ein schönes Gesicht", sagte sie plötzlich.

Offenbar hatte der Absturz ihre Selbstkontrollmechanismen beschädigt. Dexter schien das ebenfalls zu denken.

„Bree", sagte er mit besorgter Eindringlichkeit, „ich bin es, Dexter."

„Ja, ich weiß." Sie lächelte gequält und versuchte ihren Arm zu bewegen, doch es gelang ihr nicht.

„Ich muss ihn dir einrenken", stellte er fest.

„Oh, nein. Bitte nicht."

„Es muss sein."

„Kann das nicht ein Notarzt machen?"

„Bree, wir sind am Ende der Welt. Willst du noch eine Stunde mit diesen Schmerzen hier liegenbleiben?"

Sie sank zurück ins Gras und schüttelte den Kopf.

Dexter griff nach ihrem Arm und spürte, wie ihr Körper unter einem unterdrückten Schluchzen erbebte.

„Bree", sagte er leise. „Sieh‘ mich an!"

Sie öffnete die Augen und fand seinen besorgten Blick.

„Vertraust du mir?"

Zögerlich nickte sie.

„Sag es", verlangte er eindringlich. „Ich will, dass du es sagst."

„Ich … ich vertraue dir."

Er griff nach ihrer gesunden Hand und legte sie sich auf den Oberschenkel. „Halt dich an mir fest. Egal wie fest."

Sie krallte sich in seinen harten Oberschenkelmuskel und ließ zu, dass er mit beiden Händen ihren anderen Arm nahm. „Es wird nur ein kurzer Schmerz sein. Nur ein Moment. Und dann ist alles gut.“ Er kam ihr so nahe, dass sie in seine Augen blicken konnte. „Vertraust du mir?“

Sie nickte. „Ich vertraue dir.“

In diesem Moment drehte Dexter ihren Arm nach innen und zog ihn vor, so dass das Gelenk mit einem schabenden Geräusch und einem kochenden Schmerz wieder zurück in die Pfanne sprang. Bree schrie auf und sank eine Sekunde später in sich zusammen.

Sie wirkte fix und fertig. Der Schmerzensschweiß stand ihr auf der Stirn und ihre Brust hob und senkte sich unter flatternden Atemzügen.

Sie war ihm so ausgeliefert, so hilflos. Der Wunsch sie zu beschützen und vor allem Schlechten zu bewahren, brüllte in ihm auf, wie ein heftiger Urinstinkt, der sich nach über dreißig Jahren einzig und allein für sie an die Oberfläche gekämpft hatte.

„Bist du okay?“

„Ja“, kam es schwach aus dem Gras.

„Bree, wie war das mit der Ehrlichkeit?“

Sie öffnete die Augen und blickte ihn an. Dann begann sie hektisch zu blinzeln und plötzlich brach ein lautes Schluchzen aus ihrer Kehle, so dass sie sich beschämt den gesunden Arm vors Gesicht hielt.

Dexter zog sie in eine sitzende Position und schloss sie fest in seine Arme. Er wusste nicht genau, ab wann sein Griff schmerzhaft war, so etwas hatte ihn vorher schließlich noch nie interessiert, aber er versuchte seine Berührung so zu dosieren, dass sie sich sicher fühlte.

Sie schlang ihren unverletzten Arm um seine Kehle und krabbelte auf seinen Schoß wie ein Kind. Ihr Gesicht vergrub sie an seinem Hals und die Feuchtigkeit ihrer Tränen brannte mit verwirrender Hitze auf seiner Haut.

„Ich würde es dir abnehmen, Bree“, erklärte er mit plötzlicher Inbrunst. „Ich würde dir all die Angst und den Schmerz abnehmen, wenn ich könnte.“

Anstatt ihm zu antworten, weinte sie sich aus, hielt ihn dabei fest und überließ sich dem Moment der Schwäche.

Dexter konnte nicht begreifen, warum er diesen Augenblick so sehr genoss. Da er gerade als lebender Puffer zwischen Bree und dem Boden fungiert hatte, tat ihm jeder Knochen im Leib weh, sie selbst wurde von heftigem Schluchzen geschüttelt und vermutlich war sein Telefon zu Bruch gegangen und sie würden Stunden brauchen, bis sie von ihrer Absturzstelle wegkämen. Und doch … die Art, wie sie bei ihm Trost suchte und das Gefühl ihres weichen, warmen Körpers, der sich an seinen schmiegte, ihr Geruch und das Gefühl ihr Halt geben zu können, lösten etwas in ihm aus, das er noch nicht kannte.

Er fühlte sich von ihr angezogen. Mehr als es gut sein konnte. Für sie beide.

Als hätte sie seine Gedanken gehört, löste sie sich von ihm, blickte ihm fest in die Augen und war ihm dabei so unerhört nah. Aus einem Impuls heraus umfasste er ihr tränennasses Gesicht und beugte sich über sie, verharrte jedoch im allerletzten Moment.

Sie hätte sich küssen lassen. Ihr Blick verriet ihm, dass sie sich ihm ganz überlassen hätte, wenn er es nur von ihr verlangt hätte; ein Vertrauen in ihn, das ihn heftig zurückschrecken ließ.

Um sich selbst zu fassen und seine plötzlich aufwallende Erregung unter Kontrolle zu bringen, hob er die Lippen und hauchte ihr einen Kuss auf die Stirn.

„Tut es noch weh?“, fragte er, um sie beide abzulenken.

Anstelle einer Antwort reckte sie ihm ihr Gesicht entgegen. „Nicht aufhören“, sagte sie leise, doch Dexter schüttelte den Kopf.

„Das wäre nicht richtig, Bree."
„Warum nicht?"
„Ich bin nicht gut … für dich."
„Ich glaube schon."
„Ich bin ein schlechter Mensch." Plötzlich überkam ihn beinah Panik bei der Ehrlichkeit, die sie ihm entlockte.

Sie war eine Jungfrau, bei Gott! Niemals würde sie den Mann vergessen, mit dem sie das erste Mal zusammen war. Und er hatte noch nie eine unschuldige Frau gehabt. Er war kein rücksichtsvoller Liebhaber. Bisher war jedes Aufeinandertreffen mit einer Frau hart und schnell gewesen.

Ihre Hand auf seiner Wange brachte seine Gedanken zum Verstummen.

„Nichts, was ich bisher mit dir erlebt habe, war schlecht. Im Gegenteil: du hast mir das Leben gerettet. Und du bist mit mir geflogen."

„Ich bin mit dir abgestürzt", korrigierte er und sie konnte nicht verhindern, dass sie lachen musste.

Diese unbefangene Sekunde nutzte er und schob sie von seinem Schoß. Dann stellte er sie auf die Beine.

„Wir rufen jetzt deine beiden Freunde bei der Polizei an." Tatsächlich war sein Handy noch intakt.

Brees Lächeln verschwand. „Warum willst du die Polizei rufen?"

„Weil ich verdammt viel Geld wetten würde, dass die Leinen nicht von allein gerissen sind."

*

Der ältere Inspector namens McGrue stand stirnrunzelnd über dem Schirm und betrachtete ihn mit einem Gesichtsausdruck, der Dexter sofort verriet, dass er keine Ahnung von dem hatte, was da vor ihm lag.

Gottlob rückte gerade die Spurensicherung an.

„Was macht Sie so sicher, dass es keine Materialermüdung war, Mr. Hay?“

„Wenn Sie sich das feine Stoffhöschen dreckig gemacht und einmal die Mühe auf sich genommen hätten, an den Schnüren zu riechen, wüssten sie es.“

Der Inspector betrachtete ihn irritiert. „Zu … *riechen*?“, wiederholte er ungläubig.

„Zitronensäure.“ Er zeigte auf den Schirm, während der Forensiker anfing Fotos zu machen und wortlos Nummern rund um den Schirm aufzustellen. „Jemand hat sie auf die Fangleinen geträufelt. Sie frisst sich langsam hinein und sorgt dafür, dass sie erst reißen, wenn man schon eine Zeitlang in der Luft ist, hoch genug, um tödlich abzustürzen. Wir hatten verdammtes Glück, dass die Thermik so schlecht war.“ Er warf einen kurzen Blick zu Bree, die die Arme so fest vor der Brust verschränkt hielt, als würde sie sich selbst umarmen wollen.

„Sie meinen also, jemand hat versucht Miss Kennedy mit Zitronensäure zu töten.“ Der Inspector lachte und Dexter musste beinah die Ahnungslosigkeit bewundern, mit der man anscheinend bei Scotland Yard Karriere machen konnte.

„Nein, Sie Genie!“, entgegnete er grimmig. „Niemand wusste, dass Bree mit mir mitfliegen würde. Sie wusste es ja selbst nicht, bis wir vor der Rampe standen und ich den Schirm auspackte. Dieser kleine Anschlag galt nicht Miss Kennedy, sondern mir.“

Der Inspector runzelte die Stirn, während Bree zu Dexter aufsah. Es war offensichtlich und doch hatte sie bis zu diesem Augenblick angenommen, dass sie hatte sterben sollen.

„Tut mir leid, dass ich etwas überrascht bin. Auf dieser Insel passiert praktisch nie ein Verbrechen. Vor einer

Woche wurde ein Priester vermisst gemeldet, der sich vermutlich mit seiner Haushälterin nach Übersee abgesetzt hat. *Das* ist hier das Maximum an Verbrechen."

„Verstehe."

„Wer also könnte Sie töten wollen?", fragte der Polizist.

Dexter stieß ein Lachen aus. „Wenn Sie meine Vergangenheit kennen, dann wissen Sie, dass es da eine verflucht lange Liste gibt, mein Freund."

„Das ist nicht nötig", erklärte Bree. „Das hat nichts mit deiner Vergangenheit zu tun. Das war der Irre, der mich verfolgt. Er wollte dich beseitigen, so wie er die andern Männer auch beseitigt hat."

Sie blickte den Inspector an, der wiederum Dexter ansah. „Was denken Sie, Hay?"

„Ich denke, dass Miss Kennedy Recht hat."

Der Polizist schlug nickend seinen Block zu und steckte ihn ein. „Ja, das denke ich auch. Gut, dann werde ich Sie jetzt erst einmal zurückfahren. Brauchen Sie einen Arzt, Miss Kennedy?"

Sie schüttelte den Kopf und ging zum Polizeiwagen. Die Schuldgefühlte nagten an ihr. Beinah wäre Dexter ihretwegen gestorben.

Er auch noch.

Ausgerechnet er!

Wortlos setzte sie sich auf die Rückbank. Als er sich neben sie setzte, blickte sie nicht auf. Und das tat sie auch die ganze Fahrt über nicht.

Der Inspector legte Bree noch einmal nahe, sich in Schutzhaft nehmen zu lassen. Sie bemerkte, dass ihm Dexter nicht widersprach, weigerte sich jedoch vehement.

Das war ihre Show! Und sie würde sie tanzen. Und wenn es das, verdammt nochmal, letzte war, was sie tat.

„Wir werden aber ein Team zu ihrem Schutz abstellen", erklärte McGrue, als er in die Einfahrt der Burg bog.

„Das ist nicht nötig", erklärte sie knapp.

„Bei allem Respekt, Miss Kennedy. Das haben Sie nicht zu entscheiden."

Indem er so sehr auf den Schutz von Bree beharrte, sammelte er bei Dexter massiv Pluspunkte. Als er ihren Blick auf der Schläfe spürte, wandte er sich ihr zu und beantwortete ihre ungestellte Frage mit einem Nicken. Seufzend sah sie in den Rückspiegel, in dem sie aufgrund der einbrechenden Dämmerung den Polizisten gut erkennen konnte.

„Na, schön. Vielen Dank, Inspector."

Er öffnete ihr die Tür und wartete, bis Dexter neben ihr stand. Die Männer nickten sich wortlos zu und der Polizist fuhr wieder davon.

„Soll ich dich zu einem Arzt bringen?", fragte Dexter besorgt.

„Nein, mir fehlt nichts." Sie lächelte halbherzig. „Meine Beine sind in Ordnung. Das ist das Wichtigste."

Er brachte sie zu ihrem Zimmer und ging wie selbstverständlich mit hinein. „Du hast doch nichts dagegen, wenn ich mich ein wenig umsehe?"

„Natürlich nicht." Sie ließ sich auf die kleine Couch fallen und griff nach der Karaffe auf dem Beistelltisch. „Auch einen?", fragte sie.

„Nein, danke."

„Weil du im Dienst bist?"

Mit einem Lächeln, das für einen Augenblick die Strenge aus seinem schönen Gesicht vertrieb, wandte er sich ihr zu. „So ungefähr."

Normalerweise trank Bree keinen Alkohol während Trainingsphasen, schon gar keinen harten. Aber heute, so fand sie, hatte sie ihn sich redlich verdient.

Sie hob das Glas. „Sláinte!"

„Sláinte mhaht!", entgegnete Dexter und suchte weiter

alle Winkel und Möbelstücke ab, betastete die Unterseiten von Tischen und blickte hinter die Vorhänge. „Woher kannst du eigentlich gälisch?“

„Du bist nicht der einzige Schotte hier.“

„Ich bin kein Schotte.“ Er stellte seine Suche ein und setzte sich ihr gegenüber in einen Sessel.

„Du klingst aber wie einer. Und ich wette, dass deine Haare rot sind.“

Er zog die Stirn kraus. „Siehst du meine Haarfarbe denn nicht?“

„Nein. Und gerade mit Rot habe ich Probleme. Es erscheint in meinem schier endlosen Spektrum an Grautönen in einem ganz speziellen Ton. Sind sie denn rot?“

Dexter nickte. „Wie Feuer.“

Mit einem breiten Grinsen nahm Bree einen weiteren Schluck. Der Whisky brannte wohlig in ihrer Kehle und breitete sich als klärende Glut in ihrem Magen aus. „Warum bist du kein Schotte?“

„Meine Mutter war US-Amerikanerin. Also … bin ich es auch.“

Daher also die Verbindung zur CIA und dem Präsidenten. Bree blickte Dexter forschend ins Gesicht. Er sah aus, als würde er über alles, nur nicht über seine Mutter sprechen wollen.

„Lange Geschichte?“, fragte sie diplomatisch.

„Sehr lang.“

„Verstehe.“

„Wir sollten uns umziehen“, befand Dexter. „In einer Stunde ist dein Abendessen.“

„Du begleitest mich doch, oder?“

„Natürlich.“

Sofort fühlte sie sich etwas ruhiger. Die Geschehnisse des Nachmittags kamen ihr wieder ins Gedächtnis und die

Todesangst, die sie empfunden hatte; nicht nur für sich selbst. „Ich kann den Gedanken nicht ertragen, dass dir meinetwegen etwas passiert."

„Darüber solltest du dir keine Sorgen machen."

„Tue ich aber."

„Ich bin es nicht wert, glaub mir."

Plötzlich stand sie auf und kam zu ihm. Vorsichtig legte sie ihre Hände auf sein Gesicht und ertastete dessen Konturen auf die Art, die Dexter schon vertraut war, und ihn doch sofort aufs Neue gefangen nahm. Dann plötzlich beugte sie sich zu ihm hinab und küsste ihn auf die Stirn.

„Ich mag dich sehr gerne, Dexter Hay."

Perplex, wie er war, brauchte er mehrere Sekunden, um sich zu fangen. Bevor er jedoch antworten konnte, klopfte es an der Tür.

Dexter zog eine Waffe aus dem Hosenbund, von dessen Existenz Bree bis zu diesem Moment nichts gewusst hatte.

„Wer ist da?", rief er und seine Stimme war laut, wie Donner. Sie war so völlig anders, als wenn er mit ihr sprach.

*„Ich bin es, du Arschloch!"*

Dexter steckte die Waffe weg und nickte die verwirrte Bree an. „Das ist mein Bruder Lloyd."

„Achso."

„Kann ich ihn reinlassen?"

„Ja, klar."

Dexter stand auf, warf noch einen kontrollierenden Blick durch den Spion und öffnete schließlich die Tür. Zu seiner ehrlichen Überraschung wirkte er ansatzweise besorgt.

„Was willst du hier?"

Lloyd hob abwehrend die Arme. „Entschuldige, dass ich dich sehen wollte, nachdem du schier draufgegangen wärst. - Wow!" Erst jetzt warf er einen Blick auf Dexters und Brees Kleider.

„Ihr seht aus, als wart ihr durch den Mixer gedreht worden."

„Sind wir gewissermaßen auch."

„Dass du die harte Nummer vorziehst, weiß ich ja. Aber dass es die junge Dame auch so wild mag …"

„Danke für deinen Besuch, Lloyd." Dexter warf einen kurzen Blick zu Bree, die teils beschämt, teils verwirrt und gleichzeitig um Fassung ringend dastand und Lloyd vermutlich nur schemenhaft erkennen konnte.

„Ja, verstehe. Ach und Dad meinte, dass der Festsaal fertig wäre. In zwanzig Minuten steht das Buffet."

„Vielen Dank, Mr. Hay." Bree lächelte kühl. „Sie und Ihre Schwester sind natürlich ebenfalls eingeladen. Natürlich mit Tischpartnern."

Lloyd grinste Dexter auf eine so triumphierende Art an, dass dessen Blut anfing zu kochen.

„Wir verfügen zwar über keine Tischpartner, wie Sie so schön sagen, nehmen die Einladung jedoch sehr gerne an, Miss Kennedy. Vielen Dank!" Mit diesen Worten verschwand er.

Dexter warf die Tür hinter ihm ins Schloss und fuhr zu Bree herum. „Warum hast du ihn eingeladen?"

„Warum hätte ich es nicht tun sollen?"

„Weil er …, er … ist hinter dir her."

„Und?"

„Und ich will nicht, dass er dich mit seinen Drecksfingern anfasst."

„Aha." Sie verschränkte die Arme vor der Brust und blickte ihn abschätzend an. „Warum eigentlich nicht, Dexter?"

„Weil ich … es einfach nicht will."

Sie machte einen wütenden Schritt auf ihn zu. „Das ist die Erklärung, die mir ein Fünfjähriger geben würde! Ein *Fünfjähriger*!", zischte sie dabei und funkelte ihn aus ihren grellblauen Augen an. „Sag mir, warum!"

„Weil ich … ich …" Diese Stotterei musste ein Ende haben. „Weil ich so eifersüchtig auf ihn wäre, dass ich ihm vermutlich den scheiß Schädel vom Hals reißen und in seinen Hals spucken würde. Ich brauche nur Handgriffe, um zu töten, Bree! Handgriffe!"

Ihre Wut verrauchte und wich einer analytischen Miene. „Willst du mir mit solchen Sätzen Angst machen, Dexter? Betonst du immer wieder, was für ein eiskalter Killer du bist, um mich von dir fernzuhalten?"

Er stockte und schwieg für einen verräterischen Moment. Vermutlich traf sie damit den Nagel auf den Kopf. Und sie wusste es. Sie trat vor ihn und tippte mit dem Zeigefinger gegen seine Brust.

„Das funktioniert nicht", erklärte sie leise und brachte ihn damit schier zur Verzweiflung.

„Bree, verdammt. Was soll das werden? Was willst du von mir?"

Sie blickte zu ihm empor mit einer Stärke, die ihn an dieser Frau immer wieder beeindruckte.

„Ich will mit dir zusammen sein."

Er zog die Stirn kraus. „Wir sind doch die ganze Zeit zusammen."

„Ich möchte nachts mit dir zusammen sein, Dexter."

Er verschluckte sich beinah an seinem eigenen Atem. Hatte er das gerade richtig verstanden? Sie … wollte, wollte mit ihm …

„Ich verlange keine Liebesschwüre und keine Treue, keine Blumen und Ringe, keine Zukunft und keine Versprechen. Ich weiß auch nicht, ob du mich attraktiv findest, aber für den Fall, dass doch … würde ich – um das mal formvollendet antiquiert auszudrücken – gerne bei dir liegen."

Blinzelnd versuchte er einen klaren Gedanken zu fassen. Dieses Mädchen sprach über ihre Entjungferung, als würde sie beim Straßenverkehrsamt einen Antrag stellen.

„Bitte vergib mir, dass ich das so … vortrage, aber solltest du irgendwelche Signale aussenden, sehe ich diese schlichtweg nicht. Egal ob positive oder negative, also sage ich es einfach so … grade heraus."

Als er nicht antwortete, lächelte sie verlegen und zeigte zum Badezimmer. „Und jetzt entschuldige mich bitte, ich gehe duschen und versinke danach vor Scham im Erdboden."

„Bree", er hielt sie bei den Schultern fest, als sie davongehen wollte. „Ich bin sicher keine gute Wahl für … das erste Mal."

„Warum nicht?"

„Warum …?" Er brach ab.

Dieses Gespräch konnten sie doch unmöglich führen. Es war grotesk und erinnerte ihn viel zu sehr daran, dass er mit jedem Wort, mit dem er gegen ihr Anliegen argumentierte, mehr spürte, wie sehr er es selbst wollte.

„Bree, auch wenn du es vielleicht nicht sehen kannst, lass dir gesagt sein, ich bin ein schlechter und egoistischer Mensch. Außer dir scheint das hier jeder zu begreifen."

„Ich will dir mal ein Geheimnis verraten, Dexter: um zu sehen, ob ein Mensch gut oder schlecht ist, hat man glücklicherweise noch nie intaktes Augenlicht gebraucht. Und jetzt entschuldige mich bitte." Sie zog sich kurzerhand den Pullover über den Kopf und wandte sich zum Gehen. „Ich muss mich für das Dinner fertigmachen."

Mit diesen Worten ließ sie ihn stehen und wusste verdammt genau, dass er ihr nachstarrte wie ein pubertierender Trottel; dass sich sein Blick an ihrem schlanken Rücken, den durchtrainierten Schultern und der verheißungsvollen Rundung ihrer Brust verfing, die durch den eleganten schwarzen BH noch betont wurde.

Warum sollte er es schon leugnen: sie war schön, wie die Sünde und unschuldig wie ein Engel. Und sie wollte ihn; ausgerechnet ihn. Er musste ein Trottel sein, wenn er ihr Angebot ausschlug.

Oder aber, das bemerkte die leise Stimme, die seinem Ehrgefühl gehörte, er tat einmal in seinem Leben etwas, das richtig war, und ließ dieses Mädchen in Ruhe.

Als die Dusche ansprang, machte er einen Schritt zur Tür. Er war schmerzhaft erregt und aufgewühlt. So sehr er über die kleine Hupfdohle am Anfang gelacht hatte; dieses Mädchen setzte ihn mit wenigen Worten … einfach schachmatt.

## V

Die altehrwürdigen Schachbrettfließen im Erdgeschoss quittierten Elles hastige Schritte mit einem stetigen Klacken.

„Und die schwarzen Kostüme werden doppelt so teuer, wie geplant!“ Mit ihrer Ordnermappe stöckelte sie neben Bree her, die im Geiste die Schritte bis zum Dinnersaal zählte. Da die Burg hellerleuchtet war, konnte sie praktisch nichts sehen.

„Wie kommt das?“

„Die Schneiderfirma ist insolvent. Der Insolvenzverwalter lässt den Auftrag weiterlaufen, aber nur für einen entsprechend hohen Preis. Mein Vorschlag wäre, dass wir im Osten -“

„Nein, ich will die Originalkostüme. Versuch den Insolvenzverwalter noch etwas runterzuhandeln und dann sag zu.“

„Aber -“

„Ich will hier eine Firma beauftragen, Elle. Keine kleinen Kinder, die sich in irgendeinem Keller die Finger blutig nähen müssen.“

Sie verzog das Gesicht und rollte mit den Augen. „Du bist wirklich unbelehrbar.“

*„Oh, meine Damen.“*

Da Elle plötzlich stehenblieb, tat Bree es ihr gleich. Und auch die Stimme erkannte sie.

„Lloyd.“ Sie versuchte sich an einem höflichen Lächeln, das ihr fast gelang. „Wie schön, dass Sie es einrichten können.“

Sie musste dem Drang widerstehen sich zu Dexter umzudrehen, der einige Meter hinter ihr etwas mit einem der Polizisten klärte.

Verdammt nochmal, warum mussten diese Bodyguards immer in irgendwelchen Ecken herumstehen und geschäftig in Mikros hineinflüstern? Warum konnte Dexter nicht einfach neben ihr auftauchen, und –

Als sie eine große Hand am Ellbogen berührte, zuckte sie zusammen. Als hätte Dexter ihre Gedanken gelesen, stand er neben ihr und sie wollte wetten, dass er seinen Bruder mit all der Feindseligkeit, mit der er so außerordentlich reich beschenkt war, anblickte.

„Hallo Lloyd“, sagte er mit einer Stimme, die Eis vor Kälte hätte erzittern lassen. Schemenhaft erkannte Bree, wie Elle fassungslos zwischen den beiden hin und her starrte und unauffällig einen halben Schritt zurücktrat.

„Bree, könntest du noch einmal ins Büro kommen?“, fragte Dexter und sie blickte nickend zu ihm empor.

„Ihr entschuldigt uns? Lloyd könnten Sie meine Mitarbeiterin Elle schon einmal in den Saal begleiten?“

„Mit dem größten Vergnügen.“

Dexter zog sie beiseite und steuerte unauffällig in einen der anderen Gänge. Erleichtert sackten ihre Schultern herab.

„Du rettest mir das Leben“, erklärte sie leise, als Dexter sie endlich außer Hörweite ihres Bruders gebracht hatte.

Sie konnte nicht sehen, wie hart seine Lippen aufeinandergepresst waren und dass der Muskel in seiner Wange vor Anstrengung zuckte.

„Ich rette *ihm* das Leben“, erklärte er finster.

„Wohin gehen wir?“

*Vor allem weg von meinem brunftigen* Bruder, dachte er sich, sagte aber „Nirgendwo hin. Wir drehen eine Runde durch den Westflügel und tauchen zu deinem Abendessen wieder auf, wenn alle sitzen.“

„Sitzt du neben mir?“, fragte sie hoffnungsvoll und merkte, wie sich sein Griff an ihrem Arm verstärkte.

„Ich habe die Polizisten instruiert. Sie überwachen den Saal, so dass ich neben dir sitzen kann.“

„Gott sei Dank.“

Plötzlich blieb er abrupt stehen. Als Bree fragen wollte, was los war, legte er ihr zwei Finger auf den Mund. Mit heftig schlagendem Herzen hörte sie den Druckknopf seines Pistolenholsters und das leise Schaben, als er die Waffe herauszog.

Als er Bree hinter seinen Rücken schob, trat sie willig und möglichst lautlos zurück. Jetzt hörte sie die leisen Schritte auch. Der bittere Geschmack der Panik lag auf ihrer Zunge und sie hatte Mühe ihren Atem zu kontrollieren.

Sie bemerkte, dass Dexter aufhörte zu atmen und tat es ihm unwillkürlich gleich. Dann so plötzlich wie eine Klapperschlange schoss er vor und packte jemanden, schleuderte ihn herum und gegen die grobe Steinmauer.

Ein dumpfes Ächzen erklang, ein Geräusch, das man machte, wenn der Schmerz zum Schreien zu groß war.

„Wer bist du, Mann?“, knurrte Dexter, während Bree angestrengt die Augen zusammenkniff, um zu sehen, wen er da in der Mangel hatte.

„Ich, ich, … ich -“

„Falsche Antwort, Arschloch!“ Er riss den Körper in seinen Händen zu sich und knallte ihn noch einmal gegen die Wand.

Bree war sich nicht sicher, doch sie wagte einen Versuch.

„Chester?“, fragte sie.

„Ja.“ Das Wort war nicht mehr als ein kraftloses Gurgeln. Offenbar wurde er gewürgt.

Bree riss die Augen auf und griff nach seinem Arm.

„Dexter, lass ihn los! Bitte!“

„Kennst du ihn?“

„Das ist Chester. Mein Techniker!“

Es dauerte noch zwei Sekunden, dann plötzlich sank Chester hustend zu Boden, ein untrügliches Zeichen dafür, dass Dexter ihn losgelassen hatte. Bree ging in die Hocke und tastete blind umher, bis sie einen schmalen Unterarm zu fassen bekam.

„Bist du okay?“, fragte sie. „Warum bist du denn hier? Müsstest du nicht im Krankenhaus sein?“

„Ich …“ Er räusperte sich und befühlte seinen Kehlkopf. „Ich habe mich heute entlassen.“ Ein trockener Hustenanfall unterbrach ihn. Dann sprach er mit tränenden Augen weiter. „Ich wollte dich nicht mehr … alleine lassen mit dem ganzen Kram. Du warst nicht auf deinem Zimmer. Da habe ich rumgefragt und gehört, dass ihr essen wollt.“

„Und was wollten Sie dann *hier*?“, fragte Dexter eisig, machte dabei keinerlei Anstalten Chester zu helfen, als dieser sich auf die Beine kämpfte.

„Dieser verfluchte Kasten hat 100.000 Türen. Ich habe mich verlaufen!“

Das konnte tatsächlich stimmen. Die Burg hatte immerhin fast 200 Zimmer. Der Kerl wirkte jetzt, wo die Röte aus seinem Gesicht wich, grünlich, der Cut über seiner Braue verheilte und die Haut drum herum schillerte in verschiedenen Blau- und Gelbtönen. Alles in allem ein farbenfroher Kerl, der Dexter nicht einmal bis zur Achselhöhle reichte.

„Ich frage mich überhaupt“, sagte er, nachdem er sich etwas erholt hatte, „wie du dich hier … zurechtfindest.“

„Ihr Versuch kryptisch um Brees Augenlicht herum zu formulieren ist unnötig. Ich weiß es.“

Er sah sie überrascht an. „Tatsächlich?“

„Ja, tatsächlich. Chester, das ist Dexter Hay, mein … neuer Bodyguard. Dexter, das ist mein Techniker Chester."
Die beiden schüttelten sich die Hände und Chesters Gesichtsausdruck nach zu urteilen, nutzte Dexter diese Gelegenheit um seine Überlegenheit zu demonstrieren. Chester verdrehte schmerzhaft die Augen.
„Dann kommt", sagte sie zu beiden. „Wir wollen die anderen nicht warten lassen."

Flankiert von den beiden Männern, die unterschiedlicher wohl kaum hätten sein können, betrat Bree den Saal. Sie erkannte, dass die Tische U-förmig angeordnet waren und dass alle zwar mit dem Essen gewartet hatten, sich die Zeit jedoch mit Getränken vertrieben.
„Chester!" Michael sprang förmlich von seinem Stuhl und eilte ihm entgegen. „Wie geht es dir, Junge?"
„Bestens, Michael. Danke."
„Wir brauchen ein weiteres Gedeck", erklärte Bree.
„Mein Vater lässt immer für mindestens eine Person mehr auftragen." Sein Blick schweifte über die Gesellschaft, bis er das ungerührte Gedeck fand. „Dort hinten."
Mit einem Nicken verzog sich Chester an den Platz, den Dexter ihm zugewiesen hat.
Bree fühlte derweilen seine Hand am Ellbogen und ließ sich durch die immer greller werdende, weiße Blindheit zu ihrem Platz führen.
„Was willst du denn hier?" Dexters Stimme nach zu urteilen, konnten diese Worte nur einem gelten.
„Deine Chefin hat uns doch eingeladen." Lloyds Stimme war blasiert und das Wort *Chefin* sprach er mit ganz außergewöhnlicher Abfälligkeit aus.
„Ich hatte nie einen Beschützer, bei dem ich mich sicherer gefühlt hätte, Mr. Hay", erklärte Bree gefasst und spürte Dexters Griff immer härter.

Ganz offenbar wollte er ihr mitteilen, dass er keine Schützenhilfe brauchte.

„Das kann ich mir vorstellen“, erklärte Lloyd, machte jedoch keine Anstalten den Platz neben Bree zu räumen.

„Mr. Hay, Sie verstehen sicher, dass ich Dexter an meiner Seite wissen möchte. Wenn Sie die Güte hätten ein wenig aufzurücken?“

Sie konnte förmlich hören, wie Lloyds Miene versteinerte. Sein Atem stockte und ging gepresst weiter. Er war offenbar wütend.

„Natürlich“, erklärte er. „Sicherheit geht ganz unzweifelhaft vor.“

Er schob seinen Stuhl geräuschvoll zur Seite und ließ sich von dem Kellner ein neues Gedeck auftragen. Dexter setzte sich zwischen die beiden und genoss die Tatsache, dass sein massiger Körper die Aussicht auf Brees Gestalt für seinen Bruder fast komplett versperrte.

Sein Blut kochte vor Wut und seine Fäuste ballten sich immer wieder.

Wie gerne hätte er ihm eine verpasst ...

Brees Hand an seinem Arm unterbrach seine Gedanken.

„Was gibt es zu essen?“, fragte sie leise.

Dexter reckte den Hals zum Büffet hin. „Lamm und Rind, irgendetwas Gelbes. Könnte Polenta sein. Vielleicht auch eine Art Kartoffelbrei. Süßkartoffeln gibt es auf jeden Fall. Praktisch alle Sorten gedünstetes Gemüse und verschiedene Soßen, helle, dunkle -“

„Was darf ich Ihnen auftragen, Miss?“, unterbrach ihn der Kellner.

Fasziniert beobachtete Dexter, wie Bree den Blick hob, als würde sie zum Büffet hinübersehen. „Bringen Sie mir bitte etwas dunkles Fleisch. Kein Lamm.“ Sie streckte den Finger aus. „Ist das Polenta?“

„Genau, Miss.“

„Auch davon ein wenig. Und etwas Gemüse.“ Sie lächelte. „Vielen Dank.“

Mit einem Nicken entfernte sich der Kellner. Dexters Körper vibrierte unter einem Lachen.

„Ganz schön clever“, flüsterte er in ihr Ohr. Er spürte, wie sie dabei ein Schauer überlief und stockte für einen Moment. Doch dann lächelte sie.

„Gewusst wie“, sagte sie schlicht und legte die Hand neben den Teller, streckte die Finger unauffällig aus, bis sie den Stiel ihres Weinglases fanden und erhob es in einer feierlichen Geste.

„Ich trinke auf Euch!“, erklärte sie mit überraschend lauter, feierlicher Stimme. „Auf eine gute Show. Auf rasendes Publikum! Auf gute Gage!“ Einige lachten und schließlich erklärte sie. „Auf Euch alle!“

Zustimmendes Gemurmel erklang und mit klingenden Gläsern stießen alle an. Rechts neben Bree saß Elle. Sie prostete ihr zu und murmelte etwas von „auf gute Geschäfte“.

Als sich Bree Dexter zuwandte, lächelte sie leise, fast unsicher. „Ich wünschte, ich könnte jetzt dein Gesicht sehen“, flüsterte sie tonlos.

Wieder beugte er sich zu ihr, brachte die Lippen so nah an ihr Ohr, dass er den süßen Duft ihrer Haut in der Nase hatte.

„Die Aussicht wäre nicht halb so bezaubernd wie die meine“, erklärte er, wunderte sich, dass das Wort *bezaubernd* in seinem Wortschatz existierte, und stieß sein Weinglas sachte gegen Brees.

Das Essen über schwiegen beide mehr oder weniger und Bree genoss die Geräusche, die um sie herum waren. Sie konnte die ausgelassene Fröhlichkeit förmlich spüren, doch auch die Spannung und Erregung, wie vor allen neuen Shows. Nichts beflügelte so sehr zu Höchstleistung. Nichts war so berauschend. Oder – das dachte sie kurz, als Dexters Hand ihre Finger streifte, offenbar als er das Besteck weglegte – fast nichts.

„Hat es dir geschmeckt?“, fragte sie ihn.

Wieder beugte er sich zu ihr. „Wunderbar.“

„Was gibt es denn da zu tuscheln?“ Die Stimme seines Bruders kam Dexter vor wie ein lästiges Insekt, das man entweder verscheuchte ... oder wahlweise erschlug.

„Geht dich nichts an!“, erwiderte er barsch, während sein Blick zu einem der Polizisten glitt, der ihm stumm zunickte. Offenbar war alles in Ordnung.

„Das sieht Miss Kennedy vielleicht ganz anders“, beharrte Lloyd, dessen Selbstbewusstsein offenbar weit unendlicher war als die menschliche Vorstellung vom Universum.

„Tut sie nicht. Sie interessiert sich nicht für dich.“

Bree ließ sich das Glas auffüllen und betete darum, dass die Szene nicht eskalierte. Vielleicht sollte sie Dexter einfach zustimmen, dachte sie. Doch dafür war es offenbar zu spät.

„Für mich tausend Mal mehr, als für dich.“

„Halt die Klappe, Lloyd. Du ruinierst das Essen.“

„Sie sitzt neben einem Killer. Was könnte den Abend wohl mehr ruinieren?“

„Ich bin hier, um sie zu beschützen. Notfalls auch vor dir.“

Sein feiner Anzug raschelte, als Lloyd sich zu Dexter herüberbeugte und flüsterte. „Du kannst doch den Gedanken nur nicht ertragen, dass ich deinen kleinen, blonden Engel ficke. Ich wette, sie steht drauf, wenn man sie ordentlich rannimmt.“

Bree wollte gerade noch Dexters Arm packen. Doch sie griff ins Leere. Schnell schloss sie die Augen, denn sie befürchtete gleich ein wenig sehen zu müssen, und gab ihren Augen eine kurze Pause von dem grellen Licht, während ein dumpfes Geräusch neben ihr erklang. Dann ein Knacken, als hätte Dexter seinem Bruder irgendetwas gebrochen. Ein Stuhl glitt zurück, irgendjemand keuchte erschrocken auf.

Dann noch ein Schlag. Irgendetwas stürzte zu Boden.

Bree wurde das Gefühl nicht los, dass es Lloyd war.

„Dafür bezahlst du, Mann!", brachte dieser mühsam hervor.

Das war für Bree der richtige Moment, um die Augen zu öffnen. Sie hatte nur Sekunden, um die Situation zu erfassen. Dexter saß noch immer, mehr oder weniger regungslos auf seinem Stuhl, während sein Bruder mit blutendem Mundwinkel und ebenfalls blutender Nase auf dem Boden hockte. Dexter wollte sich gerade auf ihn stürzen, doch Bree hielt ihn zurück. Stattdessen erhob sie sich selbst und stellte sich vor Lloyd.

„Ich habe Sie zu meinem Essen eingeladen, Mr. Hay", sagte sie ruhig, sich dabei der Tatsache sehr wohl bewusst, dass etwa fünfzig Augenpaare ihr dabei zusahen. „In bester, höflichster Absicht. Doch leider beleidigen Sie meine Gäste und Freunde. Und das bringt mich dazu Sie zu bitten, den Saal nun zu verlassen."

Dexter blickte sie fassungslos an. Sie war die Würde selbst, mit vor dem Schoß verschränkten Händen blickte sie auf Lloyd hinab.

Dieser funkelte seinen Bruder mit unverhohlenem Zorn an.

„Fick dich, Arschloch!", brüllte er.

„Das wird er natürlich nicht tun", erklärte Bree ungerührt und kam dann Lloyd so nahe, dass nur er und Dexter sie hören konnten. „Das spart er sich für seinen kleinen, blonden Engel auf."

Mit einem wissenden Lächeln erhob sie sich und legte Dexter die Hand auf die Schulter. Dieser umschloss ihre Finger in einer besitzergreifenden Geste, die dazu führte, dass seinem Bruder nachhaltig die Gesichtszüge entgleisten.

„Wo ist eure Schwester, Dexter?“

„Da hinten.“

„Sie möchte deinen Bruder bitte aus meiner Gesellschaft entfernen.“

Seine Muskeln spannten sich unter ihren Fingern an. „Das kann ich auch tun.“

„Nein, für dich fällt mir eine viel bessere Betätigung ein.“

Lloyd schnappte hörbar nach Luft, während sich Bree zu Elle umdrehte. „Elle, entschuldigst du uns? Wir nehmen den Nachtisch auf meinem Zimmer ein.“

Elles Gesicht verzog sich zu einem seltenen Lächeln. „Guten Appetit“, erklärte sie in zweideutigsten Ton.

Bree nickte und hakte sich bei Dexter unter, der sich gerade erhob.

„Vielen Dank.“

Kaum dass sie die Tür des Saals hinter sich geschlossen hatten, sackten ihre Schultern erleichtert herab. Dexter zog sich den Mikrostöpsel aus dem Ohr, während sie zu ihm aufblickte.

„Du hast so eine herrlich subtile Art, die Dinge zu regeln“, erklärte sie nicht ohne ein Lächeln.

Dexter war mehr als überrascht von ihrer gelassenen Reaktion. „Du hast ihn glauben gemacht, dass wir miteinander schlafen.“

„Allerdings.“

„Warum hast du das getan? Das wirft kein gutes Licht auf dich.“

„Warum nicht? Du bist doch ein stattlicher Kerl.“

„Ich, … ich …“ *Verdammt!* Sie brachte ihn schon wieder zum Stottern. „Ich verstehe dich einfach nicht.“

Aufgebracht blieb Bree stehen und sah zu ihm auf. Dank dem Dämmerlicht der finsteren Gänge, begann sie wieder gut zu sehen.

„Ich bin kein Engel und schon gar kein blonder Engel. Weder im eigentlichen, noch im übertragenen Sinn. Zugegeben bin ich nicht gerade hoch gewachsen, aber das gibt niemandem, und besonders nicht einem aufgeblasenen Arschloch wie deinem Bruder das Recht davon zu fantasieren, dass er mich anfasst. Und schon gar nicht, wie er mich fickt.“

„Bree!“

„Was? Denkst du ich kann das Wort *ficken* nicht aussprechen, weil ich so ein kleines, süßes Puppengesicht habe? Weil ich so unschuldig bin?“

Sie war verdammt sauer und hatte offenbar gar keine Ahnung davon, wie schön sie dabei war.

„Ich kann niemandem seine Gedanken verbieten. Leider. Aber ich kann verhindern, dass er sie in meiner Gegenwart ausspricht, als wäre ich Luft. Um es mit deinen Worten zu sagen, Dexter, ich kann nicht mit *Handgriffen* töten. Aber ich versuche mich zu wehren gegen Dinge, die mir nicht passen.“

Er blinzelte irritiert und fuhr sich mit einer Hand durch sein kurzes, rotes Haar. „Ja, das verstehe ich.“

Sie schnaufte hörbar. „Gut. Und jetzt bring mich bitte auf mein Zimmer. Dieser Kasten hat nämlich wirklich 100.000 Türen und ich habe nicht den Hauch einer Ahnung, wo zum Teufel wir sind.“

*

Dexter gab den Code vor ihrer Zimmertür ein und wartete darauf, dass die Lampe auf Grün umsprang. Dann öffnete er die Tür, ging mit der Hand an der Waffe voraus und nickte Bree zu, als er sicher sein konnte, dass alles sauber war.

„Alles in Ordnung“, erklärte er schlicht und schloss die Tür hinter ihr.

Bree griff zu der Karaffe auf dem Beistelltischchen und hob ein Glas in die Höhe. „Auch einen?“

„Gerne.“

Sie goss ein und reichte Dexter ein Glas. Dann trat sie sich die Schuhe ab und ließ die geschundenen Zehen auf dem Teppichboden kreisen. Dexter beobachtete sie irritiert.

„Was ist?“, fragte sie.

„Nichts.“

„Für *nichts* schaust du ganz schön dumm aus der Wäsche.“

„Ich wundere mich nur über dich, das ist alles.“

„Über mich?“ Sie erhob ihr Glas und prostete ihm zu, leerte dann den Whisky in einem Schluck. Sie zischte genüsslich und ließ den Kopf gegen die Lehne fallen. „Herrlich.“

„Siehst du. Solche Geräusche machen eigentlich nur über 60jährige Männer beim Trinken.“

Bree lachte. „So so“, sagte sie, dann wurde sie ernst. „Danke, dass du mir deinen Bruder vom Hals gehalten hast.“

„Du ahnst nicht, wie gerne ich das getan habe.“

„Er ist ein Scheusal.“

Dexter gab ein Achselzucken von sich. „Im Prinzip hat er ja Recht.“

„Womit?“

„Ich bin nicht gut für dich. Für niemanden. Ich bin ein

schlechter Mensch. Ich habe getötet ohne mit der Wimper zu zucken. Die Leute, die mich sehen, nehmen reiß aus. Sie schwitzen vor Angst, wenn sie mir in die Augen sehen müssen. Beim Klang meiner Stimme zucken sie zusammen."

„Ich sehe mich weder weglaufen, noch schwitzen und zusammengezuckt bin ich bisher auch selten."

„Du bist nicht normal", erklärte er schlicht.

„Aye, dankeschön."

Sie schenkte ihnen noch einmal nach und sie tranken schweigend. Bis Dexter wieder anfing zu sprechen, vergingen Minuten.

„Weißt du, wer der erste Mensch war, den ich getötet habe?"

Seine Stimme war leise und düster. Wer auch immer es gewesen war, er bereute es.

„Wer?"

„Meine Mutter."

Bree riss die Augen auf und Dexter lachte schmerzvoll.

„Weiß dein Vater das?"

„Natürlich." Dexter schenkte sich nun selbst noch einmal nach und trank. „Mein Vater hat drei Kinder von drei Frauen. Er ist von allen geschieden. Aber – wie er so schön sagt – man lässt sich vielleicht von Frauen scheiden, aber nicht von Kindern. Er wollte uns alle drei großziehen. Meine Mutter jedoch gewann den Sorgerechtsprozess und nahm mich mit zu sich in die Staaten. Aber nicht, weil sie mich so geliebt hat. Nein, sie tat es um meinen Vater zu verletzen. Und wie macht man das am einfachsten? Genau, man verletzt diejenigen, die der andere liebt."

Bree schwieg und so sprach er weiter.

„Sie hat mich normalerweise verprügelt. Nicht jeden Tag, nur wenn sie das Gefühl hatte, dass ich zu … unbeschwert war; wenn ich mich über irgendetwas gefreut habe." Er sah mit einem bitteren Lächeln auf. „Eben wenn es sich richtig gelohnt hat. Naja, jedenfalls ging das einige Jahre so. Ich hatte richtig Angst vor ihr und mein Frauenbild hat es auch nicht zwingend positiv beeinflusst. Eines Tages plünderte ich das Sparschwein, das ich vor ihr versteckt hatte und kaufte mir in der Schule eine Waffe. Das sind immerhin die USA, wo ein Fünfjähriger schon eine Maschinenpistole haben darf. An eine Knarre zu kommen, war nicht schwer."

Möglichst unauffällig verschränkte sie die Hände ineinander, presste die Finger zusammen, bis die Knöchel weiß hervortraten.

„Es war keine Notwehr. Kein Affekt. Ich habe sie gekauft, um sie zu töten, wenn sie noch einmal Hand an mich legt. Ich habe sie gehasst; aus tiefster, dunkelster Seele habe ich sie gehasst und verflucht. Trotzdem habe ich sie gewarnt. Als es wieder einmal soweit war, habe ich zu ihr gesagt, dass ich sie töte, wenn sie mich noch einmal schlägt. Sie hat gelacht. Abfällig. Ekelerregend. Wie eine Hure, die einen impotenten Freier auslacht. Als sie zuschlug, riss mich der Schlag zu Boden. Die Waffe hatte ich im Hosenbund. Ich werde niemals ihr Gesicht vergessen, als ich sie zog. Ungläubig. Ängstlich. Sie wollte flehend wirken, aber sie war noch immer voller Hass auf mich. Als sie mich bat, das Ding wegzulegen, habe ich abgedrückt. Ich habe ihr in den Bauch geschossen. Den Bauch, in dem ich gewachsen war."

Bree schluckte. „Sie war nicht sofort tot?"

„Nein. Es dauerte acht Minuten, bis sie starb. Ich habe mich neben sie gesetzt und ihr … zugesehen. Ich dachte, vielleicht in diesem Moment, wo ich sie endgültig verliere, würde ich vielleicht doch noch etwas wie Reue in ihrem Gesicht sehen. Aber da war nichts. Da war nur Verachtung. Und dann der Tod."

Seufzend ließ er den Kopf fallen und wirkte zum ersten Mal seit Bree ihm begegnet war, verletzlich. Ihr Herz raste und sie versuchte das Gehörte in irgendeiner Form einzusortieren, was ihr nicht gelang.

„Wie alt warst du?“, fragte sie schließlich und klang dabei gefasster, als sie es war.

Er blickte auf und fixierte sie mit seinen grauen Augen. Ein Zug um seine Lippen versuchte die Verletzlichkeit hinter Härte zu verbergen.

„Elf. Zu jung, um verurteilt zu werden.“

Einem Impuls folgend stand sie auf und setzte sich neben ihn. Fragend blickte Dexter auf sie herab, doch sie zog einfach seinen Kopf an ihre Brust und schlang die Arme um seine massigen Schultern so gut es eben ging.

Sie tröstete ihn tatsächlich.

Sie, das kleine, fast blinde Mädchen, dem irgendein Irrer nach dem Leben trachtete, tröstete ihn. Ausgerechnet *ihn*. Es erschreckte ihn und ergriff ihn gleichzeitig mit solcher Wucht, dass er Mühe hatte, sich zu beherrschen.

Als sie ihn losließ, war der offene Ausdruck in ihren Augen genauso anziehend wie unerträglich.

„Ich sollte gehen“, sagte er und erhob sich ruckartig, als müsste er sich von irgendetwas losreißen. „Schlaf gut, Bree.“

Wortlos starrte sie ihm nach, als er zur Verbindungstür ging. Er blickte sich nicht noch einmal um.

## VI

Nach einer langen Weile, die sie nachdenklich auf dem Sofa verbracht hatte, schleppte sich Bree ins Badezimmer, wo sie zwei dumpfe Nachtlichter in die Steckdosen steckte, so dass es hell genug war, um etwas erkennen zu können, und gleichzeitig dunkel genug, damit es sie nicht blendete.

Ihre Gedanken schwirrten und kreiselten haltlos durch den Nebel, den der Abend mit all seinen Vorkommnissen und Erinnerungen in ihr heraufbeschworen hatte. Sie zog sich aus und drehte das Wasser in der Dusche an; heiß genug, dass es wenigstens im ersten Moment schmerzte.

Seufzend legte sie den Kopf in den Nacken, ließ zu, dass das Wasser ihre Locken schwer machte und sie wie an einem Gewicht nach unten zog. Der Wasserdampf tat ihr wohl, fühlte sich seltsam reinigend an und half ihr wenigstens einen Teil der Aufregung fort zu waschen. Sie spürte noch immer einen dumpfen Schmerz in der Schulter. Ein Wunder, dass ihnen nicht mehr passiert war während des Absturzes.

Als sie aus der Dusche trat und nach ihrem dünnen Bademantel angelte, ihn sich vor der Brust verknotete und schließlich das Badezimmer verließ, seufzte sie zufrieden. Dexter lag im Nebenzimmer, vermutlich bis an die Zähne bewaffnet und zu allem bereit, ihre Proben gingen allmählich in die finale Phase und der Gedanke an die bevorstehende Show sorgte für ein wohliges Kribbeln in ihren geschundenen Zehnen.

Sie ging an das große Fenster, das in die meterdicke, alte Mauer eingelassen war, und öffnete es, wie vor jedem zu Bett gehen. Der frische Luftzug erfasste sie und ließ sie genüsslich einatmen.

Plötzlich fuhr sie mit einem Schrei zusammen, als sie ein gleißender Blitz erfasste, der wie ein glühender Speer durch ihre Augen in ihr Gehirn schoss und sie im selben Moment blind machte.

Sie taumelte einen Schritt zurück und stürzte, weil sie in der Hektik die Orientierung verloren hatte, über einen Beistelltisch, der klirrend zu Boden fiel.

Zeitgleich mit ihrem erschrockenen Schrei, flog die Verbindungstür krachend gegen die Wand.

„Was ist passiert?“, brüllte Dexter, der nichts weiter sah als Brees zusammengesunkene Gestalt neben der Couch und sonst nichts.

„Ein Licht“, brachte sie keuchend hervor. „Grell, wie ein … Scheinwerfer! Es hat mich geblendet. Ich … ich kann nichts sehen. - Dexter?“

Sie streckte den Arm nach ihm aus und er musste dem Impuls zu ihr zu eilen mit aller Macht widerstehen.

„Bleib unten!“, befahl er unwirsch und zog seine Waffe. Sie waren verdammt nochmal im vierten Stock. Wo sollte dieses grelle Licht hergekommen sein?

Vorsichtig schlich er sich an das offene Fenster und sah hinaus. Er blickte geradewegs in die Kronen der Kiefern, die auf der anderen Seite des Burghofes waren. Die Außenbeleuchtung erhellte sie nur spärlich.

„Hast du eine Ahnung, wo es hergekommen ist?“

Sie schüttelte den Kopf.

Plötzlich zerriss ein Knall die Nacht, so laut und hart, dass sich Bree instinktiv auf dem Boden zusammenrollte.

Einen deftigen Fluch ausstoßend feuerte Dexter zwei Schüsse in die Dunkelheit und packte dann Bree am Arm, zog sie grob auf die Beine und hinter sich her.

„War das ein Schuss?“, brachte sie keuchend hervor.

„Allerdings.“ Er riss die Badezimmertür auf und schob sie hinein. „Bleib da drin! Schließ ab!“

„Was?“ Die nackte Panik stand ihr ins Gesicht geschrieben.

„Du hast mich verstanden!“

„Nein, das geht nicht!“

„Verflucht, ich habe keine Zeit für Diskussionen. Ich schicke dir Chester!“ Mit diesen Worten warf er ihr die Tür vor der Nase zu und verbarrikadierte sie mit einem Stuhl.

Er ignorierte das wütende Getrommel von Brees Fäusten und lief hinaus auf den Gang. Da er gerade auf dem Belegungsplan nachgesehen hatte, wo ihr Techniker übernachtete, lief er den Flur hinab und hämmerte an seine Tür.

Er war schon im Morgenmantel, wirkte – obwohl recht verschlafen – doch alarmiert.

„Ist Bree etwas passiert?“

Dexter gefiel seine direkte Art. „Sie ist im Badezimmer. Gehen Sie zu ihr! Irgendwer hat sie geblendet. Aber halten Sie sich von den Fenstern fern!“

Chester nickte irritiert. „Alles klar“, brachte er mühsam hervor und blickte Dexter hinterher, der die Stufen hinunterlief und dabei per Telefon die Wachposten verständigte.

*

Als er fast drei Stunden in Brees Zimmer zurückkam, konnte er seine Wut genauso wenig verbergen, wie seine Enttäuschung.

Dieses Arschloch hatte ihn wieder gelinkt. Der Scheinwerfer war in den Bäumen befestigt gewesen und von wo aus er geschossen hatte? … keine Ahnung. Er musste sich das Einschussloch ansehen, um das sagen zu können.

Bree saß auf der Couch und starrte ins Leere. Dexter wusste nicht, ob sie das tat, weil sie noch immer nicht wieder sehen konnte, oder weil sie so geschockt war. Chester hatte ihre Hand gehalten, stand nun aber auf.

„Und?“, fragte er.

„Keine Spur von ihm. Wir haben die Wachen verdoppelt, alles abgesucht, die Spurensicherung checkt die Bäume, staubt jeden verdammten Kiefernzapfen nach Fingerabdrücken ab. Aber der Kerl versteht sein Handwerk.“

Chesters Blick verdüsterte sich.

„Sie hatten verdammtes Glück, dass er sie nur niedergeschlagen hat“, sagte Dexter zu ihm.

Mit einem Blick zu Bree gab der Techniker ein Achselzucken von sich. „Glück wäre es, wenn dieses Schwein endlich gefasst würde.“

Dexter nickte knapp. „Gehen Sie jetzt schlafen. Ich sehe mich hier um. Danke, dass Sie gleich gekommen sind.“

„Ist doch klar. Bree, geht es?“ Er legte ihr freundschaftlich die Hand auf die Schulter und wartete ihr Nicken ab. Dann verschwand er aus dem Zimmer.

Dexter schnaufte. Er stelle sich vor sie und blickte auf ihre noch immer feuchten Locken hinab.

„Kannst du wieder sehen?“, fragte er.

Sie schoss so unvermittelt in die Höhe, dass er fast zusammengezuckt wäre. Das nächste, was er spürte war ein Brennen in der Wange. Unerwartet unangenehm. Und wirklich überraschend, denn sie hatte ihn herzhaft geohrfeigt und starrte wütend zu ihm empor.

„Das ist wohl ein *Ja*“, murmelte er.

„Wie konntest du es wagen, mich im Badezimmer einzusperren?“, rief sie so außer sich, dass es schien als hätte sie ihre Wut für genau diesen Moment drei Stunden lang sorgsam konserviert.

„Es erschien mir sinnvoll.“

Noch einmal holte sie aus und schlug ihn. Diesmal war er nicht überrascht und antwortete ihrer Ohrfeige mit einer selbigen. Ihr Kopf flog zur Seite und sie gab ein ersticktes Keuchen von sich. Ihre Wange prickelte und fühlte sich plötzlich flammend heiß an. Voller Wut starrte sie zu Dexter hinauf und ohrfeigte ihn noch einmal.

„Was fällt dir ein!“, rief sie dabei und wartete auf das Echo. Doch Dexter machte keine Anstalten die Hand noch einmal gegen sie zu erheben. Mit einem eher milden Gesichtsausdruck blickte er zu ihr hinab.

„Geht’s jetzt besser?“, fragte er.

Seltsamerweise tat es das.

Trotzdem trat sie ihm sicherheitshalber noch einmal gegen das Schienbein, wobei ihr die Zehen wehtaten, die nur in dünnen Strümpfen steckten. Sie verzog das Gesicht und versuchte möglichst würdevoll auf dem anderen Bein zu stehen, bis der Schmerz nachließ.

„*Jetzt* ist es besser“, erklärte sie dann und widerstand dem Drang sich die brennende Wange zu reiben.

Er hatte sie zwar geohrfeigt, doch in Anbetracht seiner Gestalt und Fähigkeiten, war es wohl eher wie der erzieherische Biss einer Löwenmutter in den Nacken ihres Jungen gewesen, die sich nicht alles gefallen lassen wollte.

„Gut. Du hast ja gehört, was ich zu Chester gesagt habe. Keine Spur von dem Kerl und bis die verstärkten Sicherheitsmaßnahmen greifen, wird es einige Stunden dauern.“

Bree blinzelte irritiert. „Was soll das heißen?“

„Das heißt, dass du heute in meinem Zimmer schläfst.“

Vor Überraschung kugelten ihr beinah die Augäpfel aus den Höhlen.

„Bitte?“ Ihre Stimme war etwas schrill.

Dexter nahm ihren Ellbogen und schob sie zur Verbindungstür. „Du schläfst bei mir.“

„Und wo schläfst du?“

„Ich schlafe auch bei mir. Da ich ja immer bei mir schlafe, schlafen wir zusammen.“

Bree stockte und stemmte die Beine in den Boden, wie ein Hund, der bei Regen nicht vor die Tür will. Dexter gab ein widerwilliges Geräusch von sich.

„Wolltest du nicht genau das?“, fragte er ungeduldig.

„Ich … ja, schon, ich …“

„Hör auf zu stottern, Mädchen. Das war nur ein Scherz. Du schläfst in meinem Bett und ich schlafe daneben. Wenn heute Nacht jemand wahnsinnig genug sein sollte, dich noch einmal anzugreifen, dann muss er erst an mir vorbei.“

Mit einem stummen Nicken folgte sie ihm in sein Zimmer. Vermutlich war sie so am sichersten. Auch wenn sie der Gedanke die Nacht mit Dexter zu verbringen nervös machte. Egal, was sie gesagt hatte. Sich etwas vorzustellen oder mit einer Situation direkt konfrontiert zu sein: das waren zwei grundverschiedene Dinge.

Etwas befangen blieb sie im Raum stehen, der ihr völlig fremd war. Das Licht war dumpf und erlaubte ihr einem ziemlich genauen Blick auf ein breites Bett, aus dem er – den zerwühlten Laken nach zu urteilen – herausgesprungen war, um sie zu retten, einer Couch, einer kleinen Sitzecke und einer dunklen, schmalen Tür, die vermutlich ins Badezimmer führte.

Auch Dexter fühlte sich plötzlich etwas merkwürdig. Sein Blick fiel auf Brees Scheitel. Sie zitterte. Ob ihr das aufgefallen war?

„Ist dir kalt?“

Sie sah auf und traf ihn mit dem klaren Blick ihrer eisblauen Augen. „Ein bisschen.“

„Soll ich dir das Bett frisch beziehen lassen?“

„Nein, nein. Keine Umstände.“ Sie lächelte unbeholfen. „Das geht schon.“

„Gut, okay.“ Er drehte sich einmal um die eigene Achse und ging dann zur Couch, die er an einer Seite anhob, als wäre sie aus Styropor. Dann zog er das sperrige Möbel nebens Bett und stellte sich davor. „Ist es in Ordnung, wenn ich so nah bei dir schlafe?“

Bree nickte heftig. „Klar“, sagte sie, plötzlich von allen rhetorischen Fähigkeiten verlassen.

„Gut“, erwiderte Dexter, dem es offenbar auch nicht viel besser ging. Er griff nach den beiden Waffen, die er am Hosenbund trug und legte sie ab, eine davon legte er unter ein Kissen, die andere behielt er schlichtweg in der Hand, während er sich auf die Couch legte, die Beine übereinanderschlug und schmucklos die Augen schloss.

Etwas ratlos stand Bree vor ihm. Sie trug noch immer ihren Bademantel, doch noch einmal in ihr Zimmer gehen, wollte sie nicht. Sie kontrollierte den Doppelknoten, der sie von der Nacktheit trennte, und kroch unter die ausgekühlten Laken von Dexters Bett.

Sofort stieg ihr der vertraute Duft seines Körpers in die Nase und spendete ihr ein wenig Trost.

Fest drehte sie sich ein und schloss die Augen. Allmählich fiel die extreme Anspannung von ihr ab, doch das hatte nur den Effekt, dass sie noch mehr fror und nicht anders konnte, als stumm zu weinen.

„Was ist los, Bree?“, fragte Dexter; zu führsorglich für ihr angeknackstes Nervenkostüm.

„Du siehst einfach viel zu gut, Dexter Hay“, erklärte sie und schniefte wenig damenhaft.

„Tut mir leid. - Also?“

Ungeduldig schnaufte sie, bevor sie antwortete.

„Ich kann … irgendwie nicht aufhören zu zittern.“

„Das ist der Schreck“, erklärte er schlicht. „Der kommt meist erst dann richtig raus, wenn das Adrenalin sich allmählich verflüchtigt. Das erklärt aber nicht, warum du weinst.“

„Ich weine nicht!“, erklärte sie trotzig.

„Bree!"

„Na, gut. Ich weine! Okay? Es ist einfach verflucht scheiße, wenn jemand versucht dich umzubringen!"

Dexter betrachtete stirnrunzelnd ihren bebenden Rücken.

„Ja, das stimmt." Er wollte sie trösten, er wollte es so sehr, dass es ihm körperliche Schmerzen bereitete. „Soll ich …, willst du …?"

Er biss sich auf die Zunge, damit diese vermaledeite Stotterei aufhörte. „Soll ich zu dir ins Bett kommen?", fragte er. „Ohne Hintergedanken!"

Sie verharrte regungslos, so dass er seinen Vorschlag wieder zurückziehen wollte, doch dann drehte sie sich um, mit tränennassen Augen und schwermütig aufeinandergepressten Lippen. „Aye, ohne Hintergedanken."

Dexter blickte an sich hinab und wurde schlagartig nervös. Er trug eine Jeans, und er wurde das Gefühl nicht los, dass das auch gut so war. Vorsichtig legte er die Waffe in Griffweite ab und kletterte neben Bree aufs Bett. Er blieb auf den Laken, die zusätzlich für Trennung sorgten und es ihm dennoch ermöglichten, ihr ein wenig von seiner Wärme abzugeben.

Er hatte sich gefragt, wie man jemandem Trost spendete, doch als er plötzlich neben ihr lag, war es ganz leicht; fast, als gäbe es eine instinktive Feinfühligkeit in seinem verrohten Wesen, auf die er plötzlich zurückgreifen konnte.

„Komm her", sagte er leise, zog ihren in die Bettdecke eingewickelten Körper an sich, so dass ihr Rücken an seiner Brust lag. Er bettete seinen Kopf über ihrem feuchten Haar in die Kissen und schlang einen seiner massigen Arme um ihre Mitte. Automatisch rollte sich Bree noch kleiner zusammen, hielt sich an ihm fest und überließ sich ihrem Zittern.

„Danke“, sagte sie schlicht. „Das ist viel besser.“

Dexter betrachtete sie schweigend, ließ seinen Blick zwischen seiner Waffe und der rätselhaften Frau in seinen Armen hin und her wandern. Ihre Zartheit war eine widersinnige Stärke, ihre Ehrlichkeit so klar und blank wie eine frischgeschmiedete Klinge. Er fühlte sich schrecklich aufgewühlt in ihrer Nähe. Etwas, das weit über den Zustand gewöhnlicher Erregung hinausging. Auch wenn sich keinesfalls leugnen ließ, dass ihn auch dieses Gefühl nicht verschonte. Als das Zittern in ihrem Körper endlich nachließ und ihr Atem anfing tief und regelmäßig zu gehen, entspannte auch er sich ein wenig.

„Was machst du nur mit mir, Mädchen?“, flüsterte er und schloss ratlos die Augen.

*

Dexters Schlaf war kurz, traumlos und keine Spur erholsam. Als er sich aufsetzen wollte, erstarrte er.

Bree lag auf ihm. Nackt, wenn man von dem seidigen Fetzen Stoff absah, der formlos um ihre Oberschenkel spannte und offenbar die zerwühlte Version ihres Bademantels war. Er versuchte den Kopf zu heben, ansonsten aber reglos zu bleiben, um sich einen Überblick über die Situation zu verschaffen.

Ihre weißblonden Locken ergossen sich wie ein Meer aus Engelshaar über seine Schultern und seine Kehle, auf seiner rechten Brustwarze spürte er ihren Atem feucht und warm und plötzlich so überdeutlich, dass die Erregung ihn in heftigen Wellen durchzuckte. Ihre Arme waren ausgebreitet, eine ihrer Hände war, wie um sich zu wärmen unter seinen Rücken geschoben. Er spürte die sanfte Rundung ihrer Brüste an seinem Bauch und konnte nicht anders als die perfekte Linie ihres schlanken Rückens zu bewundern, der sich zu einem festen, wohlgerundeten Hintern hinab zog. Eines ihrer Beine war zwischen seine geschoben und sorgte dafür, dass seine Erektion sich noch schmerzhafter gegen den Gott sei Dank festen Stoff seiner Jeans drückte.

Er schloss die Augen. Der Wunsch sie herumzuwirbeln und wie ein Tier zu besteigen, sich bis zur Besinnungslosigkeit in ihr zu verlieren widersprach seinem Drang sie zuzudecken, zu behüten und ihr auf jedwede Art Schutz und Trost zu spenden.

Es war zum verrückt werden!

Als sie sich plötzlich zu regen begann, erstarrte Dexter. Für einen Moment überlegte er, ob er sich schlafend stellen sollte, doch ihr Kopf schnellte so unvermittelt in die Höhe, dass sie ihm geradewegs in die stahlgrauen Augen blickte.

„Dexter?“ Ihre Stimme war verschlafen und rau. Ihre vollen Lippen schimmerten rosa.

„Die Verwirrung steht dir gut, Bree“, erklärte er mit einem etwas anstrengenden Lächeln, das ihm jetzt, wo er einen einwandfreien Blick auf ihre perfekt gerundeten, kleinen Brüste hatte, noch schwerer fiel.

Sie riss den Mund auf, blickte an sich hinab. „Großer Gott“, brachte sie mühsam hervor und ließ sich wieder auf seine Brust fallen, um sich zu bedecken, berührte dabei aber mit ihrem Knie den Teil seines Körpers, dessen Begeisterung zu verbergen ihm unmöglich war. Er gab ein halb erregtes, halb grimmiges Geräusch von sich, während sie wieder aufblickte.

„Tut mir leid“, erklärte sie und angelte mit einer Hand nach einem der Laken. „Tut mir schrecklich leid.“

„Das braucht es nicht.“

„Was ist passiert? Ist etwas passiert? Ich meine, haben wir -?

Dexter lächelte mühevoll, während Bree mit einem Laken vor der Brust von ihm herunterkletterte und mit einem ehrlich verwirrten Gesichtsausdruck neben ihm im Schneidersitz sitzenblieb.

„Wenn dem so wäre, kannst du davon ausgehen, dass wir wohl beide nackt wären."

Bree betrachtete ihn blinzelnd, nickte langsam. „Aye, das stimmt."

In ihrer Aufregung, kam ihr breiter Lowland-Dialekt extrem zur Geltung, ein faszinierender Gegensatz zu ihrer feingliedrigen Erscheinung. Sekundenlang betrachtete sie ihn schweigend und er konnte nicht sagen, dass es ihm unangenehm war.

Plötzlich stahl sich ein Lächeln auf ihr Gesicht.

„Was?", fragte er.

„Ich habe gutes Licht", erklärte sie kryptisch.

„Was soll das heißen?"

„Ich sehe deine Haarfarbe. Das Rot. Heute Morgen kann ich es gut sehen. Das Licht ist hell genug, aber dumpf." Mit ihrem schlanken Zeigefinger tippte sie gegen seinen Brustkorb, wo sich einige ebenfalls rote Locken kräuselten. „Es ist nicht das Rot von Tulpen. Eher wie eine dieser alten Rosensorten, die gerade noch rot sind und dann beim Aufblühen diese Farbe von nassem Kupfer bekommen."

Er verdrehte hilflos die Augen. „Himmel, Bree! Du kannst mich doch nicht mit *Blumen* vergleichen!"

„Nicht dich! Nur deine Haarfarbe, aye?"

Mit einem widerwilligen Geräusch setzte er sich ein wenig auf, während Bree wiederum lächelte.

„So habe ich es mir eigentlich nicht vorgestellt, als ich sagte, dass ich mit dir die Nacht verbringen will", erklärte sie mit einem scheuen Lächeln und konnte nicht verhindern, dass ihre Wangen Feuer fingen.

Seine Mundwinkel zuckten amüsiert. „Ich auch nicht."

Sie riss die Augen auf. „Also hast du es dir vorgestellt?“

Ehrlichkeit, ermahnte er sich! Ehrlichkeit!

„Ja, das habe ich. Und du auch?“

Zögerlich nickte sie. „Ich habe sogar davon geträumt“, erklärte sie und schämte sich sofort dafür. Als die Peinlichkeit ein erträgliches Level überschritten hatte, versuchte sie aufzustehen, doch Dexter umfasste ihr Handgelenk und hielt sie fest.

„Erzähl mir von dem Traum“, bat er.

„Naja, es war eben ein Traum.“

Sichtlich unzufrieden mit dieser Erklärung, zog er die Stirn kraus, so dass sie mit einem widerwilligen Geräusch weitersprach.

„Es war diffus. Keine Ahnung, wo und wann. Und wie. Ich erinnere mich nur an dein Gesicht. Ich habe es klar gesehen, ganz klar. Deine Augen waren dunkel und dein Nacken war feucht. Ich erinnere mich daran, weil ich mich daran festgehalten habe. Und an dein Gewicht erinnere ich mich, aye. Es fühlte sich ... mächtig an. Aber am deutlichsten in dem Traum waren deine Hände. Sie waren ... warm und groß und überall. Sie waren vorsichtig und bebten gleichzeitig, als würdest du versuchen eine unbändige Kraft im Zaum zu halten oder vor mir zu verstecken.“ Ihre Augen bekamen einen verklärten Ausdruck. „Und an dieses Gefühl erinnere ich mich. Als du mich berührt hast, war es wie ein süßes Gift, das einen Rausch auslöst, in dem sich alles dreht und die Welt so nachhaltig Kopf steht, dass ich nicht mehr wusste, wo der Erdboden und wo der Himmel sein mochte. Und es war mir sowieso einerlei. Wir waren noch nicht ... vereint, aber dieser Rausch“, sie schüttelte den Kopf. „Er hat mich ... verzehrt. Er hat mich mit einer Sehnsucht erfüllt, die mich aufschluchzen ließ und mir gleichzeitig unbändige Kraft verlieh. Es war nicht, wie etwas das wirklich sein konnte, das wusste ich sogar im Schlaf. Dazu war es viel zu wild und zu mächtig. Aber es war ... wunderschön."

Sie lächelte ihn beschämt an und gab mit tiefroten Wangen ein Achselzucken von sich, als sie seinen unergründlichen Blick auf sich spürte. „Es war ein Traum. Dafür kann ich nichts", rechtfertigte sie sich.

„Darf ich dich küssen, Bree?", fragte er plötzlich.

Erschrocken riss sie die Augen auf. „Küssen?"

„Ja. Mit Hintergedanken, aber nur ein Kuss."

Die Nervosität schwappte als heftige Woge über sie und noch ehe sie zu lange nachdenken konnte, nickte sie schnell. Dexter schoss förmlich empor, so schnell, dass Bree zusammenzuckte.

„Tut mir leid", flüsterte er und grub seine Finger in ihre blonden Locken, die sich noch viel seidiger anfühlten, als er es sich hatte vorstellen können. In ihrem Haar ballte er die Faust und zog ihren Kopf leicht in den Nacken. Er wollte ihr wehtun, er wollte grob sein und gleichzeitig ... wollte er sie auf Händen tragen. Seine freie Hand glitt über ihre Wange und noch ehe er wieder zur Vernunft kommen konnte, verschloss er ihre Lippen mit seinem Mund.

Er ragte über ihr auf, wie eine Wand und doch war seine Berührung viel vorsichtiger, als sie es sich hatte vorstellen können. Er kostete die sanfte Rundung ihrer Unterlippe, schmeckte ihren Atem, raubte ihr ein leises Seufzen, das sie nicht unterdrücken konnte, als seine Zungenspitze gegen ihren Mundwinkel stieß. Ihre Lippen öffneten sich und gewährten ihm Einlass. Ein neues Gefühl. Ein heftiger Ruck der Erregung, der sie aufkeuchen ließ. Ihre Finger glitten haltsuchend über seine nackte Brust und sie konnte förmlich spüren, wie seine Haut unter ihrer Berührung Feuer fing. Es war ein starkes, drängendes Gefühl, das sich in ihrem Körper ausbreitete und die Scham und Zurückhaltung binnen Sekunden verschwinden ließ und

Platz machte für eine neugierige Lust und die plötzlich bedingungslose Bereitschaft diesem Mann nichts zu verwehren.

Als er sich von ihr losriss, dem schweren Atem und den geröteten Wangen nach zu urteilen, nicht ohne an die letzten Reserven seiner Selbstkontrolle zu gehen, blinzelte sie irritiert.

„Großer Gott“, hauchte er und setzte sich zurück auf die Knie. Er hatte damit gerechnet, dass es schön sein würde, sie zu berühren, aber mit dem, was gerade geschehen war, hatte er nicht gerechnet.

„Das war schön“, erklärte Bree mit einem zaghaften Lächeln. Ihre Hand lag noch immer auf seiner Brust. „Oder nicht?“

Nur widerwillig ließ er ihre widerspenstigen Locken los, strich noch einmal über ihre blassen Wangen, bevor er die Hände fallen ließ.

„Du musst unbedingt aufstehen, Bree, sonst bei allen Heiligen, kann ich für nichts mehr garantieren.“

Unweigerlich fiel ihr Blick in seinen Schritt, wo sich unter dem festen Jeansstoff das untrügliche Zeichen seiner heftigen Erregung abzeichnete.

„Das klingt doch gar nicht so übel“, erklärte sie mit einem zaghaften Lächeln. Auch ihr war die Erregung anzusehen und er mochte wetten, dass die blonden Locken zwischen ihren Schenkeln, auf die er vorhin einen Blick erhaschen konnte, feucht waren. Allein bei diesem Gedanken überlief ihn ein neuerlicher Schauder, der ihn fast körperlich schmerzte.

„Die Probe fängt in gut zehn Minuten an.“

Sie riss die Augen auf. „Was? Wie spät ist es?“ Ihr Ehrgeiz rettete sie vor dem hungrigen Tier in Dexter, das er nur noch mühevoll unter Kontrolle halten konnte.

„Kurz vor 10“, antwortete er. „Aber lauf ja nicht irgendwohin ohne mich oder einen der anderen Wachleute.“

Sie fuhr herum und in ihrem Gesicht stand der unbedingte Wille, auf der Bühne zu trainieren. Wie eine Internatsvorsteherin klatschte sie in die Hände.

„Warum liegst du dann da noch faul herum?“

Dexters Mundwinkel zuckten. Jetzt warf sie ihn tatsächlich aus dem Bett.

*

Während sich Bree von zwei der Wachleute zum Saal begleiten ließ, ging Dexter in das improvisierte Basislager der Polizei im Erdgeschoss und wollte dort auf den aktuellen Stand der Ermittlungen, der Spurensicherung und der geplanten Vorgehensweise gebracht werden. Danach wollte er nochmals kurz in die Stadt fahren.

„Ich bin spätestens mittags zurück“, hatte er mit einem undurchsichtigen Lächeln erklärt und war dann verschwunden.

Bree konnte nicht anders, als permanent vor sich hin zu summen. Sie war außerordentlich gut gelaunt und das lag einzig und ausschließlich an Dexter. Es war ein schöner Morgen gewesen. Auch wenn er manchmal regelrecht furchteinflößend sein konnte, so schien er sich doch um sie kümmern zu wollen und auch nicht ganz unerregt zu sein, wenn er sie berührte. Eine gute Voraussetzung! Wofür auch immer.

„Bree?“ Michael stand auf der Bühne und war offenbar dabei sich aufzuwärmen. „Wir wollten schon eine Suchmeldung rausgeben.“

„Ich hab verschlafen, Mike. Tut mir leid.“ Solange der Spot noch nicht an war, konnte sie alles recht gut erkennen, so dass sie problemlos die Stufen hinauf auf die

Bühne kam. Dann wandte sie sich nach oben. „Chester? Bist du da?“

Das Mikro knackte. „Auf Gefechtsstation, Ma’am.“

„Bestens. Wo sind die anderen?“

„Kommen gleich. Ich dachte, wir proben erst die Passagen, die wir zu zweit tanzen und dann alles mit dem Chor. Ist das okay?“ Michael dehnte seinen Arm weit über die Schulter und dann den anderen.

„Ja, alles klar.“ Sie begann sich aus den dünnen Schichten Sweatshirt, T-Shirt und Top zu schälen, bis sie nur noch ihr Trainingskostüm, die dicken Wollstulpen und ihre Steppschuhe trug. Als sie mit den Aufwärmübungen anfing, ertappte sie sich wieder dabei, dass sie lächelte. Sie wurde dieses Grinsen einfach nicht mehr los.

Die Probe verlief seltsam beschwingt. Sie schäkerte mit den Tänzerinnen, sprang die schwierigsten Sprünge so selbstverständlich und brillant, dass sie sich selbst erstaunte und sogar, wenn irgendjemandem ein Patzer unterlief, konnte sie nicht anders als darüber zu schmunzeln. Michael enttarnte sie als erster.

„Du bist heute ja verdammt gut drauf, meine Liebe! Wenn ich es nicht besser wüsste, würde ich sagen, da hatte heute Nacht jemand eine Runde extra Training.“

„Halt die Klappe, Mike. Du fantasierst ja“, gab sie leise zurück.

„Du kriegst doch das Grinsen gar nicht mehr aus dem Gesicht! Wenn ich gewusst hätte, dass du auf diesen Wikingertyp stehst, hätte ich mir dreißig Extrakilos antrainiert und wäre nochmal 15 Zentimeter gewachsen.“

Nun musste Bree sogar lachen. Das kam praktisch nie bei der Probe vor und wurde von allen Tänzern im Hintergrund mit staunenden Blicken quittiert.

„Ich sagte, halt die Klappe, Mike“, zischte sie, klatschte dann autoritär in die Hände und rief „Auf Position!“

*

Nach dem Training inhalierte Bree schwer atmend eine Flasche Wasser und schüttelte ihre zitternden Beine aus, die von der Bühne baumelten, während sie in die Dunkelheit des Saals starrte.

Elles Schritte kündigten sie an, lange bevor sie den Bühnenaufgang erreicht hatte.

„Hi“, sagte Bree schlicht und erkannte ein Lächeln in Elles Gesicht, das wirklich Seltenheitswert hatte.

„Sag mir nicht, er hat dich flachgelegt“, war ihre schmucklose Begrüßung. Bree riss die Augen auf und konnte nicht anders, als laut aufzulachen.

„Du bist eine wahre Romantikerin.“

„Hat er, oder hat er nicht?“, beharrte sie.

„Hat er nicht.“

Die Enttäuschung war ihr ins Gesicht geschrieben. Zweifellos hatte sie auf eine schlüpfrige Geschichte gehofft. Bree wusste, dass sie es sich gerne von den Tänzerinnen anhörte, wenn diese von einem Abenteuer erzählten, also warum sollte sie Bree mit diesem Anliegen verschonen.

„Aber noch ist ja noch nicht aller Tage Abend, aye?“, setzte sie mit einem Grinsen nach und griff nach einer frischen Wasserflasche.

„Ich will auf jeden Fall alles wissen!“

„Mal sehen.“

Elle verzog kurz das Gesicht, schüttelte sich dann kurz und ging zum geschäftlichen Teil über. „Die Show“, hob sie an. „Die Premiere soll doch in Edinburgh sein, richtig?“

„Richtig.“

„Hm...“

„Was heißt *hm*?“

„Ich habe eine Anfrage von den Highland Games."

„Welche?"

„In Braemar."

Bree kaute nachdenklich auf ihrer Unterlippe. „Sind das nicht die, bei denen die Königin Schirmherrin ist?"

Elle nickte, jetzt konnte sie ihre Aufregung nicht mehr verbergen. „Allerdings."

Jetzt war es an Bree „hm" zu sagen.

„Die Spiele sind im September, eine Woche vor unserer Premiere."

„Wie sieht es finanziell aus?"

„Wenn wir Glück haben, decken sich die Kosten. Aber das Prestige ..."

„Ja, ich weiß." Bree rief sich die wenigen Veranstaltungen dieser Art ins Gedächtnis, an die sie sich erinnerte. Hammerwerfen, Dudelsack-Wettbewerbe, allerlei Lustiges, Traditionelles und für eine Schottin wie sie sicherlich das, was einem Gathering an nächsten kam. „Es würde sicher nicht schlecht aussehen, wenn die Königin einem von uns die Hand schüttelt."

„Ganz und gar nicht", pflichtete Elle bei. „Was meinst du?"

„Ich muss die Leute nochmal fragen, aber ... ich finde, das klingt großartig. Die Show steht ja. Wir üben nur den Feinschliff."

Bevor Elle antworten konnte, klingelte ihr Telefon. Sie hob den Zeigefinger und meldete sich. Offenbar war es wichtig, sie gestikulierte bedeutungsvoll und Bree nickte verstehend, während Elle davonging.

Nach einem weiteren Schluck Wasser rieb sie ihre schwitzigen Beine aneinander und dachte über eine Dusche nach. Der Wachmann am Ende des Saals warf gerade einen Blick auf sein Telefon. Sie fragte sich, wann Dexter wiederkam.

Der Gedanke, dass sie sich auch jetzt gut behütet und sicher fühlte, war ihr letzter, als sie einen stechenden Schmerz im Nacken spürte. Bevor ihr schlaffer Körper auf den Bühnenbrettern aufschlug, war sie bereits bewusstlos.

*

Brees erster Reflex, als sie erwachte, war es, dass sie heftig zusammenzuckte, weil sie in ihren Gedanken noch immer fiel. Doch als sie die Arme in die Höhe reißen und sich abstützen wollte, wurden sie schmerzhaft von etwas rauem zurückgehalten. Ein dumpfer Schmerzenslaut entfuhr ihr und mündete in einen heftigen Hustenanfall, weil ihre Brust so fest verschnürt war, dass sie kaum atmen konnte.

„Sssch! Ruhig!“

Eine Computerstimme, verzerrt und tief ließ sie zusammenzucken.

„Wer ist da?“, brachte sie mühsam hervor. Sie konnte nichts sehen, was entweder bedeutete, dass es taghell oder stockdunkel war. Die Panik prickelte eisig in ihrem Nacken, als ihr klar wurde, was das alles zu bedeuten hatte. Sie war entführt worden. Ihre Arme und Beine waren gefesselt, ihre Brust an eine – wie sie jetzt spürte – grobe Stuhllehne gebunden und irgendjemand war bei dir.

„Erkennst du mich denn nicht?“, fragte die gefühllose, blecherne Stimme.

Sie biss sich auf die Zunge. Wenn sie ihrem Entführer anvertraute, dass sie nichts sehen konnte, wer weiß, wozu er sich dann würde hinreißen lassen.

„Nein“, erklärte sie und wurde den bitteren Geschmack der Angst nicht los. Ihr Blut sang so kraftvoll hinter ihren Schläfen, das sie meinte, der Schädel müsste ihr zerspringen. Den dumpfen Schmerz im Nacken nahm sie durch das Adrenalin überhaupt nicht wahr.

„Aber ich bin doch ihr größter Fan, Miss Kennedy." Sie hörte etwas rascheln und fuhr nach rechts herum. War das ein Schritt? Kam er näher? Verzweifelt wand sie die Finger in ihren Fesseln.

Sie wollte um keinen Preis vor diesem Irren weinen. Sie schluckte trocken und versuchte irgendwie zurück zu ihren klaren Gedanken zu finden. „Wenn dem so ist", erklärte sie gefasst. „Dann lassen Sie mich gehen, damit ich meine Arbeit tun kann."

„Oh, ich weiß, dass Sie eine Show haben. Bald ist es soweit." Das Rascheln kam näher und sorgte dafür, dass sich Bree heftig in ihren Stuhl presste. Doch ihr war klar: wenn er vorhatte, sie zu berühren, egal auf welche Art, konnte sie sich nicht einmal ein stückweit bewegen, geschweige denn wehren. Bei diesem Gedanken überfiel sie heftige Übelkeit.

„Dann lassen Sie mich gehen? Um zu tanzen?"

„Ich mag es nicht, dass Sie für andere tanzen." Die hohle Metallstimme klang scharf und schneidend. „Ich will, dass Sie nur für mich tanzen. Ich ... liebe Sie."

Ein Zittern ergriff Brees Körper und sie überlegte fieberhaft, was sie darauf antworten könnte. „Haben Sie meine Wachleute umgebracht?"

Ein düsteres Lachen kam durch den Stimmverzerrer und ließ ihr das Blut in den Adern gefrieren.

„Ich habe Sie nur von ihnen befreit, Miss Kennedy. Ich mag es nicht, wenn andere Männer in Ihrer Nähe sind."

„Aber Sie sagen, Sie lieben mich. Diese Männer passen auf mich auf."

„*Ich* will auf Sie aufpassen!" Er wurde so heftig, dass Bree wiederum zusammenzuckte. Es fühlte sich an, als würde er direkt neben ihr stehen, doch sie konnte noch immer rein gar nichts erkennen.

Nur mühsam konnte sie den Kloß in ihrem Hals hinunterschlucken. „Das tun Sie ja nun", versuchte sie es. „Und was ... haben Sie jetzt vor?"

Im selben Augenblick, in dem ihr die Worte über die Lippen gekommen waren, bereute sie sie. Bei einer Entführung war es sicherlich nicht ratsam schneller voranzuschreiten, als der Entführer es wollte.

„Ich will, dass Sie tanzen."

Bree blinzelte irritiert in die regungslose Schwärze. „Das tue ich doch immer."

„Nicht auf irgendwelchen Shows, Konzerten oder Klan-Treffen. Jetzt!", verlangte er und wie auf ein unsichtbares Signal hin sprangen ihre Fesseln auf. Bree rührte sich nicht vom Fleck. Wenn ihr Stuhl direkt vor einem fünfzig Meter tiefen Abgrund gestanden hätte, wie hätte sie es wissen sollen?

„Ich denke der Raum ist groß genug", stellte die Computerstimme fest.

Mit wackeligen Knien stand Bree auf und spürte ihre Hand und Fußgelenke fast genauso schmerzhaft wie ihren Nacken. Probeweise ging sie etwas herum. Der Boden war glatt und am Geräusch, wenn sie mit den Plättchen ihrer Steppschuhe darüberwischte, erkannte sie, dass es Beton sein musste. Ihre Schritte wurden verzerrt von weit entfernten Wänden und einer hohen Decke zurückgeworfen. Sie mussten in einer Art Lagerhalle sein.

Zittrig atmete sie ein. „Was soll ich tanzen?"

„Improvisieren Sie", verlangte ihr Entführer. „Und ich rate Ihnen, wenn Ihnen ihr Leben lieb ist, hören Sie erst damit auf, wenn ich es Ihnen befehle. Enttäuschen Sie mich nicht, meine Liebe."

Die Musik setzte beinah ohrenbetäubend laut ein und wurde von den plumpen Mauern stark verzerrt, dennoch stellte sich Bree auf. Ihre Augen brannten vor ungeweinten

Tränen und die Hoffnungslosigkeit brachte ihre Brust zum Beben.

Sie rief sich Dexters Bild ins Gedächtnis, von heute Morgen auf dem Bett. Sie hoffte, dass es ihr genug Kraft gab, nicht zusammenzubrechen. Wenigstens ... nicht sofort.

„Bree?“ Dexter lief nun schon zum zweiten Mal in die Gaderobe. „Bree? Bist du hier?“

Sorge und Wut breiteten sich in seinem Kopf schmerzhaft wie glühende Kohlen aus. „Bree, verdammt nochmal!“

Er warf die Tür zu, so dass sie zitterte und lief den Gang hinab. „Miss Kennedy ist nicht auffindbar“, sagte er in sein Mikro. „Ich wiederhole: nicht auffindbar. Alles absuchen! Bewaffnet! Und Inspector McGrue verständigen.“ Als er ins Freie kam, prallte er so heftig mit Chester zusammen, dass dieser auf dem Hosenboden landete.

„Haben Sie Bree gesehen?“, fragte er anstelle einer Entschuldigung. Auch Chester war sofort aufgeschreckt.

„Nein“, erklärte er und rappelte sich auf die Beine. „Ist sie nicht hier?“

Fluchend lief er ins Haus, hinauf in ihr Zimmer, durchsuchte alles, dann das seine, lief wieder hinunter direkt in Inspector McGrues Arme. Er musst regelrecht geflogen sein.

„Sie ist weg?“, fragte dieser ansatzlos.

Dexter blieb schwer atmend vor ihm stehen. „Vermutlich entführt.“ Er erstickte beinah an den Worten und die Selbstvorwürfe wollten ihn regelrecht erschlagen.

Warum war er nur nach Dunvegan gefahren? Warum hatte er sie alleine gelassen?

„Wir müssen warten, bis der Entführer sich meldet“, erklärte McGrue ruhig, aber selbst mit sorgenvoll gerunzelter Stirn.

Dexter raufte sich die Haare und stieß plötzlich einen so gellenden Wutschrei aus, dass sowohl der Inspector, wie auch Chester, wie auch Angus Hay, der gerade hereinkam, zusammenzuckte. Er hatte Lloyd im Schlepptau, der ebenfalls irritiert wirkte.

Schnelles Absatzgetribbel ließ alle zur Steintreppe blicken, wo Elle mit kaltem Schweiß auf der Stirn und der Gesichtsfarbe von italienischem Marmor, heruntereilte. Schwer atmend blickte sie in die Runde, bis ihre Augen an Dexter Halt fanden.

„In meinem Büro", erklärte sie schlicht und lief wieder hinauf. Dexter und der Inspector folgten ihr.

Elle stürzte zu ihrem Schreibtisch und wurde rüde von Dexter beiseite gestoßen.

Ihm gefror das Blut in den Adern und sein Puls fühlte sich tatsächlich an, als würde er aussetzen.

Eine verwackelte Videoaufnahme von Bree, die in der Dunkelheit, das verriet der grünliche Schimmer des Bildes, der vom Nachtsichtgerät kam, tanzte.

„Woher ist das?"

„Es ist ein Link", erklärte Elle mit zitterndem Kinn und blickte hilflos zwischen den beiden Männern hin und her. „Ich habe ihn per Email bekommen und als ich ihn angeklickt habe ... Sie schwitzt und pumpt. Sie ist fix und fertig."

Dexters Lippen waren hart aufeinandergepresst, während er den Stuhl heranzog, sich setzte und versuchte irgendetwas auf dem Video zu erkennen, das ihm verriet, wo zum Teufel sie war. Weit konnte es nicht sein.

„Wer weiß, was er ihr angedroht hat, wenn sie aufhört zu tanzen", schluchzte Elle und ließ sich von dem alten Polizisten ein Taschentuch reichen.

„Wir wissen nicht einmal ob es Echtzeit ist, Hay", sagte McGrue düster. „Es könnte eine Falle sein. Sie könnte schon -"

„Halten Sie die Klappe!", brüllte Dexter, der das Ende dieses Satzes unter keinen Umständen hören wollte.

Dann konzentrierte er sich wieder auf das Video. Unter größter Willensanstrengung zwang er sich nicht Bree anzusehen, sondern die nähere Umgebung, um irgendeinen verräterischen Hinweis zu finden.

„Das sieht doch aus, wie eine Lagerhalle, oder?", fragte Elle hoffnungsvoll. „Es kann doch nicht so viele Hallen im näheren Umkreis geben, oder?"

„Leider doch", sagte der Inspector. „Wir sind an der Küste, es gibt Dutzende Hallen wie diese. Für Schiffe, für die Fischverarbeitung und den Weitertransport."

„Da!" Dexter zeigte auf das Video. „Da hinten. Ist das eine 8 oder eine 6?"

Elle und McGrue beugten sich vor und erklärten die schwarze, schlecht leserliche Zahl in einer der Betonwände für eine 8. Dexter sprang auf.

„Die Hallen für die Fischverarbeitung sind nummeriert. Wir müssen nur rausfinden, welche die 8 ist." Er lief die Stufen hinunter.

„Dad! Dad, verdammt! Wo bist du?"

„Hier." Sein Vater sprang regelrecht aus einem der Salons. „Was ist denn los, Junge? Habt ihr sie gefunden? Ist ihr etwas passiert?"

„Die Lagerhäuser an der Küste. Weißt du, welches die 8 ist?"

„Natürlich, in Elgol. Du weißt doch, hinter der Jugendherberge. Warum? Ist sie dort?"

Ohne eine Antwort zu geben, fuhr Dexter wieder herum. Gerade kam McGrue herunter.

„Wissen Sie es?"

„Elgol", erklärte Dexter knapp und lief hinauf in sein Zimmer. „Es ist eine Fischhalle. Da sind zwei, ich vermute, es ist die alte. Nur noch eine Ruine.“

Inspector McGrue blieb in der Tür stehen, während Dexter den großen Schrank aufriss und ein beachtliches Waffenarsenal entblößte. Mit routinierten, schnellen Bewegungen, lud und verstaute er zwei großkalibrige Waffen, vier Dolche und etwas das aussah, wie Plastiksprengstoff.

„Was, um alles in der Welt, haben Sie vor?“

„Ich fahre voraus!“ Dexter steckte noch zwei weitere Magazine ein und ging zur Tür. Der Polizist verstellte ihm den Weg.

„Das werden Sie nicht tun.“

Als Dexter zu ihm hinabblickte, sah McGrue im dunklen Grau seiner Augen einen Vorgeschmack auf die Seelenqualen der Hölle. Unweigerlich überlief ihn ein Zittern.

„Wollen Sie mich etwa aufhalten? Ich bezweifle, dass Sie so dumm sind, sich zwischen mich und dieses Schwein, das Bree gefangen hält, zu stellen.“

Der Inspector überlegte nur kurz, bevor er zur Seite trat und Dexter vorbeiließ.

„Denken Sie etwa, es ist ein Zufall, dass wir das Lagerhaus erkannt haben, Hay?“, rief er ihm nach. „Das ist eine Falle. Er weiß, dass wir kommen!“

„Dann bringen Sie verdammt nochmal Verstärkung mit!“

*

Dexter parkte bei der benachbarten Jugendherberge und schlich sich an der Hausmauer entlang zu der halbzerfallenen Lagerhalle. Dort, wo früher Fenster waren, starrten ihn hohle Löcher wie tote Augen an. Rostiger Baustahl ragte aus einer halbniedergerissenen Wand und die Schmierereien darunter waren bestenfalls als obszön zu bezeichnen.

Er zog die kleine Wärmebildkamera aus der Tasche, die ihm hoffentlich helfen würde, Bree aufzuspüren.

Doch die Mauern waren zu dick, als dass er irgendeine Wärmesignatur hätte erkennen können. Auf gut Glück riss er an der halb ausgehängten Metalltüre und lief mit gezogener Waffe und Taschenlampe hinein.

Der abgestandene Geruch von totem Fisch, Schimmel und Exkrementen stieg ihm beißend in die Nase, während er in die Stille hineinhorchte. Die Musik war laut gewesen, eigentlich müsste sie in den leeren, großen Räumen überdeutlich zu hören sein. Wieder blickte er auf die Wärmebildkamera und erkannte eine schwache Signatur auf zwei Uhr.

Er zwang sich zur Ruhe. Selten war es ihm so schwer gefallen langsam und bedächtig vorzugehen, am liebsten wäre er wie ein Irrer losgerannt, hätte Bree an sich gerissen und denjenigen mit Blei vollgepumpt, der auch nur einen verfluchten Gedanken darauf verwandte ihr etwas anzutun.

Hinter einer der kahlen Betonmauern kam er in den Raum, in dem der Fisch früher zerteilt worden war. Da die Fenster zum Meer hin herausgebrochen waren, fiel das Licht ungehindert herein und erhellte die alten Metalltische und die schimmligen Behälter für die Fischinnereien, die niemand je fortgeräumt hatte.

Ein Blick auf die Kamera zeigte Dexter, dass die Wärmesignatur aus dem Nebenraum kam.

Er umschloss seine Waffe fest und atmete geräuschlos ein, dann trat er die Tür auf und zielte in die Dunkelheit.

Sein Blick fiel auf einen leeren Stuhl mit einer ... war das eine Wärmflasche?

Irritiert blickte er auf die Wärmesignatur.

Eine verdammte ... *Wärmflasche?*

So schnell er konnte, wirbelte er herum und lief auf den Ausgang zu. Eine heftige Druckwelle erfasste ihn, als hinter ihm irgendetwas explodierte. Er wurde regelrecht auf den Vorhof geschleudert, spürte einen hässlichen Schmerz irgendwo an der Seite und schützte seinen Kopf mit beiden Armen, damit ihm keiner der herumfliegenden Betonbrocken den Schädel einschlug.

Einige Steine trafen ihn an den Oberschenkel, am Rücken und auf den Armen, doch es waren nur Abschürfungen und sobald der Trümmerregen verstummt war, wirbelte Dexter auf den Rücken herum und zielte mit seiner Waffe auf die Lagerhalle, als könnte der Entführer einfach durch die Explosion hindurchmarschieren.

Er schüttelte den Kopf über sein dämliches Verhalten und kämpfte sich auf die Beine.

„Sehr schlau, Hay", murrte er. „Einfach in die erstbeste Falle laufen!"

Als er sich umdrehen wollte, wurde der Schmerz in seiner Seite stärker. Er blickte an sich hinab und musste feststellen, dass sich einer der großen Fischhaken in seine Seite gebohrt hatte. Verwundert sah er sich um, und erkannte, dass Dutzende davon herumlagen. Sie mussten wie die tödlichen Projektile einer Splitterbombe durch die Luft geflogen sein. Ein Wunder, dass ihn nur einer getroffen hatte.

Mit zusammengebissenen Zähnen wand er sich das rostige Stück Metall aus der Seite, warf es achtlos auf den Boden. Da das Blut nicht spritzte, sondern nur floss, war wohl keine Schlagader verletzt. Er presste die Hand auf die Seite, während er zur anderen Halle ging.

Da die Explosion seine Wärmebildkamera pulverisiert hatte, musste er auf dieses kleine Hilfsmittel nun leider verzichten. Also kontrollierte er seine Waffe und schlich sich zu einem der Fenster.

Er wurde das Gefühl nicht los, dass der Mistkerl alles, was irgendwie nach einem regulären Eingang aussah, präpariert hatte. Aber sicherlich hatte er vor selbst lebendig aus der Nummer rauszukommen, also würde er wohl nicht die ganze Halle in die Luft jagen. Jedenfalls jetzt noch nicht.

Er versuchte den Schmerz zu ignorieren und konzentrierte sich. Zwar war er sich nicht ganz sicher und sein Gehör nach der Explosion sicher nicht da beste, doch er meinte aus dem Inneren der Halle irische Musik zu hören. Genauer gesagt das, wozu Bree und ihre Truppe sonst tanzten. Sein Puls schoss in die Höhe und er schlug mit dem Ellbogen die Fensterscheibe ein, entriegelte das Fenster von innen und kletterte durch das kleine Quadrat. Er stand in einer Art Büro. Akten stapelten sich auf einem Schreibtisch, Drucker, Scanner, Fax. All diese Geräte standen unschuldig schweigend da und hatten nicht den Hauch einer Ahnung, was vor sich ging. Dexter drehte den Knauf und blickte in die kahle Halle.

Zeitgleich mit der Musik schwoll auch sein Herzschlag an. Sie musste hier sein.

„Halt durch Bree“, flüsterte er und zielte mit seiner Waffe in die graue Einöde der Fischhalle. Als er niemanden sehen oder hören konnte, öffnete er die Tür ganz, sah nach links und nach rechts und trat einen Schritt vor.

Es dauerte nur einen Sekundenbruchteil, bis ihm klar wurde, was das für ein Fehler war. Der Stolperdraht an seinem Schienbein spannte sich und löste einen Schuss aus. Ein antrainierter Instinkt ließ ihn nicht denken, sondern den Kopf einziehen, gerade noch rechtzeitig bevor die Kugel seine Schläfe durchschlug und stattdessen durch seine Haare sauste.

Dexter robbte mit dem Rücken gegen die Wand und hielt die Waffe hoch. Wer auch immer Bree gefangen hielt; er wusste jetzt, dass jemand hier war, um sie zu retten; und vermutete sicherlich, dass derjenige gerade mit einem nicht unerheblichen Loch im Kopf das Zeitliche gesegnet hatte.

Ganz sicher würde der Kerl jeden Moment hier auftauchen und seine erlegte Beute aus der Falle ziehen. Theoretisch musste Dexter also nichts weiter tun, als zu warten. Und auch wenn es ihm schwer fiel, wo doch Brees Musik durch die ganze Halle dröhnte, es war wahrscheinlich der sicherste Weg, um ihren Entführer zur Strecke zu bringen.

Die Minuten verstrichen, während denen seine Augen hin und her schwirrten von einer Tür zur anderen, von einem Winkel zum nächsten. Doch niemand kam. Er hätte vielleicht noch länger gewartet, doch durch seine Wunde an der Seite verlor er eine nicht unerhebliche Menge Blut und wenn er gleich noch bei Kräften sein wollte, musste er sich mehr beeilen, als er es eigentlich wollte.

Mühsam, aber möglichst lautlos kämpfte er sich wieder auf die Beine. In den vergangenen Minuten hatte er die Musik studiert und war sich ziemlich sicher, dass sie von unten kam. Gott allein mochte wissen, was in den Kellerräumen aufbewahrt wurde, und ganz unzweifelhaft waren die Fluchtmöglichkeiten nirgendwo schlechter als dort.

Die schmucklose Betontreppe, die ins Untergeschoss führte war kahl, gerade geschnitten und so schmal, dass er nicht hindurchpassen würde, wenn er Bree auf seinen Armen hätte. Er würde sie schultern müssen, wenn sie nicht selbst laufen konnte.

Am Fuße der Treppe angekommen bestand kein Zweifel mehr, dass die Musik aus einem der drei Kellerräume kam. Dexter trat die erste Tür auf und stand vor einem schier unerschöpflichen Vorrat an glänzenden Metallhaken und Kettenhandschuhen.

Der zweite Raum war sogar gänzlich leer, so dass es nur noch eine Möglichkeit gab.

Er umschloss die Waffe fest, machte einen Schritt zurück und versuchte die Tür einzutreten. Doch offenbar war sie mit etwas stabilerem als einem gewöhnlichen Schloss gesichert. Was auch immer es war, es würde sich von einigen Kugeln sicher überzeugen lassen. Dexter feuerte mit grimmig zusammengepressten Lippen fast ein komplettes Magazin auf das Türschloss ab, bis es endlich nachgab. Er stieß die Tür auf und traf auf völlige Dunkelheit, nahm seine Taschenlampe in die Höhe und leuchtete in den Raum. Die Musik war ohrenbetäubend und als er Brees zusammengesunkene Gestalt an der gegenüberliegenden Wand entdeckte, blieb ihm schier das Herz stehen.

Sie hielt sich zitternd und schwer atmend die Hände über den Kopf. Dexter begriff, dass sie angenommen hatte, jemand würde auf sie schießen. Sie hatte ja nichts sehen können. Ein heftiges Gefühl ergriff ihn bei ihrem Anblick, irgendwo zwischen himmlischer Erleichterung und dem grimmigen Zorn der Hölle.

Die Musik dröhnte so laut, dass er nicht verstand, was sie mit zusammengepressten Augen sagte, doch an ihren Lippen las er etwas ab, das offenbar „Ich habe doch getanzt", heißen sollte. Sein Blick flirrte durch den großen Raum und blieb an zwei mächtigen Boxen hängen, die er mit jeweils einem Schuss zerstörte und endlich die Musik zum Verstummen brachte.

„Bree, ich bin es."

Sie keuchte erschrocken auf, kauerte sich noch kleiner zusammen. Dexter blickte auf die Wand voller Lautsprecher, Stereoanlagen, Verstärker und auf einem nun schwarzen Monitor. Darüber war die Webcam angebracht, über die ihr Tanz gezeigt worden war. Der Raum war quadratisch geschnitten. Es gab keine Winkel, hinter denen sich der Entführer hätte verstecken können. Er war ganz offenbar geflohen.

Dexter durchquerte den Keller und nahm Bree bei den Schultern, die laut aufschluchzte und sich heftig wehrte.

„Bree!“ In ihrer blinden Panik entwickelte sie so viel Kraft, dass es ihm schwerfiel sie festzuhalten, ohne sie zu verletzen. „Bree, es ist gut. Ich bin es. Dexter.“

Bei der Erwähnung seines Namens, blinzelte sie und fand sein Gesicht, da ihr das Licht, das durch die offene Tür hereinfiel, offenbar half. Sekundenlang starrte sie ihn an und fiel ihm dann um den Hals.

„Oh Gott“, keuchte sie. „Ich dachte, ich sterbe. Er hat gesagt ...“

„Du brauchst es mir nicht erzählen, komm, wir verschwinden von hier.“ Er half ihr auf die Beine, während sein Blick zu der Wand voller Technik glitt. Er wollte verdammt sein, wenn sich darauf nicht verwertbare Spuren würden finden lassen.

Plötzlich polterte etwas auf dem Kellerflur. Dexter schob Bree hinter sich und zielte auf die offene Tür.

„Hay? Hay, sind Sie hier?“ Es war McGrues Stimme.

Dexter ließ die Waffe leicht sinken. „Hier hinten.“

„Haben Sie Miss Kennedy?“ Atemlos tauchte sein schweißnasses Gesicht in der Tür auf.

„Ja, sie ist hier.“

„Gut, dann kommen Sie. Einer meiner Leute hat einen Sprengsatz entdeckt.“

„Hier?“

„Ja, an der Kellertreppe, genau über uns. Sie müssen den Zeitzünder aktiviert haben, als Sie heruntergekommen sind.“

Verdammt, das musste er übersehen haben!

„Wir müssen die Beweise sichern“, erklärte Dexter

fieberhaft.

„Dafür haben wir keine Zeit! Kommen Sie schon."

Dexter zog Bree hinter seinem Rücken hervor und schob sie in McGrues Arme. „Gehen Sie vor. Ich komme sofort nach!"

„*Was?*" Bree riss die Augen auf und wollte sich aus McGrues Griff befreien. „Nein! Dexter, komm mit!"

„Ich komme nach!", erklärte er und machte dem Inspector gegenüber eine ungeduldige Geste. Dann wandte er sich den Regalen zu und riss einen der Verstärker von den Kabeln.

„Kommen Sie, Miss Kennedy!" McGrue konnte sie kaum von der Stelle ziehen.

„Nein, Dexter. Versprich mir, dass du gleich nachkommst. *Versprich es mir!*"

Er blickte in ihre rot geränderten Augen, in ihr wunderschönes schweißnasses Gesicht. „Ich verspreche es", sagte er und prägte sich ihre Züge so gut es ging ins Gedächtnis ein. Sicherheitshalber.

McGrue zerrte Bree aus seinem Sichtfeld und er riss an den Geräten. Er konnte nicht alle mitnehmen, aber er versuchte irgendetwas zu erwischen, auf dem sich wenigstens Fingerabdrücke befanden. Kabel mussten in die Buchsen eingesteckt werden, also nahm er davon einige mit und auch die kleine Webcam. Er klemmte gerade den Computer-Tower ab, da gab es eine erste Detonation. Die Wände bebten, weißer Staub vernebelte seine Sicht und machte ihm klar, dass er hier raus musste.

Und zwar pronto!

Mit einem Satz sprang er auf den Kellerflur, lief durch die große Halle hindurch, bis ihm ein langgezogenes Piepen klar machte, dass es gleich noch eine Detonation geben würde. Er erreichte gerade das Tor zur Laderampe, als hinter ihm die Hölle losbrach.

## VII

Bree saß auf der Couch in ihrem Zimmer, flankiert von Elle und Chester, und war kurz davor den Verstand zu verlieren. McGrue telefonierte gerade und sie hätte ihn dafür verfluchen wollen, dass er sie einfach so weggeschleift hatte, ohne auf Dexter zu warten.

Als der Inspector auflegte, fuhr sie zu ihm herum.

„Und?“, fragte sie atemlos.

„Die Halle ist komplett zerstört worden und vom Entführer fehlt jede Spur.“

Bree spürte, wie ihr das Blut aus dem Gesicht wich. „Und Dexter?“, fragte sie schwach.

Der Inspector verzog das Gesicht. Sie konnte nicht erkennen, ob sein Lächeln freudig oder bedauernd war, und so hielt sie den Atem an.

„Er ist auf dem Weg hierher.“

Bree sackte in sich zusammen und ließ sich von Elle fest umarmen. „Ist er verletzt?“

„Das hat ihn einer meiner Constables auch gefragt.“

„Und was hat er gesagt?“

„*Fahren Sie mich nach Hause, verdammt*, waren wohl seine ungefähren Worte.“

Bree lächelte. „Das klingt gut.“ Sie unterdrückte ein Schluchzen und nickte. „Das klingt ... verdammt gut.“

Plötzlich ertönte ein Hupen, das stetig näherkam. Bree griff nach Chesters Hand. „Sind sie das?“

Er linste aus dem Fenster, ohne sie loszulassen. „Ich weiß nicht sicher.“

Das genügte. Sie lief aus dem Zimmer und die Treppe hinunter bis zur Eingangstür. Dort war sie nicht die erste.

Dexters Vater und seine Schwester, sogar sein Bruder Lloyd mit dem überdimensionalen Nasenpflaster und zwei der Sicherheitsmänner, die Bree nie aus den Augen lassen sollten, standen auf den breiten Stufen des Haupteinganges und blickten dem dunklen SUV entgegen, der immer näher kam. Mit pochendem Herzen und einer prickelnden Gänse-haut im Nacken verharrte Bree auf der obersten Stufe, die Blicke der anderen ignorierend und nur geradeaus starrend.

Als der Wagen schließlich hielt, stieg ein junger Polizist aus, den Bree nicht kannte. Die Sekunden schienen sich zu Stunden zu ziehen, bis dieser endlich an eine der Hintertüren ging und sie öffnete.

Langsam und etwas beschwerlich stieg ein großer Mann aus, über und über mit schwarzem Staub besudelt, das Hemd zerrissen, genau wie die dunkle Hose.

Angus Hay, war der erste, der vortrat. Er ging zu seinem Sohn und legte ihm die Hand auf die Schulter. Auch wenn sie es nicht sah, konnte Bree an seiner Stimme hören, dass sein Kinn zitterte. Bella fiel ihm um den Hals und murmelte irgendetwas von *Idiot*, während auch sein Bruder nähertrat.

„Eigentlich wollte ich dir noch eine aufs Maul hauen für die gebrochene Nase“, erklärte er lautstark und sorgte damit dafür, dass alle unwillkürlich den Atem anhielten. Instinktiv schien ihnen klar zu sein, dass Dexter zwar verletzt war, aber ganz sicher nicht verletzt genug, um seinem Bruder nicht noch einmal eine Abreibung zu verpassen.

Lloyd lächelte dann aber und zerstreute diese Sorgen. „Allerdings glaube ich, dass damit jemand ein ganz großes Problem hätte, und so will ich die Dame mit der grandiosen Geschmacksverirrung nicht noch ein weiteres Mal verärgern.“

Mit diesen Worten trat er zur Seite und gab den Blick zur Treppe frei, wo Bree sich nicht länger zusammenreißen konnte, sondern laut aufschluchzte. Sie lief die Stufen hinab, quer über den gekiesten Platz, um Dexter regelrecht in die Arme zu springen, der mit einem erstickten Schmerzenslaut gegen den Wagen taumelte.

Sie schlang die Arme um seinen Hals, die Beine um seine schmerzende Taille und konnte nicht anders als zu weinen vor Angst und Glück und Erleichterung. Dexter hielt sie fest, so gut es ging. Er fühlte sich geschwächt durch den Blutverlust, der Schmerz betäubte fast seine ganze rechte Seite und doch war es einer der schönsten Augenblicke seines Lebens, als er Bree unversehrt in den Armen hielt.

„Sie hätten ihn sehen sollen“, erklärte der junge Polizist plötzlich, wandte sich dabei an niemand bestimmtest. „Er kam aus dem Gebäude, das hinter ihm in die Luft flog. Wie die Gestalt aus einem Alptraum. Wie ein riesiger, grimmiger, tödlicher ... Dämon.“ Er schüttelte beeindruckt den Kopf. „So etwas habe ich noch nie gesehen.“

„Das kann ich mir vorstellen“, murmelte Bella, während Dexter ein schwaches Lächeln zustande brachte.

„Sie sind noch jung, Kleiner. Sie werden noch ganz andere Dinge zu sehen bekommen.“ Mit diesen Worten marschierte er los, noch immer Bree an sich geklammert, wie ein Äffchen.

„Soll ich nicht runter?“, fragte sie irritiert.

„Nein“, erklärte er schlicht und umfasste ihren Rücken mit einem Arm, als wollte er seinen Worten Nachdruck verleihen.

„Aber Sie sind verletzt, Mr. Hay“, wandte McGrue ein.

„Dann schicken Sie mir einen Arzt rauf.“

„Aber, Mr. Hay -“

„Dad?“, fragte Dexter schlicht und Angus Hay nickte verstehend.

„Ich kümmere mich darum, Junge“, war alles was er sagte, bevor Dexter mit Bree die Treppe hinauf und in sein Zimmer verschwand.

Bree sah erst wieder auf, als die Tür von Dexters Zimmer hinter ihm ins Schloss fiel. Die schweren Steinmauern dämpften alle Geräusche, das Licht, das durch die kleinen Fenster fiel, war leicht und frisch wie die Wiesen, die Lochrick Castle umgaben und deren lange Halme im Wind wehten wie unreifes Korn.

Dexter stellte Bree auf den Boden und betrachtete sie für einen langen Augenblick. Dann küsste er sie. Seine Hand lag sanft auf ihrem Hinterkopf, als er sie bis auf die Zehenspitzen zog, weil ihm seine verletzte Seite nur eingeschränkte Bewegungsfreiheit ermöglichte.

Sie kam ihm gern entgegen, krallte sich in die staubigen Fetzen, die einmal sein Hemd gewesen waren und überließ sich der wissenden Liebkosung seiner Lippen, seiner warmen Zunge. Als er von ihr abließ, schüttelte er den Kopf und lehnte die Stirn gegen ihre.

„Es tut mir so leid“, erklärte er leise. „Das hätte niemals passieren dürfen.“

„Aber das war doch nicht deine Schuld!“

„Natürlich war es meine Schuld“, knurrte er wütend. Eine Wut, die nur ihm selbst galt. „Ich hätte dich niemals alleine lassen dürfen. Niemals.“

Bree blinzelte schweigend. Sie wusste, dass er diesen Satz nur auf die unmittelbare Gefahr bezog, in der sie sich befand, doch in genau diesem Moment wünschte sie sich, dass er das nicht täte. Dass er sie tatsächlich niemals alleine lassen würde; niemals.

„Die Wachleute waren doch da“, erwiderte sie schwach und ließ ihre Hände an seinem Oberkörper hinabgleiten. Als eine ihrer Handflächen plötzlich nass wurde, trat sie einen Schritt zurück. Von ihren Fingerspitzen tropfte das Blut.

„Großer Gott", hauchte sie und beugte sich hinab. Erst bei ganz genauem Hinsehen erkannte sie, dass das Hemd auf der rechten Seite fast vollständig mit Blut getränkt war.

„Du bist verletzt."

„Ein Kratzer."

Sie wand sich aus seinem Griff und riss sein zerfetztes Hemd auf. Eine Geste, die ihn genauso sehr erregte, wie sie ihm körperliche Schmerzen bereitete.

Bree schüttelte den Kopf. „Du musst in ein Krankenhaus."

„Ich gehe in kein Krankenhaus."

„Aber -"

Das Klopfen an der Tür unterbrach sie.

„Sind Sie der Arzt?", rief Dexter, ohne Bree auch nur einen Wimpernschlag lang aus den Augen zu lassen.

*„Ja. Mr. Hay? Ihr Vater sagte, ich soll nach Ihnen sehen."*

„Kommen Sie rein."

Der Arzt war ein ungewöhnlich kleiner, gedrungener Mann mit dunklen, etwas zu weit auseinanderliegenden Augen und einer Haarpracht, die sich vor allem auf Ohren und Nasenlöcher beschränkte. Er trug eine abgetragene Ledertasche vor sich her und blickte Dexter an, der blutbeschmiert, mit aufgerissenem Hemd im Raum stand und diesen auf eine keineswegs unterschwellige Art dominierte.

„Sie müssen mich nähen", stellte er kurzum fest und ignorierte Brees vorwurfsvollen Blick.

„Bitte?" Die Stimme des Arztes glitt ins Schrille ab.

„Nähen." Er hob den Arm und gab den Blick auf den etwa acht Zentimeter langen Riss an seiner rechten Seite frei. „Ich vermute acht bis zehn Stiche, aber Sie sind der Fachmann."

„Das klingt, als hätte man dich schon öfter zusammenflicken müssen“, flüsterte Bree, während der Arzt nach seiner Brille angelte.

Dexter gab ein Achselzucken von sich. „Ein oder zwei Mal“, erklärte er lakonisch und drehte sich ins Licht.

Der Arzt schnappte nach Luft. „Das kann ich hier nicht nähen.“

„Warum nicht?“

„Es ist zu tief. Ich muss es ausspülen, vielleicht muss ich in zwei Schichten nähen, je nachdem. Das kann ich doch nicht ... hier.“ Er breitete hilflos die Arme aus, als würden ihm die Worte fehlen, um seinen improvisierten Arbeitsplatz zu beschreiben.

„Ich wette, Sie sind ein tapferes Schneiderlein, Doktor. Sie kriegen das hin. Nicht wahr?“

Dexters *Nicht wahr?* klang eher wie eine Drohung. Das entging auch dem bemitleidenswerten Mediziner nicht, der heftig nickte. „Ich kann aber nicht garantieren, dass keine Narbe zurückbleibt.“

„Kein Problem.“ Dexter ging ohne ein weiteres Wort ins Badezimmer und setzte sich auf einen schmucklosen Hocker. Bree war ihm etwas irritiert gefolgt.

„Das Blut lässt sich von den Fliesen leichter abwaschen“, beantwortete er ihre ungestellte Frage und hob den Arm.

„Ich sediere das lokal“, sagte der Arzt und zog eine Spritze auf.

Dexters „Nein“ ließ ihn derartig zusammenzucken, dass er die Nadel beinah fallen ließ. Wenn das so weiterging, mochte Gott allein wissen, was das für eine Naht würde.

„Ich möchte kein Sedativum. Ich will es spüren.“ Er blickte Bree auf eine Art an, die ihr klar machte, dass das eine Art Selbstgeiselung für sein angebliches Versagen sein sollte. Sie wollte ihm widersprechen, doch er kam ihr zuvor, indem er nach ihrer Hand griff und sie auf den

Rand der Badewanne zog. Artig setzte sie sich neben ihn und verstand. *Das* war sein Sedativum. Ihre Berührung. Und es sollte genügen.

„Drück ruhig fest zu, wenn es wehtut“, erklärte sie kampfbereit.

Seine Mundwinkel zuckten. „Ich will dir die Hand nicht brechen.“

Unweigerlich gab sie ein verärgertes Geräusch von sich. „Ich bin nicht ganz so zerbrechlich, wie du vielleicht denkst, aye?“

Anstelle der Belustigung, die Bree erwartet hatte, nahm sein Gesicht einen ernsten Ausdruck an. „Ja, ich weiß“, sagte er schlicht und blickte sie fest an.

„Ich fange jetzt an“, warnte der Arzt und es war nicht klar, ob er das tat, um Dexter oder sich selbst darauf vorzubereiten. Ihm zitterten noch immer die Finger.

„Was für ein Fachgebiet haben Sie sonst, Dr. ...“

„Murphy. Shawn Murphy, Miss.“ Er lächelte kurz, während er Dexters Haut durchstach. „Ich bin Urologe.“

„Oh ...“ Bree versuchte den Ton höflich anerkennend klingen zu lassen, verzog aber Dexter gegenüber angewidert das Gesicht, so dass dieser nicht anders konnte, als leise zu lachen.

„Still halten, Mr. Hay!“

„Tut mir leid.“ Dexter drückte Brees Finger, als der Arzt den Riss mit dem zweiten Nadelstich zusammenzog.

Sie wusste, dass er gerne noch fester zugedrückt hätte, doch ritterlich – und vermutlich stur – wie er war, verlegte er sich darauf zu schweigen, die Lippen zusammenzupressen und Bree anzusehen.

Wenn ihm nicht nach dem vierten Stich vor Schmerz der Schweiß ausgebrochen wäre, hätte man meinen können, er sitze da und warte einfach auf irgendetwas.

Er musterte ihr schönes, unschuldiges Gesicht und empfand den brennenden, mit jedem Stich anschwellenden Schmerz an seiner Seite als reinigend.

Bree trug noch immer ihr Tanz-Outfit, mit dem sie entführt worden war. Sie war sich wahrscheinlich gar nicht bewusst, dass es vor Dreck stand und dass ihre Haare zerzaust waren. Ihre Haut war blass vor Anstrengung und ihre Hand klebrig vom Schweiß der Erschöpfung und Panik, die sie hatte durchleben müssen. Man konnte ihren Zustand gut und gerne als mitgenommen bezeichnen und trotzdem war der Anblick, den sie bot, eine Versuchung, der er nicht länger widerstehen konnte.

„Fertig!“, erklärte der Arzt stolz und erleichtert. Er versah den Schnitt mit mehreren Klammerpflastern und zog dann ein großes aus einer sterilen Verpackung. „Dieses hier ist wasserfest. Ich nehme an, dass Sie sich waschen möchten.“

„Ja, vielen Dank, Doktor.“ Dexter machte keine Anstalten den Arzt anzusehen oder gar aufzustehen. Er hielt noch immer Brees Hand und blickte ihr in die Augen. Der Arzt zögerte noch einen Augenblick, packte dann seine Tasche und stahl sich dann mit einem „Also dann“ aus dem Raum.

Bree lächelte etwas befangen. Die Stille war plötzlich so ohrenbetäubend, dass sie unruhig wurde. Ihr Blut sang aufgeregt hinter ihren Schläfen.

„Soll ich dir ... helfen?“, bot sie an.

Sie war sich sicher, dass er das Angebot ablehnen würde, doch zu ihrer Verblüffung nickte er.

Er ließ sich von ihr auf die Beine ziehen und blickte stumm auf sie herab.

„Und ... was soll ich tun?“

Noch immer hielt er ihre Hand.

„Hilfst du mir aus den Klamotten?“, fragte er.

Sie konnte nicht anders, als die Augen aufzureißen und wieder blitzte in ihrem Gesicht deutlich auf, dass sie unschuldig war, wie der taufrische Morgen.

„Natürlich“, erklärte sie tapfer und machte sich mit zitternden Fingern an seinen wenigen intakten Hemdknöpfen zu schaffen. Dexter meinte, ihre auf-wallende Angst und Nervosität direkt riechen zu können. Schnell ergriff er ihre Finger und hielt sie fest umschlossen, bis sie ihn ansah.

„Bree, ich würde gerne duschen. Ich möchte den Schmutz und das Blut abwaschen. Aber ich glaube, ... nun ja, es wäre möglich, dass ich umkippe. Ich habe einiges an Blut verloren.“ Er atmete tief ein und zuckte kurz zusammen, offenbar bereitete ihm die Naht nicht unerhebliche Schmerzen. „Könntest du in der Nähe bleiben? Für den Fall?“

Sie lächelte zögerlich und nickte, wobei ihr einige ihrer weißblonden Locken in die Stirn fielen. „Klar“, sagte sie leise und wandte sich dann plötzlich von ihm ab. Er wollte schon fragen, wohin sie ging, doch sie ging nur zum Lichtschalter und dimmte das Licht soweit, dass sie offenbar gut sehen konnte. Dann kam sie zurück und knöpfte sein Hemd auf. Vorsichtig reckte sie sich in die Höhe, schob ihm den zerlumpten Fetzen über die Schulter und ließ ihn achtlos zu Boden fallen. Sie hatte ihn am Morgen schon mit nacktem Oberkörper gesehen, aber der Anblick, den er jetzt bot, war berauschend und beängstigend gleichermaßen.

Die Naht, die Dr. Murphy ihm verpasst hatte, war ganz offenbar nicht seine erste, und sie wurde das dumpfe Gefühl nicht los, dass es auch nicht seine letzte sein würde.

Ohne es verhindern zu können, zeichnete sie eine kreisrunde Narbe unter dem linken Schlüsselbein nach, so vorsichtig, dass Dexter ein Schauder überlief. Fasziniert betrachtete sie, wie er dort, wo sie ihn berührt hatte, eine Gänsehaut bekam. Beim Blick in sein Gesicht, war seine Miene seltsam verschlossen, doch in seinen dunklen Augen brannte ein heftiges Feuer.

„Bree, wenn du so weitermachst, erlebe ich meine Dusche nicht mehr und sterbe an einem Herzinfarkt durch Bluthochdruck. Hier und jetzt. Dreckig ..." Er machte eine abwägende Kopfbewegung „... aber ziemlich glücklich."

Sie lächelte und entspannte sich ein wenig. „Tut mir leid."

„Das muss es nicht. Ich mag den Gedanken, dass du mich gerne berührst."

„Du bist sehr schön", erklärte sie schlicht und ohne jede Koketterie.

Dexters Brustkorb vibrierte unter einem tonlosen Lachen. „Das ist eigentlich mein Text."

„Ich entscheide immer noch selbst über meinen Text", erklärte sie trotzig und drückte ihn an den Schultern hinab auf den Hocker.

Dann ging sie vor ihm in die Knie und schnürte seine schweren Kampfstiefel auf. Unter großer Anstrengung schaffte sie es die klobigen, schwarzen Stiefel von seinen Füßen zu ziehen.

„Mein Gott", ächzte sie. „Die wiegen mindestens eine Tonne."

„Nicht ganz." Dexter betrachtete ihren schlanken Nacken und den Schwung ihrer Schulterblätter, die unter dem dünnen Ballett-Dress spielten. Als sie zu ihm aufsah, fühlte er sich ertappt und konnte nicht anders, als seine Gedanken laut auszusprechen.

„Ein fleischgewordener Engel könnte nicht schöner sein, als du, Bree Kennedy."

Sie lachte beschämt und schüttelte nicht ohne zu erröten den Kopf. „Versuchst du mich zu verführen, Dexter Hay?"

Er legte abwägend den Kopf schräg und kämpfte sich auf die Beine.

„Im Moment wäre ich schon froh, wenn ich es heil unter die Dusche schaffe", erklärte er und peilte leicht schwankend die gläserne Duschkabine an. Als Bree nach seinem Gürtel greifen wollte, um ihn auch von dem letzten schweren Kleidungsstück zu befreien, wandte er sich ab. „Ab hier kann ich alleine weitermachen", sagte er und unternahm einen erfolglosen Versuch seine Erregung vor ihr zu verbergen. Sein Körper litt offenbar an chronischer Selbstüberschätzung. Bree zögerte einen Moment, dann blickte sie zu ihm empor.

„Wäre es nicht am sichersten für dich", fragte sie mit schwacher Stimme, „wenn ich mit unter die Dusche komme? – Um dich zu stützen!", fügte sie schnell hinzu.

Sein Puls schwoll an und ihm wurde ein wenig schwindlig. War es etwa Nervosität, was er empfand.

„Ohne Hintergedanken?", fragte er.

„Jein. Ich will dich wirklich stützen", erklärte sie nachdrücklich, biss sich dann aber scheu auf die Unterlippe, bevor sie schließlich weitersprach. „Aber ich will auch nackt mit dir sein und dich berühren, und ... vielleicht ist das hier eine gute Gelegenheit." Sie schlug die Hände vors Gesicht. „Großer Gott, wenn man es denkt, klingt es lange nicht so dämlich, als wenn man es ausspricht! Ehrlich!"

Dexter nahm ihr die Hände vom Gesicht und betrachtete sie eingehend. „Du meinst, in meinem halbbewusstlosen Zustand kann ich dir vorerst sowieso nicht gefährlich werden?"

Sie grinste. „Aye."

„Nun, das ist zumindest wahr. Meine Hose ziehe ich trotzdem selbst aus“, postulierte er heldenhaft und kam auch erfolgreich bis zu der Stelle, wo er auf einem Bein stehen musste. Da ergriff Bree geistesgegenwärtig seinen Arm und stemmte sich gegen ihn, um einen sicherlich schmerzhaften Sturz gegen das Waschbecken zu verhindern. Dexter blickte an sich hinab.

„Mein Schamgefühl ist nur minimal ausgeprägt“, erklärte er stirnrunzelnd, „von daher, wenn es dir nichts ausmacht, ziehe ich die auch noch aus.“

*Die* war seine Unterhose und Bree nickte schnell. Das Blut pulsierte heftig durch ihren Körper, brachte ihn zum vibrieren und ließ ihre Fingerspitzen kribbeln. Als Dexter nackt vor ihr stand, verschlug es ihr für eine Sekunde den Atem. Seine Erregung ragte steil auf und obwohl sie nicht hinstarren wollte, konnte sie nicht anders.

„Soll ich doch lieber alleine duschen?“, schlug er vor.

Bree sah zu ihm auf. Der Gefühlscocktail, den sie empfand, bescherte ihr eine Art Schwindelattacke. Sie fühlte sich wie eine Flipperkugel, die hin und her geschossen wurde zwischen Angst und Erregung, Nervosität, Lust und Neugierde.

Anstelle einer Antwort ging sie in die Hocke und schnürte ihre Schuhe auf, trat sie sich von den Fersen und stellt sich wieder aufrecht hin, um ihre schmalen Spaghettiträger von den Schultern zu ziehen und nach einem tiefen Atemzug und einem Stoßgebet gen Himmel ihr Trainingsdress herabzurollen und schließlich fallen zu lassen.

„Gleiches Recht für alle“, erklärte sie mit einem schwachen Lächeln und breitete nackt die Arme aus. Dexter schluckte trocken und schüttelte den Kopf.

„Wenn ich mir gleich in der Duschkabine den Schädel an der Armatur spalte, dann zumindest in Gesellschaft der schönsten Frau, die ich jemals gesehen habe.“

Bree lächelte und verlor einen winzigen Teil ihrer Scheu. Sie wandte sich ab, hörte wie Dexter beim Anblick ihrer Kehrseite hart die Luft einsog, und drehte die Dusche auf.

„Wie heiß soll das Wasser sein?“, fragte sie über die Schulter.

„In meinem momentanen Zustand wäre arktisches Eiswasser wohl das Beste.“

„Aber nicht für deinen Kreislauf“, konterte sie trocken und stellte das Wasser so ein, dass es ihr angenehm war. Sie trat unter den Wasserstrahl und legte seufzend den Kopf in den Nacken, bis ihr Haar nass war. Dann streckte sie den Arm nach Dexter aus.

„Komm“, sagte sie schlicht.

Er war so gefesselt von dem Anblick, den sie bot, dass er sekundenlang überlegte, ob er es nicht vielleicht doch wagen konnte ... aber dann riss ihn eine neue Schwindelattacke beinah von den Füßen.

Ein klares Nein.

Langsam ergriff er ihre Hand und ließ sich unter den heißen Wasserstrahl ziehen.

Unwillkürlich entfuhr ihm ein wohliger Seufzer, als das Wasser seine Haut erwärmte und spürbar den Schmutz und das getrocknete Blut fortspülte. Es war so erholsam, dass er sogar Brees nackten Körper für einen Moment aus den Augen ließ und sich mit geschlossenen Augen dem herrlichen Gefühl sauber zu werden hingab.

„Hier“, sagte sie. Als er die Augen öffnete, hielt sie ihm einen zusammengefalteten Waschlappen entgegen. „Press das hier auf die Wunde, damit sie nicht nass wird. Ich glaube nicht, dass das Pflaster alles abhalten kann.“

„Aber der Arzt hat gesagt -“

„Der Arzt“, unterbrach ihn Bree, „hatte Todesangst vor dir und widmet sich normalerweise einer weiter südlich gelegenen Körperregion, aye?“

Dexter musste lachen, was ihm einen schmerzhaften Stich im Brustkorb bescherte.

Er nahm den Waschlappen, presste ihn vorsichtig auf das Pflaster und bedeckte beides mit seiner Hand.

„Und mit der anderen Hand halt dich hier an der Armatur fest“, verlangte sie jetzt, woraufhin er die Stirn krauszog.

„Und wie soll ich mich dann bitteschön waschen?“

„Das erledige ich.“

Er griff nach der Armatur und hielt sich daran fest, betrachtete dabei Bree, die im Halbdunkeln nach seinem Duschgel griff und sich einiges davon in die Handfläche drückte und zerrieb, bis es schäumte.

Dann stellte sie sich auf die Zehenspitzen und fing an seine Haare ein zu shampoonieren. Ihre Finger massierten seine Kopfhaut mit kreisenden Bewegungen und instinktiv krallte er sich fester an die Armatur. Er betrachtete ihr herzförmiges Gesicht, das Wasser, das von ihrer Nasenspitze und den langen Wimpern tropfte, ihre schlanken Schultern, die dennoch durchtrainiert und von geschmeidiger, milchweißer Haut überzogen waren. Am liebsten hätte er sich vorgebeugt, um sie zu küssen, doch das wagte er aus verschiedenen Gründen nicht. Einer dieser Gründe, war nur wenige Zentimeter von Brees Bauchdecke entfernt und wurde von ihr während ihrer Pflegetätigkeit heldenhaft ignoriert.

„Mach die Augen zu!“, verlangte sie.

„Warum?“

„Weil ich den Schaum ausspüle.“ Mit diesen Worten drückte sie seinen Oberkörper zurück unter den Wasserstrahl und er schloss gerade noch rechtzeitig die Augen, bevor ihm der duftende Schaum übers Gesicht lief. Er hielt die Luft an, bis das Wasser wieder klar war und kam sich vor wie ein Fünfjähriger, dem die fürsorgliche

Mutter eine Dusche verordnet hatte. Nicht, dass er jemals eine fürsorgliche Mutter gehabt hätte ...

„Ist das Wasser braun oder rot?“, fragte Bree und zeigte nach unten. Dexter sah an sich hinab.

„Es ist so rot, als würden wir hier die Szene aus Psycho nachspielen.“

Sie nickte, vom Blut scheinbar unbeeindruckt. „Du musst sofort etwas trinken. Möglichst viel. Dein Körper wird versuchen das Blut zu ersetzen und dafür braucht er Flüssigkeit.“

Sein Mundwinkel zuckte amüsiert, doch er nickte gehorsam, während Bree eine seiner Hände nahm und die Finger einseifte, dann den Unterarm, schließlich den Oberarm und die Schulter.

Er beschloss es schweigend geschehen zu lassen und genoss ihre Berührung, die so geschäftig war, dass er meinte, Bree würde mit dem Schmutz auf seinem Körper ihre eigene Nervosität abwaschen wollen. Sie schrubbte ihm mit einem Waschlappen den Rücken, achtete dabei sorgsam darauf, dass sie sich nicht unterhalb der Gürtellinie bewegte und bescherte ihm trotzdem abwechselnd heiße und kalte Schauer, die ihn überliefen.

„Ich glaube, jetzt ist es genug“, erklärte er, eindeutig an der Grenze seiner Selbstbeherrschung angelangt.

„Machst du den ... Rest alleine?“, fragte sie und schluckte trocken.

Sie starrte den *Rest* halb fasziniert, halb ungläubig an und sogar im fahlen Dämmerlicht konnte Dexter sehen, dass sie rot wurde.

„Macht dir das ... Angst?“, fragte er und blickte an sich hinab.

Sie sah schweigend zu ihm empor. Ihre Brust hob und senkte sich schnell und er wurde das Gefühl nicht los, dass sich in ihre Nervosität eine gehörige Portion Erregung gemischt hatte, mit der sie noch nicht richtig umgehen konnte.

„Ein bisschen“, erklärte sie lakonisch, gab dann ein Achselzucken von sich. „Auch wenn ich weiß, dass es dumm klingt.“

„Das klingt nicht dumm. Trotzdem ist deine Sorge unbegründet.“ Er legte sich sorgfältig die Worte zurecht, wohl wissend, dass er so ein Gespräch noch nie geführt hatte. „Wenn du ... bereit für mich bist, werden wir ganz wunderbar zusammenpassen.“

Sie zog zweiflerisch die Stirn kraus und er warf noch einmal einen Blick auf sich.

„Es ist ja nicht so, dass ich irgendwie monströs gebaut wäre.“

„Bist du sicher?“, fragte sie unwillkürlich, woraufhin er ein ungeduldiges Geräusch von sich gab.

„Auch wenn deine Einschätzung schmeichelhaft ist, ja, ich bin sicher. Und jetzt schaff mich aus dieser Duschkabine, bevor ich mich um Kopf und Kragen rede.“

Sie lächelte und stellte das Wasser ab, schlang ihre Haare zu einem Knoten, aus dem sie die Feuchtigkeit so gut es ging herauswrang, und schob dann die Duschtüre auf.

Dexter fiel sogar der eine Schritt hinaus schwer und ihm war klar, dass es eine Frage von Minuten, vielleicht sogar Sekunden war, bis seine Beine endgültig den Dienst quittieren würden.

„Bree, ich muss mich unbedingt hinlegen.“

Sie sah ihn aufgeschreckt an, griff dann nach einem Duschtuch, warf es ihm über die Schulter und stützte ihn auf seiner gesunden Seite. Auf diese Weise kam er wohlbehalten aus dem Badezimmer und ließ sich dankbar auf das Bett sinken, zu dem Bree ihn begleitete. Sie waren beide nass und erschöpft und auch wenn die Sonne hoch über den Steilklippen stand, die vom Fenster aus zu sehen waren, auch wenn die Möwen und Lummen schrien und flogen und damit mehr als deutlich klarstellten, dass es spätestens Mittag sein konnte, die beiden fühlten sich, als wäre es weit nach Mitternacht.

Bree legte Dexter vorsichtig auf dem Bett ab, hievte seine Beine hoch und blickte mit fest zusammengekniffenen Augen auf ihn hinab. Dann drehte sie sich um.

„Wo willst du hin?"

„Ich ziehe die Vorhänge zu", erklärte sie. „Ich kann sonst überhaupt nichts sehen."

Als sie wieder zurückkam, war Dexter schon fast eingeschlafen. Doch auf seiner Haut lag eine Gänsehaut und er zitterte leicht. Bree nahm eine volle Flasche Wasser vom Tisch und ging zu ihm.

„Du musst trinken, Dexter."

„Kann ich nicht erst schlafen?"

„Nein. Trink jetzt, dann geht es dir nach dem Schlafen viel besser."

Mühsam richtete er sich in eine sitzende Position auf und nahm die Flasche entgegen, trank einen Schluck und wollte schon wieder absetzen, als Bree ihm die Flasche entschlossen wieder an die Lippen schob.

„Austrinken!", verlangte sie und er gehorchte mit einem widerwilligen Geräusch.

Als sie die leere Flasche wegstellte, noch immer nur in ein Handtuch gewickelt, blickte er sie nachdenklich an.

„Was ist?"

„Du bleibst doch hier, oder? – Ich meine, du legst dich zu mir?"

Sie lächelte und kam zu ihm. „Aye, natürlich."

„Aber wir dürfen nicht zu lange schlafen. Ich muss mich mit den Polizisten kurzschließen, hören ob es Fingerabdrücke gibt, sonstige Spuren -"

„Halt die Klappe, Hay", sagte Bree sanft und krabbelte

vorsichtig, um ihm keine zusätzlichen Schmerzen zu bereiten, aufs Bett.

„Erinnere mich daran dich für diese Frechheit übers Knie zu legen." Er stöhnte halb erschöpft, halb wohlig, als sie sich nackt an seine Brust schmiegte. „Die Schwäche eines Mannes so auszunutzen ...", beschwerte er sich.

Sie spürte die Hitze seiner Erregung in seinem Rücken und genoss das elektrisierende Gefühl, das sie in ihr auslöste. „Ganz so schwach bist du offenbar doch nicht."

Dexter schlang den Arm um sie und deckte sie beide mit dem Laken zu. „Zu schwach, um damit etwas anzufangen."

Sie lachte leise und wurde dann ernst. „Danke, dass du mich gerettet hast."

„*Serva Jugum*", antwortete Dexter und sie blickte ihn fragend über die Schulter an.

„Was soll das heißen?"

„Bewahre deine Pflichten. Es ist das Motto des Hay-Klans."

Sie lächelte. „Achso."

„Bree?"

„Hm?"

„Ich habe dich nicht nur gerettet, um meine Pflicht zu erfüllen."

Sie schmiegte sich in seine Umarmung und spürte, wie ihre ausgekühlten, geschwächten Körper sich gegenseitig aufwärmten. „Schlaf jetzt, Dexter."

Und keine zehn Sekunden später war er tatsächlich eingeschlafen.

## VIII

Bree räkelte sich in ihrem Traum, seufzte genüsslich und krallte sich in etwas, das mehr diffuse Wolkenfetzen als Bettdecken waren. Sie schwebte auf einem Bett aus Windböen und spreizte die Beine weit, um den himmlischen Hauch zu genießen, der sie dort streifte. Ein Gefühl wie prickelndes Feuer breitete sich in ihrem Schoß aus, dessen Hitze mehr und mehr anschwoll.

Sie keuchte lustvoll auf und erwachte durch ihre eigene Stimme. Es dauerte nur einen Sekundenbruchteil, bis sie begriff, dass sie zwar aufgewacht war, das lodernde Gefühl zwischen ihren Beinen jedoch unvermindert anhielt.

Mit geröteten Wangen blickte sie an sich hinab.

„Mein Gott“, keuchte sie und wollte sich aufsetzen, doch Dexter hielt ihr Becken fest in die Laken gepresst und spreizte ihre Beine. Als sein roter Haarschopf zwischen ihren Beinen auftauchte, lächelte er träge, die Lippen glitzerten feucht.

„So weit würde ich nicht gehen“, meinte er und küsste sie auf ihren Venushügel. Heftige Lust flammte in ihr auf, etwas, das sie einen Laut ausstoßen ließ, der halb Empörung, halb Erregung war.

„Was ... was ...?“ Sie schluckte trocken und versuchte sich zu sammeln, doch Dexter hatte das Gesicht wieder zwischen ihren Schenkeln vergraben, rieb seinen gleichzeitig stoppeligen und weichen Dreitagebart an der Innenseite ihrer Oberschenkel und brachte ihren Unterleib dazu vor Begehren zu zucken.

„Oh ...“ brachte sie nur unartikuliert hervor und ließ den Kopf aufs Kissen sinken. Es bestand kein Grund dumm zu fragen, sie wusste genau, was er da tat. Nur sie hatte keine

Ahnung gehabt, dass es sich so anfühlen würde. Es hatte nichts mit dem zu tun, was sie fühlte, wenn sie sich selbst berührte. Das hier war in etwa tausend Mal intensiver.

Als seine Zunge ihre nassen Blütenblätter teilte und sich an ihrem empfindlichsten Punkt festsaugte, krallte sie sich hilflos in die Decken und stöhnte ergeben. Es war ein unglaubliches, berauschendes Gefühl, das meilenweit entfernt war von allem, was sie jemals gespürt hatte.

„Fühlt sich das gut an?", fragte Dexter, ohne den Kopf zu heben und hauchte die Worte sanft gegen ihre geschwollene Mitte.

„Es ..." Bree schluckte trocken, versuchte sich an das zu erinnern, was sich Muttersprache nannte. „Es ist unglaublich."

Mit einem zufriedenen Knurren drückte er ihre Beine noch weiter auseinander und liebkoste sie mit seinen Fingern, spreizte sie weit und drang mit der Zunge in sie ein.

Es kam so unerwartet, dass sie aufschrie und versuchte die Beine zusammenzudrücken. Doch im nächsten Moment ließ sie sie wieder auseinanderfallen, um mehr von diesem Gefühl zu bekommen, nachdem sie augenblicklich süchtig war.

„Hör nicht auf, bitte", hörte sie sich flehen, obwohl ihr Anstand noch irgendwo in einer verstaubten Ecke ihres Geistes herumstand und mahnend die Hand hob.

Ihr Becken bäumte sich unter der süßen Folter auf, die ihr so völlig neu war. Keuchend stellte sie fest, dass sie ihre klaren Gedanken verließen, dass sich die Empfindung ihres Körpers auf das Zentrum ihrer Lust konzentrierte und alles andere ausblendete.

Willig ließ sie geschehen, dass die Begierde sich immer weiter steigerte, dass Dexter sich so hart in ihre Schenkel krallte, dass sie blaue Flecke haben würde, während er sie mit seiner Zunge, seinen Lippen und seinem hitzigen Atem auf die köstlichste Art folterte, die man sich vorstellen konnte.

Sie spürte, dass sie sich einem Höhepunkt näherte, doch kaum blitzte er um die Ecke, verlangsamte Dexter seine Bemühungen wieder, streichelte sie sanft, streckte eine seiner Hände hinauf zu ihrer Brust, streichelte sie und verteilte ihre eigene Feuchtigkeit darauf. Bree packte sein Haar und schob ihn grob zwischen ihre Schenkel, von dem drängenden Wunsch beseelt endlich den Gipfel seiner Anstrengungen genießen zu können.

Er drang mit einem Finger in sie ein, nur ein Stückweit, nur weit genug, um ihr die neue, köstliche Reibung zu zeigen, die er auszulösen in der Lage war, die nur ein Vorgeschmack war auf etwas viel Mächtigeres.

Bree stammelte zusammenhanglose, gälische Silben, löste sich auf unter seiner Berührung, spürte wieder seine heiße Zunge, seinen Atem und endlich wogten die ersten Vorboten ihres Orgasmus heran, verkrampften ihre Beine, ließen sie den Kopf tief in die Kissen drücken und endlich, als sie das Gefühl hatte in einem gleißenden Blitz zu explodieren, der sie blind, taub und halb bewusstlos machte, schrie sie ihre Lust hinaus und ließ sich von den kraftvollen Wogen ihrer Gefühle forttragen, bis sie kraftlos, zitternd und bebend in sich zusammensank.

Mit einem Lächeln, das wohl nur Männern zu Gesicht stand, die gerade einer Frau Lust beschert hatten, tauchte Dexters Kopf zwischen Brees bebenden Schenkeln auf und betrachtete ihr in Lust und Erfüllung völlig aufgelöstes Gesicht. Ihre Lippen waren aufgeworfen und rot, ihre Augen geschlossen, die Wangen rosig. Ihre Brustwarzen waren hart, wie zartrote Diamanten, und ein dünner Schweißfilm zog sich über ihren Oberkörper, der sich in langen, tiefen Atemzügen hob und senkte.

Dexter richtete sich langsam auf. Dabei musste er kurz die Augen zusammenpressen. Ihm war ein wenig schwindelig und seine Seite machte sich bemerkbar. Seine Erregung war köstlich und quälend zugleich, als er sich neben Bree legte, in ihre feuchten Locken griff und ihr Gesicht zu sich herüberdrehte.

Ihre Augen waren glasig und wirkten fast fiebrig, ihr Lächeln war atemberaubend und atemberaubt gleichermaßen. Er küsste sie vorsichtig.

„Schmeckst du dich?“, fragte er leise. Sie leckte über ihre Lippen und nickte.

„Salzig ... ein bisschen.“

„Köstlich.“ Er strich ihr das Haar aus der Stirn und zog eines der Laken über sie. „Hat es dir gefallen?“

„Es war wunderschön. Ich hätte niemals gedacht ...“ Sie schüttelte etwas verlegen den Kopf. „... dass es sich so anfühlt.“

Er küsste sie noch einmal flüchtig und setzte sich auf. „Ich dachte mir, als kleinen Vorgeschmack.“

„Vorgeschmack?“

„Ich wollte dich heute gern zum Abendessen einladen, Bree Kennedy.“

Sie zog die Stirn kraus. „Wirklich?“

„Ja. Geschlossene Gesellschaft. Du. Ich. Essen. Trinken.“

Sie lachte und setzte sich mehr auf, lehnte sich neben ihn an die Rückseite des Bettes. Als sie sein Gesicht betrachtete, wurde sie ernst. Er war weiß wie eine Wand.

„Geht es dir nicht gut?“, fragte sie.

„Mir ist ein bisschen schwindelig“, erklärte er mit einer wegwerfenden Geste. „Du bist nicht gerade leicht zu bändigen.“ Seine Mundwinkel zuckten amüsiert.

„Außerdem hast du mir ein ganzes Büschel Haare ausgerissen."

„Habe ich nicht."

„Und ob. Das muss passiert sein, als du nicht ganz ... Herr deiner Sinne warst."

Ihre Ohren färbten sich etwas rot, obwohl sie einen Großteil der Scheu bereits hinter sich gelassen hatte. „Oh, aye. Das kann sein. Soll ich dir etwas zu trinken holen?"

„Wie spät ist es?"

Sie blickte auf den Wecker. „Halb drei Uhr nachmittags."

„Dann einen Whisky. Gerne einen doppelten. Aber vorher ..." Er griff sich an die Stirn und kniff noch einmal die Augen zusammen. „Ziehst du die Schublade auf? Da am Nachtkästchen?"

Bree wunderte sich zwar, tat aber wie geheißen. Nicht zuletzt, weil er aussah, als würde er aus den Latschen kippen, wenn er sich bewegte. Sie gab ihm die kleine Papiertüte, die darin war, stand dann auf, goss ihm ein Glas ein und kam damit zurück aufs Bett.

„Das ist für dich", erklärte er unvermittelt und hielt ihr die Tüte entgegen. Bree gab ein überraschtes Geräusch von sich und nahm das Tütchen, reichte gleichzeitig Dexter den Whisky, den er mit einer energischen Bewegung leerte.

„Was ist das?"

„Mach es auf!"

Sie zog die Kordel an der Oberseite der Tüte auf und förderte etwas zu Tage, was ihr nur zu bekannt war.

„Kontaktlinsen?", fragte sie zweiflerisch. „Dexter, das ist nett gemeint, aber ich brauche Spezial -"

„Ja, das weiß ich doch", gab er ungeduldig zurück und setzte sich auf. Der Whisky zeigte offenbar unmittelbare Wirkung, denn er sah sofort deutlich gestärkt aus. „Du weißt doch, dass ich bei der CIA bin, oder war ... oder wie auch immer."

Sie nickte zögerlich.

„Und wie man es so schön aus den James Bond Filmen kennt, gibt es auch bei uns eine Forschungsabteilung. Ich hatte mich an etwas erinnert, von dem ich kurz vor meinem Abflug gelesen hatte. Ein Glas, das abdunkelt, allerdings variabel."

„Was bedeutet das?"

„Wenn es hell ist, wird da Glas dunkler. In der Nacht, ist es fast transparent."

Bree schraubte einen der Linsenbehälter auf und hielt ihn ins Licht. Sogar in der Reinigungsflüssigkeit erkannte sie, dass sich das Glas sofort dunkel verfärbte, als der Sonnenstrahl darauf traf. Mit offenstehendem Mund sah sie wieder auf. „Du meinst -"

„Eigentlich ist das nicht offiziell zu haben und es hat auch keine medizinische Zulassung oder ähnliches. Aber ein Bekannter schuldete mir noch einen Gefallen und so habe ich aus dem Glas zwei Kontaktlinsen anfertigen lassen." Er nickte auf ihre nun zitternden Hände. „Ich habe sie auf deine Sehstärke schleifen lassen."

„Woher kennst du denn meine Sehstärke?"

„Sie stand in deiner Akte. Du weißt doch, dass du mir alle Unterlagen überlassen hattest."

Bree nickte geistesabwesend. Wenn es wirklich so war, wie Dexter sagte, dann ...

„Dexter, wenn das so ist. Das ... das wäre wie neues Augenlicht für mich."

Als ihre Augen feucht wurden, gab er ein zögerliches Geräusch von sich. „Naja, nicht ganz. Du siehst natürlich immer noch schlecht. Aber wenigstens sind dann die Helligkeitsgrade besser angepasst und fließend. Du bist nicht mehr sekundenlang blind, wenn du ins Freie trittst."

„Was immer es kostet, Dexter, ich bezahle es mit Freuden."

„Du bezahlst gar nichts. Das ist ein Geschenk. Mein Geschenk.“ Noch ehe sie widersprechen konnte, fuhr er fort. „Es gibt unterschiedliche Schattierungen in dem Glas. Ich habe die mittlere gewählt, aber wenn es zu dunkel oder zu hell ist, kann ich dir auch noch eine andere machen lassen.“

Völlig entgeistert schüttelte Bree den Kopf. „Ich weiß überhaupt nicht, was ich sagen soll“, erklärte sie mit erstickter Stimme. „Das ist das schönste Geschenk, das mir jemals ein Mensch gemacht hat.“

„Deswegen bin ich heute morgen nach Dunvegan gefahren“, sagte er mit plötzlich grimmigem Gesicht, als er sich an die Vorkommnisse erinnerte. „Deswegen habe ich dich allein gelassen. Ich darf gar nicht daran denken, was hätte passieren können.“

Sie griff nach seinen Händen und drückte ihm einen schnellen Kuss auf die Lippen. „Ich danke dir, Dexter. Für so vieles. Für alles. Du bist ein wundervoller Mensch.“

„Das bin ich nicht, Bree. Aber es ist schön, dass du so hartnäckig an diesem Irrtum festhältst.“

Er kämpfte sich aus dem Bett und stand nach einem etwas hilflos wirkenden Ausfallschritt fast ohne zu schwanken da. „Ich gehe jetzt runter und bespreche mich mit den Sicherheitsleuten.“

„Und ich gehe zum Training“, erklärte Bree, sprang dabei sichtlich beschwingt aus dem Bett.

Dexter hielt sie am Arm fest und ließ sie innehalten. „Bree“, sagte er leise und sie konnte schon an seinem Ton ablesen, was er als nächstes sagen würde.

„Ich sage die Show nicht ab!“, erklärte sie entschlossen.

„Aber warum denn nicht? Wenn wir diesen Irren nicht fassen, wird er dich nie in Ruhe lassen.“

„Ganz genau, Dexter. Er wird mich nie in Ruhe lassen. Egal, ob ich tanze oder nicht. Er wird mich auch finden, wenn ich mich in Kappadokien in einer Erdhöhle verstecke." Sie baute sich energisch vor ihm auf. Wenn sie wütend war, war sie einfach atemberaubend schön. „Ich werde mich nicht verstecken, ich werde nicht davonlaufen. Ich lasse mich nicht *besiegen*."

„Besiegen?", fragte er nun plötzlich auch aufgeregt. Offenbar hatte er die Chancen mit seinem Anliegen erfolgreich zu sein deutlich überschätzt. „Das ist doch kein Spiel. Er will dich töten. Wenn du die Show absagst, dann verschaffst du uns wenigstens mehr Zeit."

„Dexter, die nächste Show ist in weniger als zwei Wochen auf den Highland Games, auf denen die Königin Schirmherrin ist. Wir sind keine idealistischen Hupfdohlen, die nur aus Spaß an der Freude tanzen. Auch wenn wir verdammt hart dafür arbeiten, dass es auf der Bühne genau so aussieht. Diese Show bringt uns pro Saison einen knapp zweistelligen Millionenbetrag. Das klingt aber nur so lange gut, wie man weiß, dass sie einen sehr hohen einstelligen Millionenbetrag kostet. Im Klartext bedeutet das, wenn wir die Show durchziehen, haben wir alle im Frühjahr ein hübsches Sümmchen auf den Konto. Wenn nicht, dann sind wir alle, *alle* pleite, Dexter!" Sie griff aufgebracht nach einem Laken und schlang es sich um den Körper. „Es geht hier nicht nur um mich. Ich habe Verantwortung für meine Truppe. Für 47 Tänzer, Chester und Elle. Ich ruiniere nicht nur mich, wenn ich die Tour sausen lasse, ich ruiniere uns alle! Uns alle!" Sie atmete tief ein, als sie merkte, dass sie ins Schreien verfallen war. Um sich zu sammeln, verschränkte sie die Arme vor der Brust. „Um es kurz zu machen. Ja, ich habe Angst. Ja, ich würde am liebsten fortlaufen. Ja, was du vorschlägst, wäre das sicherste für mich. Aber ... nein, ich werde es nicht tun. Nein, ich werde die Show nicht aufgeben. Nein, ich werde meine Truppe nicht im Stich lassen und ... verdammt nochmal bei allen

Rachegöttern: ich laufe nicht davon!"

Sie starrte wutschnaubend zu ihm empor und hielt seinem eisigsten „Du tust gefällig, was ich sage"-Blick mit schockierender Mühelosigkeit stand. Dexter hielt noch einen weiteren Moment daran fest, aber dann kapitulierte er und warf hilflos die Arme in die Luft.

„Verdammt nochmal, bist du stur!", rief er dabei und sie lächelte nachsichtig, weil aus ihm nur die Sorge sprach.

„Würdest du es denn anders machen?", fragte sie versöhnlich. „Würdest du weglaufen?"

„Nein, natürlich nicht."

„Aye, also ..." Sie hauchte ihm einen Kuss auf die Wange und trat einen Schritt zurück. „Wann holst du mich ab?"

Er hatte für einen Moment Mühe ihrem Themenwechsel zu folgen. Dann fiel es ihm wieder ein. Das Abendessen.

„Wie wäre es mit sieben Uhr?"

„Perfekt."

„Und mach ja keinen Schritt ohne mindestens zwei der Wachleute."

Sie öffnete die Verbindungstür zu ihrem Zimmer und nickte gehorsam. „Ich verspreche es."

*

Als sie endlich am Saal ankam, flankiert von zwei Sicherheitsleuten so groß wie Kleinlaster und bewaffnet wie ein kompletter Kampftrupp, atmete sie tief durch.

Sie wollte nicht daran denken, dass die schrecklichen Ereignisse erst wenige Stunden zurücklagen. Wenn sie ganz ehrlich war, konnte sie es sich nicht einmal vorstellen.

Es fühlte sich an, als würden diese Dinge Lichtjahre zurückliegen; auch wenn sich nicht leugnen ließ, dass ihr beim Anziehen ihrer Schuhe sofort eingefallen war, für wen sie das letzte Mal hatte tanzen müssen.

Indem sie tief einatmete straffte sie die Schultern. Ein Grund mehr diesen Umstand sofort auszulöschen. Zu ihrer großen Überraschung waren zwar alle ihre Tänzer auf der Bühne, doch keiner von ihnen tanzte. Als Bree näher trat, wandten sie sich ihr alle zu und schwiegen.

„Warum habt ihr noch nicht angefangen?", fragte sie entgeistert.

Micheal trat vor und rieb die Hände ineinander. „Bree", hob er zaghaft an. „Wir wissen doch, was heute morgen passiert ist."

Sie blinzelte irritiert. „Ja, und?"

„Du kannst doch nicht einfach so weitermachen, als wäre nichts geschehen."

Grimmig verschränkte sie die Arme vor der Brust, als sie auf der Bühne ankam. „Jetzt fangt ihr auch noch an!"

„Der rote Teufel hat Recht", erklärte Bill, ein eleganter schlanker Tänzer, der vor fünf Jahren wegen seiner Homosexualität aus der U.S.-Armee gemobbt worden war. Ein lieber Kerl und ein verdammt guter Tänzer.

„Der rote ... *Teufel?*", wiederholte Bree verständnislos.

„Dexter Hay", erklärte Michael und zwinkerte plötzlich.

Bree konnte nicht verhindern, dass ihr die Röte in die Wangen stieg. Schon wieder! „Habt ihr mit ihm gesprochen?"

„Nein. Aber wir haben gehört, wie er die Wachleute instruiert hat. Er will nicht, dass du dich in so große Gefahr begibst. Und wir ... wollen es auch nicht."

„Michael, ich sage dir dasselbe, was ich auch Dexter gerade gesagt habe. Wenn wir die Shows platzen lassen, sind wir pleite!"

„Aber besser ist es doch, wenn wir pleite sind, als wenn dich so ein Irrer umbringt." Angela war eigentlich eine sehr ruhige Tänzerin, aber dass sie nun so besorgt und nachdrücklich das Wort erhob, zeigte Bree, dass sie die

Anteilnahme ihrer Truppe offenbar weit unterschätzt hatte. Unwillkürlich stiegen ihr die Tränen in die Augen, die sie schnell fortblinzelte.

„Das kann ich aber nicht zulassen", erklärte sie mit erstickter Stimme.

„Und wir lassen nicht zu, dass du dich für die Show oder für uns umbringen lässt!", erklärte Michael schlicht.

Bree kniff die Augen zusammen. „Was soll das heißen?"

Einige Blicke wurden gewechselt, bevor Michael wieder das Wort ergriff. Offenbar hatten sie ihn zu einer Art Rädelsführer ernannt.

„Das heißt, dass wir uns nicht mit dir auf eine Bühne vor zwanzigtausend Leute stellen, wenn einer davon womöglich bewaffnet ist und dich töten will. Hier kann man dich vielleicht noch einigermaßen schützen, obwohl sogar das heute missglückt ist, aber auf einer Bühne bist du Freiwild." Michael seufzte tief und schüttelte den Kopf. „Und bevor du nochmals fragst, was das bedeutet: bevor der Kerl nicht gefasst ist, werden wir nicht zulassen, dass du einen Fuß auf die Bühne setzt."

„Ha!", erklärte sie schrill. *Meuterei!* „Das könnt ihr ja wohl nicht bestimmen."

„Verdammt nochmal, Bree!", zischte Michael plötzlich wütend. „Keiner von uns wird tanzen! *Keiner!* Wenn du zu dumm oder zu stur bist, um dich zu schützen, werden wir das übernehmen!"

Ihr blieb der Mund offen stehen. „Das kann doch nicht euer Ernst sein!"

Zustimmendes Gemurmel. „Uns war selten etwas so ernst. Du hast die Show groß gemacht; hast viele von uns aus denn irrwitzigsten Situationen herausgeholt, uns unseren Traum leben lassen. Wir verdanken dir so viel! Und jetzt bist du an der Reihe."

Fassungslos schüttelte sie den Kopf.

„Elle wird euch den Kopf abreißen!"

Michael und zwei der Tänzerinnen traten zur Seite und gaben den Blick auf Elles etwas zusammengesunkene Gestalt frei.

„Du auch?", fragte Bree atemlos.

Elle trat vor und nahm ihre Hände. „Es ist einfach zu riskant, Bree. Das heute Morgen", sie schüttelte den Kopf, „das war einfach zu viel. Nicht nur für dich. Für uns alle. Wir können es einfach nicht zulassen, dass wir dich verlieren."

Sie bemerkte, wie sich ihr Blick trübte. Sie wollte wütend sein, aber ...

„Wenn ich nicht so verdammt gerührt wäre", erklärte sie schniefend und zeigte mit dem Finger anklagend in die Runde, „... dann wäre ich echt stocksauer!"

Als sie aufschluchzte, zog Elle sie in ihre Arme. Bree wand sich aus ihrem Griff und zog ein Taschentuch heraus, schnäuzte sich ungeniert. „Ihr seid ein verdammt dämlicher Haufen, wisst ihr das?"

„Aye", erklärte Michael, indem er Brees Dialekt nachahmte, und brachte sie unwillkürlich zum Lachen.

„Also schön, ihr habt gewonnen. Und was machen wir jetzt?"

Michael breitete die Arme aus und gab Chester in der Technik ein Zeichen. „Wir tanzen natürlich. Es gibt keinen Grund nicht zu trainieren, weil ich mir ziemlich sicher bin, dass dein roter Teufel das Schwein zur Strecke bringt. Was wir hier gerade besprochen haben, ist eben nur für den Fall, dass nicht."

Bree lächelte etwas halbherzig. Immerhin ein Lichtblick. „Na, dann." Sie stopfte das Taschentuch in ihren Ärmel und wischte sich das Gesicht trocken. Dann klatschte sie in die Hände. „Auf Position! - ... ihr lieben Idioten", fügte sie leise hinzu.

*

Während Bree zum tausendsten Mal an einer Locke in ihrer Hochsteckfrisur zupfte und dabei unzufrieden in den Spiegel sah, versuchte sie nach wie vor ihren Herzschlag und ihre Schweißdrüsen davon zu überzeugen, dass es keinen Grund gab nervös zu sein.

Trotzdem war sie es. Sie war so aufgeregt, wie vor dem Abschlussball oder ihrem ersten Auftritt.

Seufzend strich sie ihr Kleid glatt. Was, wenn sie ihm darin nicht gefiel? Was, wenn sie zu over- oder underdressed war?

Vielleicht wollte er gar nicht unten im Restaurant essen. Vielleicht wollte er eine Wanderung machen, dann konnte sie ihr Abendkleid bestenfalls sofort wieder ausziehen.

Als es plötzlich an der Tür klopfte, blieb ihr schier das Herz stehen. Mit zittrigen Fingern schlug sie auf ihre Blindenuhr, die ihr mit bestens vertrauter Roboterstimme verkündete „Es ist jetzt 6.59 Uhr."

Bree straffte die Schultern, nickte sich über den Spiegel hinweg Mut zu und verließ das Badezimmer.

Da klopfte es noch einmal.

„Bree, bist du da?" Dexter klang wie immer streng und besorgt.

„Ich komme sofort!", rief sie und nahm ihre hohen Schuhe vom Beistelltisch, streifte sie sich im Gehen über und versuchte sich an die Absätze zu gewöhnen, bis sie an der Tür angekommen war.

Nach einem tiefen Atemzug öffnete sie. Dexter stand vor ihr.

In einem Smoking!

Er trug ein weißes Hemd, allerdings ohne Krawatte, auch stand der oberste Knopf offen, aber der Rest seiner Gestalt war wirklich feinstens gekleidet. Er trug sogar Manschettenknöpfe. Er war eindrucksvoll, trotz aller Vertrautheit etwas furchteinflößend und verflucht männlich.

Sie wollte etwas zu seinem tollen Outfit sagen, doch Dexter kam ihr zuvor.

„Großer Gott“, erklärte er und die anerkennende Verwunderung, die in seiner Stimme lag, sorgte sofort dafür, dass ein großer Teil der Nervosität von Bree abfiel.

Mit einem verlegenen Lächeln senkte sie den Kopf.

„Wenn das ein Kompliment ist, dann vielen Dank.“

Er deutete ein Kopfschütteln an.

Vor ihm stand zwar Bree und er erkannte sie auch wieder. Doch von dem sportlichen, quirligen Mädchen, war fast nichts übrig geblieben. Stattdessen stand eine elegante Frau vor ihm. Eine Schönheit, die mit ihren fast weißen Locken und den stillen, edlen Konturen beinah ätherisch wirkte. Ihr weißes Spitzenkleid schmiegte sich bis über die Taille eng an ihren Körper, fiel dann weit hinab bis zum Boden. Ihre Locken waren hochgesteckt und in ihrem milchig weißen Gesicht leuchteten ihre Lippen blutrot.

„Du siehst einfach wunderschön aus, Bree.“

Ein Wunder war es auch, dass er diesen Satz zustande brachte, wo sich doch gerade sein Verstand zugunsten einer überwältigenden Freude und Erregung verabschiedete.

Wieder senkte sie den Blick.

„Vielen Dank. Du siehst auch toll aus. Jetzt fehlt nur noch der Kilt“, fügte sie mit einem Schmunzeln hinzu.

Er prustete abfällig. „Ich trage keine Röcke.“

„Ein Kilt ist kein Rock. Es ist eine traditionelle, schottische Bekleidung.“

„Ich bin aber kein Schotte.“

Sie streckte ihm die Hand entgegen und nach kurzem, ratlosem Zögern ergriff er sie geistesgegenwärtig und führte sie auf den Gang.

„Dein Vater ist Schotte, also bist du es auch. Was habt ihr für ein Tartan?“

„Grün mit rotem Karo.“

„Na bitteschön, das steht dir doch perfekt.“ Sie lächelte begeistert und er rollte entnervt die Augen.

Sie hatte die beiden Sicherheitsmänner, die in entsprechendem Abstand hinter ihnen gingen gar nicht wahrgenommen, bis plötzlich einer von ihnen eine Waffe zog und rief „Stehenbleiben!“

Dexter packte Brees Arm und riss sie hinter sich, während vom anderen Ende des Ganges her ein missmutiges Schnauben erklang.

„Kann man denn nicht durch dieses Haus gehen, ohne mit einer Waffe bedroht zu werden?“

Chesters Stimme sorgte dafür, dass Bree sich sofort entspannte, und Dexter tat dasselbe.

„Schon in Ordnung“, rief er dem Wachmann zu. „Er ist sauber.“

Chester schob sich mit einem missbilligenden Blick auf den bewaffneten Kerl im schwarzen Anzug vorbei und kam mit vor Staunen weit aufgerissenen Augen auf die beiden zu.

„Wow!“, erklärte er schlicht. „Bree, du siehst toll aus! Und auch Sie, Mr. Hay ... stattlich.“

„Ich habe ihm gesagt, dass jetzt nur noch der Kilt fehlt“, freute sich Bree und erntete von Chester ein zustimmendes Nicken. „Allerdings will er keinen anziehen.“

„Aber wenn wir in Braemar auftreten, wird er sicher einen anziehen, nicht wahr?“

Dexter zog die Stirn kraus. „In Braemar?“

„Bei den Highland Games.“

Chester nickte. „Elle hat es mir erzählt und ich finde die Idee toll. Stell dir nur vor, Bree: du und die Königin beim Shakehands."

„Ja, das wäre nicht schlecht." Bree hakte sich bei Dexter unter und Chester hob die Hände.

„Ich erkenne, wenn jemand lieber allein sein möchte." Mit einem Schritt rückwärts deutete er eine Verbeugung an. „Ich wünsche einen schönen Abend. Bis morgen dann! – Wenn mich nicht eine der Wachen vorher endgültig erledigt."

Bree lachte und Chester verzog sich mit einem Zwinkern.

Dexter schob sie weiter den Gang hinunter. Offenbar hatte er es eilig und wollte das Kilt-Thema abhaken. Sie jedoch war da anderer Ansicht.

„Wenn wir in Braemar auftreten, wünsche ich mir, dass du einen Kilt trägst."

Er lachte freudlos. „Vergiss es."

„Nein, ganz sicher nicht. Weißt du nicht mehr? Ich habe einen Wunsch frei vom Stufenlaufen am Neist Point. Und *das* wünsche ich mir."

„Du hast gesagt, nichts Peinliches!"

„Das ist nicht peinlich. Da laufen hunderte Männer im Kilt rum, und die wenigsten davon werden darin so gut aussehen wie du."

„Versprich es mir!", setzte sie nach, als er weiter schwieg.

„Also schön. Ich verspreche es. Wettschulden sind ja so gesehen auch Ehrenschulden."

Bree freute sich und schweigend gingen sie nebeneinander her den dunklen Gang der Burg hinab. Ihre Schritte wurden von den alten Teppichen so gedämpft, dass Bree ihr eigenes Blut in den Ohren rauschen hörte, jetzt wo sie wieder in Gedanken bei ihrem gemeinsamen Abend angekommen waren.

Sie überlegte krampfhaft, ob sie etwas sagen sollte oder konnte, aber ihr fiel partout nichts ein.

„Nimm meine Hand", bat Dexter plötzlich leise und sie gehorchte. Als sie zu ihm aufsah, lächelte er wissend und ging weiter.

Sie gingen nicht in den großen Speisesaal, wo die anderen Hotelgäste sonst aßen. Stattdessen brachte Dexter sie in einen kleinen Salon, der so liebevoll mit alten Möbeln und Ölbildern eingerichtet und von einem wärmenden Torffeuer erhellt wurde, dass er nur zu den Privaträumen gehören konnte.

„Wohnt dein Vater hier?"

„Er hat über zwanzig Privatzimmer. Das hier ist eines davon, aber er ist nicht oft hier. Ich habe mir erlaubt es für meine Zwecke zu entfremden."

Bree lächelte. „Deine ... *Zwecke*?"

„Dir wenigstens eine schöne Atmosphäre zu bieten, weil ich weiß, dass wir heute Abend sicher über unschöne Dinge sprechen werden, auch wenn wir es gar nicht wollen. Also dachte ich mir in einer familiären, gemütlichen Umgebung spricht es sich leichter." Er bracht sie zu einem kleinen runden Tisch, der für mindestens vier Gänge eingedeckt war. Galant zog er Bree den Stuhl zurück, so dass sie sich setzen konnte.

Dann nahm er ihr gegenüber Platz und schüttelte ungläubig den Kopf.

„Was ist?", fragte sie lächelnd.

„Wenn es eine andere Zeit wäre und ich an Dinge glauben würde, von denen man leider annehmen muss, dass es sie nicht gibt, dann wäre ich davon überzeugt, dass du von einem Feenhügel heruntergestiegen bist. Ich kenne keine Frau, die auf so ungewöhnliche Weise schön ist."

Bree blieb der Mund offenstehen. Sie hatte ja schon das eine oder andere Kompliment bekommen, aber das hier war neu. Ein schlichtes „Danke“ schien ihr unangebracht, also sagte, sie, was ihr als erstes einfiel.

„Tatsächlich ist meine Ururur-Großmutter deswegen als Hexe verbrannt worden.“

Dexter riss die Augen auf. „Weswegen genau?“

„Sie hatte auch diese fast durchsichtigen Augen und diese weißblonden Locken. Die Leute hielten sie zuerst für eine Fee und irgendwann schlug die Verwunderung in Hass um. Dann wurde aus der Fee eine Hexe.“

„Hat man sie verbrannt?“

Bree nickte. „Sie war schwanger, also hat man gewartet, bis das Kind geboren war. Das hat man wiederum in ein Kloster gegeben. Von dort kam das Mädchen dann irgendwie nach Irland.“

„Daher also dein Name? Kennedy ist ja schließlich kein schottischer Name.“

„Nein, eben.“ Sie grinste. „Ich bin so gesehen also gar keine echte Schottin.“

„Du klingst aber wie eine.“

Sie hob ihr Glas und stieß es leicht gegen Dexters. „Darauf trinke ich.“

Ein Kellner trat nach einigen Minuten schweigend, aber mit einem freundlichen Nicken ein und servierte den beiden einen dampfenden Teller Cock-a-Leekie, eine herrlich duftende Hühnersuppe mit frischem Lauch und kleingehackten Backpflaumen. Bree hatte den ganzen Tag über nichts gegessen, schlang deswegen möglichst grazil und dennoch zügig die köstliche Suppe hinunter. Dexter beobachtete sie amüsiert.

„Das ist nicht der letzte Gang“, meinte er mit einem Nicken auf ihren leeren Teller.

„Aye, das glaube ich. Ich hatte nur solchen Hunger.“ Sie betupfte sich den Mundwinkel und legte die Serviette neben den leeren Teller, während Dexter den seinen leerte.

„Wie war dein Training heute?“ Er versuchte zunächst ein unverfängliches Thema anzuschneiden, doch an der Art, wie Bree missmutig das Gesicht verzog, erkannte er, dass es das offenbar nicht war.

„Sie meutern!“, erklärte sie schlicht und lehnte sich zurück, als der Kellner, der sich wieder unauffällig hereingeschlichen hatte, abräumte, nachdem er ein Stück Torf auf das glimmende Feuer geworfen hatte.

„Bitte?“

„Meuterei! Sie weigern sich zu tanzen, wenn der Kerl nicht gefasst wird.“ Sie zupfte ein Stück Brot entzwei und schüttelte den Kopf. „Sie meinen, es wäre zu gefährlich für mich zu tanzen, wenn der Irre noch frei rumläuft.“

„Bravo!“, erklärte Dexter. „Besser hätte ich es nicht sagen können.“

Sie zeigte mit dem Finger auf ihn und kniff investigativ die Augen zusammen. „Du hast sie doch nicht angestiftet, oder?“

Er hob abwehrend die Arme. „Ich wasche meine Hände in Unschuld.“

Sie schnaubte abfällig. „Wir wissen ja, wer das vor dir schon einmal gesagt hat. – Oh!“

Der Duft, der mit dem Kellner und den beiden silbernen Essensglocken hereinwehte lenkt sie wirkungsvoll ab. „Ist das etwa Bridie?“

Der Kellner lächelte stolz. „Aye, Miss.“ Sie hörte sofort, dass er aus derselben Gegend kam, wie sie. „Mr. Hay hat ihn selbst zubereitet.“

Bree sah verblüfft auf. „Du?“

„Mein Vater“, korrigierte er. „Und ich wette dazu gibt es eine ordentliche Portion Clapshot.“

„Aye, Sir.“ Der Kellner zog die Glocken von den Tellern und gab den Blick auf den dampfenden Kartoffelstampf und den herrlichen Hack-Pie frei.

„Es sieht wunderbar aus“, erklärte Bree. „Richten Sie bitte Mr. Hay meine allergrößte Anerkennung aus.“

„Sehr wohl, Miss.“

„Willst du es nicht erst probieren?“, gab Dexter zu bedenken, doch sie schüttelte den Kopf.

„Allein für den Geruch hat er schon einen Orden verdient.“

Ohne Schnörkel und Umschweife stürzte sie sich auf ihren Teller und begann zu Essen. Dexter genoss es ihr dabei zuzusehen. Es schmeckte ihr und die Art, wie ihre Kiefer mahlten, wie sie schluckte und die leisen, genüsslichen Geräusche, die sie dabei machte, waren ungewöhnlich anziehend.

„Noch Wein?“, fragte er und sie nickte.

Nachdem er eingegossen hatte, beschloss er das Thema wieder aufzunehmen. „Also werdet ihr nicht auftreten, bis der Kerl nicht geschnappt ist?“

„Naja, ich kann es ja schlecht alleine machen. Und sie würden sich offenbar alle lieber feuern lassen, als mit mir auf der Bühne zu stehen ... unter diesen Umständen.“

Dexter nickte zufrieden. „Sie mögen dich sehr gern.“

„Ja, ich glaube auch.“ Sie griff nach ihrem Weinglas und betrachtete es für einen langen Moment, bevor sie trank. „Ich hatte gar keine Ahnung, dass es ihnen so am Herzen liegt, was mit mir geschieht. Ich habe nach jedem ... Vorfall einfach versucht weiterzumachen, wie bisher. Ich wollte keine Schwäche zeigen, aber das hat nur dazu geführt, dass sie es nun an meiner Stelle tun. Wobei -“ Sie grinste ihn an, „sie alle davon ausgehen, dass der *rote Teufel* den Kerl schon schnappen wird.“

Dexters Brauen schossen in die Höhe. „Das soll ja wohl nicht ich sein?“

„Aye, wer sonst? – Es ist ein Kompliment!“

„Es klingt nicht zwingend wie eines.“

„Ist es aber. Sie haben Respekt und vielleicht auch ein wenig Angst vor dir. Und sie trauen dir zu, dass du in der Lage bist, die Dinge zu regeln."

Nachdenklich schichtete er Hackfleisch auf seine Gabel und steckte sie sich in den Mund. „Apropos, Dinge ... Ich weiß, es ist ein mieser Moment, aber wenn wir jetzt kurz darüber reden, sind wir vor dem Nachtisch durch."

Sie schnaufte. „Ich hatte mich schon gewundert, warum ich gar nicht befragt wurde zu heute Morgen. Erledigst du das jetzt?"

Er sah sie aus seinen dunkelgrauen Augen an und nickte streng. „Gewissermaßen."

„Gut, was musst du wissen?"

„Erzähl mir einfach, woran du dich erinnerst."

Bree schob die kleinen Hackfleischkrümmel auf ihrem Teller zusammen und berichtete Dexter so gewissenhaft wie möglich, woran sie sich erinnerte; angefangen vom Gespräch mit Elle, dem Niederschlag und dass sie in der Lagerhalle wieder aufgewacht war. Sie erzählte von der furchteinflößenden, blechernen Stimme, der Drohung, der Aufforderung zum Tanz und dem wirren Fan-Gerede.

Als sie geendet hatte, überlief sie ein neuerlicher Schauer und machte ihr nochmals klar, dass das alles erst wenige Stunden zurücklag. Sie spülte die grausigen Erinnerungen mit einem ganzen Glas Wein hinab und ließ sich dankbar nachschenken.

Währenddessen räumte der Kellner ihre Teller ab und holte so tief Luft, dass Bree unweigerlich zu ihm aufsah.

„Miss, wenn Sie an einem Nachtisch interessiert wären?"

„Was gibt es denn?"

„Wir haben frischen Tipsy Laird oder gerne auch frischen Schokoladen-Cranachan." Bree zog die Unterlippe zwischen die Zähne.

*Und das, wo Pudding ihr Leibgericht war ...*

Hilfesuchend blickte sie Dexter an.

„Wenn wir jeweils eines davon nehmen, können wir nach der Hälfte tauschen“, schlug sie vor.

„Sehr gerne mache ich Ihnen eine etwas kleinere Portion von beidem fertig, Miss“, erklärte der Kellner zuvorkommend.

„Oh, das wäre wundervoll.“

„Schön. – Mr. Hay?“

„Für mich nichts, danke. Ich klinke mich nachher beim Käse wieder ein.“

*Oh, Käse sollte es auch noch geben.*

Bree ließ sich diesmal jedoch nur kurz ablenken und blickte Dexter forschend an.

„Wie geht es eigentlich deiner Seite?“

„Bestens. Ich habe vier Liter Wasser getrunken und bin praktisch ein neuer Mensch.“

„Na, immerhin. – Und was ist mit meinem Bericht? Hilft er dir weiter?“

Dexter hatte die Stirn krausgezogen und wirkte ernst, verschlossen und nachdenklich. Offenbar analysierte er gerade, wie Brees Schilderungen mit dem zusammenpassten, was er selbst herausgefunden hatte.

„Wie du es erzählst, scheint der Kerl wirklich ein Fanatiker zu sein. Er vergöttert dich. Er betet dich an.“

Sie lachte freudlos. „Zuneigung mit Mord auszudrücken, halte ich für relativ gewagt.“

„Er hat nie versucht dich umzubringen.“

„Natürlich.“

„Aber nein. Er hat immer nur deine Wachmänner getötet. Der Schuss in deinem Zimmer löste sich erst, als ich hereinkam. Und die Leinen an meinem Schirm waren manipuliert, weil er keine Ahnung davon hatte, dass du mit mir fliegen würdest. Er ist in dich verliebt, auf kranke, fanatische Weise natürlich. Aber er will dir nichts antun. Er will ..." Er schluckte trocken. Es fiel ihm schwer diese Erkenntnis in Worte zu fassen. „Er will dich lehren ihn zu lieben."

„Ich will ihm gerne sagen, wo er sich diese Lehre hinstecken kann", erklärte sie düster und brachte ihn zum lachen.

„Ich denke nicht, dass er das hören will. Aber davon abgesehen haben wir auch noch einen Fingerabdruck."

„Tatsächlich?"

„Ja. Er läuft gerade durch die britische und danach durch die internationale Datenbank. Wenn der Kerl schon einmal auffällig geworden ist, wissen wir morgen, mit wem wir es zu tun haben."

Na, das klang doch schon gar nicht so übel.

„Wenn er nur nicht diesen Stimmverzerrer benutzt hätte", erklärte Bree ungeduldig. „Ich erkenne eine Stimme überall wieder. Aber ich habe ihn weder gehört, noch konnte ihn in der Finsternis sehen." Sie gab ein hilfloses Achselzucken von sich. „Tut mir wirklich leid."

„Dazu gibt es keinen Grund."

„Miss?"

Bree zuckte zusammen. Sie hatte den Kellner gar nicht kommen hören. Nun stand er mit einem Teller voll dampfendem, mit reichlich Alkohol und Sahne angereichertem Pudding vor ihr und servierte. Sie bedankte sich und spürte, wie ihr das Wasser im Munde zusammenlief.

„Du hast die Kontaktlinsen nicht eingesetzt?", fragte Dexter, als sie wieder allein waren.

„Nein, noch nicht." Sie ließ den Löffel sinken und suchte nach den richtigen Worten. „Ich wollte, naja ... ich habe ein wenig Angst davor."

„Vor den Kontaktlinsen?"

„Vor der Möglichkeit. Vor dem, was ich sehe ...“ Sie lächelte hilflos. „Oder vielleicht auch nicht sehe. Es klingt ein bisschen dämlich, ich weiß. Stell dir vor, du könntest nicht gehen, dein Leben lang schon. Und plötzlich kommt eine gute Fee-“

„Oder ein roter Teufel“, warf er ein.

„Aye, oder das ... und er sagt dir: steh auf. Du kannst jetzt gehen. Hattest du nicht auch ein wenig Angst davor ... aufzustehen?“

Dexter betrachtete sie nachdenklich. Er kannte wirklich niemanden, der so vorbehaltlos ehrlich versuchte ihm seine Gedanken mitzuteilen. Langsam nickte er. „Ich würde wahrscheinlich auch zögern“, räumte er ein. „Aber ausprobieren willst du sie schon, oder?“

„Natürlich! Klar. Nur ... noch nicht heute. Ich habe mich so auf den Abend mit dir gefreut. Und ich ... habe dich getroffen und kennengelernt, so wie ich bin. Und wenigstens für heute Abend will ich es auch bleiben.“

Sie sprach nicht weiter, doch die Bedeutung dessen, was sie nicht sagte, erfüllte den Raum und ließ ihn knistern, als stünde alles unter Strom.

„Dein Pudding wird kalt“, erklärte Dexter und zeigte ihr damit, dass er verstand, was sie meinte.

Sie tauchte den Löffel in ihre Nachspeise, hielt aber dann nochmals inne. „Dexter?“

„Ja?“

„Ohne, dass ich irgendetwas dafür erwarte, möchte ich dir sagen, dass ich dir wirklich sehr gerne mag.“ Ihr Lächeln war fast unwirklich schön. „Obwohl du mir eine geknallt hast“, fügte sie schnell hinzu.

„Du hast mir vors Schienbein getreten!“

„Aye, das hattest du auch verdient!“

„Bree?“

„Mhm?“

„Ich mag dich auch sehr gerne."

Sie lächelte und stürzte sich auf ihren Pudding, bevor er kalt war.

Als die Käseplatte ankam, war sie pappsatt und verschmähte den frischen Ettrick und Inverloch, den Dexter auf einer Scheibe Schwarzbrot verspeiste, hielt sich stattdessen an ein Gläschen Drambuie, einen süßen Likör, der nirgends besser schmeckte als auf den Inseln oder in den Highlands.

Als sie zufrieden in ihrem Stuhl zurücksank, hoffte sie, dass die Nähte ihres Kleides halten würden, und atmete nur vorsichtig, während sich Dexter erhob, neben sie trat und ihr die Hand entgegenstreckte.

„Ich habe noch eine kleine Überraschung für dich", erklärte er geheimnisvoll.

*

Wie immer hatte Bree nicht den Hauch einer Ahnung, wo sie sich aufhielten, als Dexter sie schweigend durch die Gänge führte. Sie war aufgeregt und versuchte immer wieder ihm zu entlocken, wohin er sie brachte. Doch er schwieg eisern und schürte ihre Nervosität noch.

Als sie vor einer hohen Eichen-Doppeltür ankamen, die Bree noch nie zuvor gesehen hatte, blieb er stehen.

„Mach die Augen zu!"

„Was?"

„Augen zu! Na los!"

„Ich sehe doch sowieso fast nichts."

„Bree", erklärte er ungeduldig. „Augen zu. Sonst gibt es keine Überraschung."

Sie gab ein ärgerliches Geräusch von sich.

Leider war sie viel zu neugierig, um diese wie auch immer geartete Überraschung zu versäumen. Also schloss sie die

Augen und ließ sich von Dexter vorwärts schieben, nachdem er die Tür geöffnet hatte. Brav blieb sie mit geschlossenen Augen stehen, wartete, bis die Tür hinter ihm wieder ins Schloss fiel und verharrte regungslos.

„Und jetzt?“

„Mach sie auf!“

Bree gehorchte und blinzelte kurz. Doch das Licht war nicht hell, im Gegenteil es war angenehm dunkel, perfekt für sie.

Der Raum war riesig, doppelt so groß, wie die Bühne, auf der sie tanzte. Große Kerzen, so dick wie Arme brannten zu dutzenden und tauchten den Saal in ein sanftes Licht, das ihr beste Sicht auf den dunklen Steinboden, die hohen holzverkleideten Wände und die Wandteppiche erlaubte. Alle paar Meter standen Ritterrüstungen auf einem kleinen Sockel, sogar der Panzer eines Pferdes war ausgestellt. Allerlei Jagdwaffen, eine Armbrust, eine alte Pistole, eine Saufeder und noch vieles andere, das Bree nicht zu benennen wusste, bevölkerte den Raum.

„Hier haben früher die Versammlungen stattgefunden“, erklärte Dexter und sog jede Facette in Brees staunendem Gesicht in sich auf.

„Wow“, sagte sie schlicht.

„Gut. Wenn dir das gefällt ...“ Er holte etwas aus seiner Hosentasche, klein, dunkel und quadratisch, zeigte damit irgendwohin und plötzlich war leise Walzermusik zu hören.

Bree fing vor ungläubiger Freude an zu lachen.

„Dexter, was ...?“

„Du wolltest doch so gerne einmal Walzer tanzen in einem großen Saal, wo du niemanden von den Füßen holst, ihm auf die Zehen trittst oder in einen gedeckten Tisch läufst ...“

„Das hast du dir gemerkt?“

„Es scheint so“, erklärte er und zog das Jackett aus, strich sich das weiße Hemd glatt, das um die Oberarme und seinen eindrucksvollen Brustkorb spannte, und hielt Bree die Hand entgegen.

„Darf ich bitten?“

Sie schüttelte noch immer ungläubig den Kopf.

„Du ... kannst Walzer tanzen?“

„Ja. Mein Vater hat mich gezwungen es zu lernen.“

„Wow.“

„Wenn du es jemandem erzählst, muss ich dich töten. Ich denke, das ist klar.“

Sie nickte. „Glasklar.“

„Na dann ...“

Bree legte ihre Finger in seine rechte Hand, ließ sich willig heranziehen, bis sie den Kopf weit in den Nacken legen musste, um ihn ansehen zu können.

Sein Arm umfasste sie, seine Finger spreizten sich auf ihrem unteren Rücken, brannten sich hitzig durch den Stoff auf ihre Haut, während sie ihre Hand auf seine Schulter legte.

Das Herz schlug ihr bis zum Hals und sie spürte, wie sie sich versteifte.

„Küss mich“, verlangte er da plötzlich. „Küss mich! Schnell! Dann verschwindet die Nervosität.“

Ohne weiter nachzudenken, stellte sie sich auf die Zehenspitzen und presste mit geneigtem Kopf die Lippen auf seinen Mund, liebkoste ihn vorsichtig, kostete ihn für einen kurzen Augenblick und spürte das träge, herrliche Summen in ihrem Inneren, bis Dexter sich von ihr löste.

„Besser?“, fragte er.

„Viel besser.“

Beim nächsten passenden Takt setzten sie sich in Bewegung. Bree war es gewohnt beim Tanzen den Ton anzugeben, doch Dexter ließ keinen Sekundenbruchteil

Zweifel daran aufkommen, wer hier führte und wer geführt wurde, so dass sie sich schnell von seinen gekonnten Bewegungen mitnehmen ließ.

Dass er ein guter Tänzer war, bemerkte sie schon beim zweiten Schritt, aber es überraschte sie, wie gut sie zusammenpassten. Seine Schritte waren groß, doch nicht zu groß, sein Tempo war schwungvoll, seine Bewegungen fließend. Sie hatte seit mindestens fünf Jahren keinen Paartanz mehr gewagt. Mit wem auch?

Es war einfach wundervoll.

Dexter hielt sie im Arm, steuerte und dirigierte sie, trug sie mit sich. Sie fühlte sich frei und glücklich. Es war ein bisschen, wie das Gleitschirmfliegen, natürlich weniger spektakulär, doch in Anbetracht seiner Gesellschaft und des fortgeschrittenen Abends nicht weniger aufregend.

Sie fühlte, wie ihr Herzschlag anschwoll und sich dieses erregende Rauschen in ihrem Blut ankündigte. Ihr wurde heiß, ohne dass sie sich anstrengte, und eine Gänsehaut breitete sich über ihren Rücken, dort, wo Dexter sie berührte.

Ohne es zu wollen, schlossen sich seine Finger fester um die ihren. Sein Atem ging schneller und der Anblick der wundervollen Frau in seinen Armen, die so perfekt zu ihm passte und sich mit ihm bewegte, brachte sein Blut mehr zum Kochen, als er es für möglich gehalten hatte.

Immerhin war dies hier nur ein Walzer. Keine Rumba. Kein Tango. Walzer! Und doch ...

Er beugte sich zu ihr hinab und fing ihre Lippen ein. Sie küssten sich wieder, ohne den Tanz zu unterbrechen, lediglich mit kürzeren Schritten und kleineren Wendungen. Er spürte, dass Bree sich anfing zu lösen, spürte ihre Erregung und das hilflose Rasen ihres Herzens. Er war so sehr in das Aufsaugen seiner Eindrücke vertieft, dass er zuerst gar nicht bemerkte, wie die Musik aufhörte.

Bree löste sich etwas atemlos von ihm, betrachtete ihn aus fiebrigen Augen.

„Mir ist ein wenig schwindlig", erklärte sie.

„Ja, mir auch."

„Das kommt nicht vom Tanzen, oder?"

Dexter schüttelte den Kopf. „Das ist das Adrenalin", flüsterte er in ihr Ohr und schob sie unauffällig rückwärts. „Die Erregung summt ihr Lied in deinem Blut und bringt es damit zum Kochen." Als sie gegen die Wand stieß, legte er die Hände auf ihre Wangen und betrachtete sie.

Die Kontur seines schönen Gesichtes zeichnete sich hart im Schein der Kerzen ab. Die Erregung malte einen Zug um seine Lippen, der es ihr schier unmöglich machte, sie nicht zu küssen.

„Willst du mich?", flüsterte sie.

Er nickte heftig und schluckte trocken. Selbstbeherrschung war selten eine so große Prüfung gewesen, wie in diesem Moment.

„Ich kann an nichts anderes mehr denken."

In einer mutigen Geste umfasste sie sein Gesicht und zog ihn zu sich hinab. Er kostete die Gier auf ihren Lippen, als sie sich mit einem leisen Seufzen an ihn schmiegte, ihre schmale Zunge in seinen Mund schob und dafür sorgte, dass ihn die Erregung wie ein glühender Lavastrom verschlang.

Er packte nach ihren Hüften und drängte sich gegen sie, sog den halb erstaunten, halb willigen Ton in sich auf, den sie machte, und schreckte dennoch zurück.

Das hier war Bree! Auch wenn er ihr am liebsten sofort das weiße Kleid vom Leib gerissen und sie an der Steinmauer genommen hätte. Sie hatte mehr verdient. Und das wollte er ihr auch geben.

Er löste sich widerwillig von ihren Lippen.

„Nicht hier“, brachte er schwer atmend hervor. „Lass uns ... nach oben gehen. Wenn du es noch immer möchtest.“

Sie nickte schnell, griff nach seiner Hand und verschränkte ihre Finger darin. Dann zeigte sie auf die Tür. „Keine Ahnung, wohin es geht.“

Der Weg hinauf in sein Zimmer war lang und es gab mehrere Augenblicke, in denen er sich zwingen musste seinem Verlangen nicht an Ort und Stelle nachzugeben.

Bree lachte übermütig, als sie über einen Teppich stolperte und gerade noch rechtzeitig von Dexter aufgefangen wurde. Er zerrte sie regelrecht zu seinem Zimmer und als sie endlich angekommen waren, schlug er die Tür so heftig hinter sich ins Schloss, dass sie zitterte.

Auch Bree zitterte und Dexter fiel nichts Besseres ein, als sie noch einmal zu küssen, weil es schon vorhin so gut funktioniert hatte. Das tat es auch dieses Mal. Sie löste sich in seinen Armen auf, wurde weich, schmiegte sich an ihn, hatte eine Sinnlichkeit an und in sich, von deren Existenz sie noch gar nichts wusste. Und sie war erregt, auch wenn sie noch nicht so recht wusste, wie sie die Dinge voranbringen konnte, so wusste sie doch offenbar, dass Dexter dabei nackt sein sollte.

„Zieh es aus“, verlangte sie leise, während sie mit bebenden Fingern an seinen Hemdsknöpfen nestelte. In einer ungeduldigen Bewegung riss er daran und sorgte dafür, dass sich die Knöpfe mit fröhlichem Klirren über den Steinboden verteilten. Bree hatte dafür aber offenbar kein Ohr. Sie starrte auf Dexters Kehle, wo sein Puls raste, und seine breite Brust, auf die sie forschend ihre Hände legte. Als sie den Kopf nach vorne neigte und ihn auf die Brust küsste, sog er hart die Luft ein, ballte die Fäuste, um dieses Mädchen nicht zu Boden zu reißen und endlich das zu tun, wonach sein Körper aufbrüllte.

Sie würde ihn heute weit über die Grenzen des Erträglichen hinaus auf die Probe stellen, da wusste er.

Der rote Faden seines Gedanken kam ihm jäh abhanden, als ihre Lippen zu einer seiner Brustwarzen wanderten, die sie vorsichtig in ihren Mund sog und mit ihrer Zunge umspielte. Er griff in ihre Locken und stach sich an einer der Nadeln, die zur Strafe sofort das Zeitliche segneten und davonflogen.

„Fühlt sich das gut an?“, fragte sie leise.

Er nickte und schluckte trocken. „Sehr gut.“

„Ich würde dich gerne etwas berühren ...“ Sie blickte zu ihm auf und hatte ein halb erregtes, halb neugieriges Glitzern in den Augen. „Wenn ich etwas falsch mache, oder dir etwas unangenehm ist, dann sag es mir. Aye?“

Er nickte schnell, wohl wissend, dass die Gefahr praktisch nicht bestand. Langsam schob sie sein Hemd über die Schulter zurück, so dass es mit einem leisen Rauschen zu Boden fiel. Bree strich über Dexters Arme und Schultern, umrundete ihn, ließ ihre Fingerspitzen quälend leicht wie eine Feder über seinen Rücken wandern, beugte sich vor und küsste das Tal zwischen seinen Schulterblättern. Als sie ihn von hinten umarmte, nahm er ihre Hände in die seinen, hielt sie auf seiner Brust fest, nur einen Moment lang, um sich ein wenig zu beruhigen.

Wenn der altmodische Begriff für jemanden entflammt zu sein überhaupt jemals gepasst hatte, dann in genau diesem Augenblick. Bree beugte sich vor und küsste seine Schultern, umrundete ihn dann wieder.

„Du bist wirklich stark und schön“, stellte sie leise fest und Dexter konnte es kaum noch ertragen.

„Jetzt bin ich dran“, erklärte er heiser und stellte sich hinter Bree, strich ihre Locken über die Schulter nach vorne und betrachtete ihren schmalen Rücken.

Als er nach dem Reißverschluss in ihrem Nacken griff, zitterten seine Finger vor Begehren.

Langsam zog er an dem kleinen weißen Stofffähnchen und legte Zentimeter für Zentimeter Brees schlanken Rücken frei. Sie trug keinen BH, stellte er nach der Hälfte seiner Tätigkeit fest und als er an ihrer Lendenwirbelsäule ankam begriff er, dass sie ganz nackt war. Er schob ihr das Kleid über die Schultern nach vorne, dann über ihre Hüften, bis es sich schließlich zu seinem Hemd auf den Boden gesellte.

Ihre Kehrseite war bezaubernd weiblich, ihr Po rund und fest. Er ging auf die Knie und küsste eine ihrer Pobacken. Bree gab ein empörtes Geräusch von sich, doch schnell hielt Dexter sie um die Hüfte fest und küsste sie noch einmal an der selben Stelle. Seine Hände strichen über ihren Rücken, ihre Taille, umfassten sie, so dass er seine Finger über ihren Bauch spreizen konnte, dessen Beben ein köstlicher Vorgeschmack auf das war, was weiter unten auf ihn wartete.

Dexter drehte sie um und blickte empor in ihr Gesicht.

„Setz dich, Bree“, verlangte er leise. Bree trat zögerlich zurück und ließ sich auf die Bettkante nieder. Dexter ging vor ihr in die Knie, zog ihr nacheinander die hohen Schuhe aus und spreizte ihre Beine.

Sein Blick sog sich an ihrer geschwollenen, nassen Mitte fest, an ihrem Unterbauch, der sich unter ihren heftigen Atemzügen hob und senkte. Er beugte sich hinab und küsste sie auf der Innenseite der Schenkel, genoss den Laut hilfloser Erregung der ihrer Kehle entschlüpfte, während sie in die Kissen sank und zuließ dass er eines ihrer Beine über seine Schulter legte.

Als er über ihren empfindlichsten Punkt leckte, schrie sie auf. Tausend Stromstöße zuckten durch ihren Körper und brachten ihn dazu sich unter Dexters Berührung zu winden, der sie mit seinen Liebkosungen fast um den Verstand brachte.

Doch gerade, als sie sich schon wieder aufzulösen begann, ließ er von ihr ab und erhob sich. Wie ein dunkler Gott ragte er über ihr auf. Bree wusste nicht genau, wie sie vorgehen sollte, was er sich wünschte, doch er ließ nicht zu, dass sie weiter darüber nachdachte. Er zog seinen Gürtel auf und streifte die Hose mitsamt der Unterhose ab, so dass er splitterfasernackt vor ihr stand.

Sie schluckte trocken. Der Anblick, den er bot war erregend und furchteinflößend zugleich. Ihre Finger prickelten bei dem Gedanken ihn anzufassen, doch sie traute sich nicht.

Als sie sich schließlich doch überwand, hielt Dexter sie auf.

„Nein, das brauchst du nicht."

„Aber ich könnte -"

„Und ich will es nicht", setzte er entschlossen nach und hob ihr Kinn, so dass sie ihn ansehen musste. „Heute schenke ich *dir* Lust, Bree."

Ohne, dass sie auf diese verheißungsvolle Ankündigung in irgendeiner Weise reagieren konnte, wurde sie in die Mitte des Bettes gedrängt, auf das sich Dexter zu ihr gesellte.

„Sag mir", verlangte er leise, „was du dir wünschst; was du dir vorstellst. Ganz egal, was es ist."

Sie blinzelte zu ihm empor. Er war neben ihr, doch sie wollte, dass er über ihr war. Da sie sich nicht traute, es zu sagen, rutschte sie näher an ihn und schob eines ihrer Beine so unter seinem Oberkörper hindurch, dass er plötzlich zwischen ihren Schenkeln lag. Er stützte sich auf die Ellbogen und strich ihr mit beiden Händen die Locken aus dem Gesicht.

„Bist du dir wirklich sicher, Bree?“ Sein Blick war forschend und gierig zugleich. Doch sie wusste, dass er trotz seiner Erregung sofort von ihr ablassen würde, wenn sie auch nur den leisesten Zweifel hegte an dem, was zu tun sie im Begriff waren.

Zur Antwort hob sie ihr Becken ein wenig an und spürte die Spitze seiner Errektion über die feuchte Innenseite ihrer Oberschenkel gleiten.

„Ich bin mir sicher, Dexter. Ich ... kann an gar nichts anderes mehr denken, als mit dir zusammen zu sein. Ich glaube ...“ Sie lachte etwas verlegen „Ich glaube, wenn wir es nicht gleich tun, dann bringt mich diese Sehnsucht noch um.“

Sein Mundwinkel zuckte. „Das darf ich keinesfalls zulassen.“ Er bewegte sich leicht über ihr, streichelte sie, küsste ihre Brüste und ihre Kehle, bis sich ihre Hüften gegen ihn pressten. Ihre stumpfen Fingernägel gruben sich in seinen Rücken. Ihr Atem ging schnell. Der Schweiß brach ihr aus.

Sie war bereit. Sie wollte ihn.

Dexter erhob sich leicht über ihr und brachte die glühende Spitze seiner Erektion an die feuchte Schwelle zwischen ihren Schenkeln.

Bree hielt sich an ihm fest. Es stand keine Angst in ihren Augen, nur Lust und eine gierige Nervosität, die zu stillen er nur zu bereit war.

Er wollte noch irgendetwas sagen, doch die Worte versagten ihm, als sie sich ihm noch weiter entgegenreckte und die ersten Zentimeter seines Gliedes ihre Schamlippen teilten. Keine Sekunde länger hielt er es mehr aus. Mit bebenden Lenden und einer Gier, die ihm körperliche Schmerzen bereitete, presste er sich so langsam und vorsichtig wie möglich in sie.

Er hatte zwar noch nie eine unerfahrene Frau gehabt, wusste aber, dass dort irgendwo eine Barriere sein musste.

Doch da war nichts. Da war nur die sengende Hitze, die pulsierende Enge, die sich um ihn schloss. Brees sich aufbäumender Körper, ihr hilfloses Stöhnen, ihr stummer Schrei, als sie ihn noch tiefer in sich aufnahm und endlich das berauschende Gefühl ganz und gar in ihr zu sein; sie zu besitzen auf die ursprünglichste Art, die es gab.

Sie hatte die Augen geschlossen, um dieses unglaubliche Gefühl in all seinen Facetten zu erleben. Er war hart und dehnte sie und obwohl es ihr wehtat, verschmolz der Schmerz mit ihrer Lust und wurde zu etwas, das ihr völlig neu war; das sie aber lockte und seltsam berauschte. Als sie die Augen öffnete war sein Gesicht über ihr. Sie hob die Lippen und er folgte der Geste, küsste sie vorsichtig, strengstens darauf bedacht sich nicht in ihr zu bewegen und ihr die Möglichkeit zu geben, sich an ihn zu gewöhnen.

„Geht es?“, fragte er leise.

Sie legte eine ihrer Hände auf seinen muskulösen Hintern und beantwortete die Frage damit hinlänglich. „Es fühlt sich unglaublich an“, sagte sie leise. „Es ... ich kann es nicht glauben, dass du wirklich in mir bist. Dass wir so vereint sind.“ Sie lächelte atemlos und hob eines ihrer Beine an. Unvermittelt sank er noch ein kleines Stück tiefer in sie und erzeugte eine pulsierende Reibung in ihrem Inneren.

„Oh“, entfuhr es ihr, doch Dexter lächelte leise.

„Fühlte sich das gut oder schlecht an?“

„Gut“, antwortete sie schnell.

Vorsichtig zog er sich ein wenig zurück, sorgte für mehr Reibung, die sie heftig aufkeuchen ließ. Als er sich wieder tiefer in sie hineinschob, stöhnte sie unwillkürlich. Es fühlte sich fremd an und war fast zu viel für sie. Und dennoch ... wenn er es so langsam machte, war es verführerisch und vermochte es, eine ganz neue Lust in ihr zu entfachen.

Bree umarmte ihn fest und hob die Lippen an sein Ohr. „Mach das noch einmal“, verlangte sie. „Ganz ... langsam.“

Und das tat er.

Dexter bewegte sich in ihr, unter Aufbietung all seiner Willenskraft passte er seine Bewegungen an Brees Verlangen an; zog sich vorsichtig zurück und drängte sich wieder in sie, lauschte auf ihren Atem, beobachtete ihren Körper, ihre Lippen und den verklärten Ausdruck in ihren Augen. Sie wollte ihn so sehr, dass es ihn fast schmerzte. Sie vertraute ihm so vorbehaltlos, dass es ihm Angst machte.

Als er in ihr verharrte, blickte sie zu ihm auf und all die bedingungslose Zuneigung, die sie ihm entgegenbrachte, stand in ihrem Blick. Er wagte es, seinen drängenden Rhythmus ein wenig zu beschleunigen und erkannte, dass auch Bree dafür bereit war. Sein Höhepunkt kündigte sich in glühenden Wellen an und als er ihn schließlich erfasste und mit sich riss, als er sich zitternd und bebend in Bree ergoss, hatte er das Gefühl, dass sie direkt in ihn hineinsah. Bis auf die tiefste Ebene all dessen, was er vor allen Menschen verborgen hielt. Nur nicht von ihr.

Er ließ den Kopf an ihre Kehle sinken, küsste sie leicht auf die Schläfe und die empfindliche Stelle hinter dem Ohr, immer sorgsam darauf bedacht, dass er sie nicht mit seinem Gewicht erdrückte.

Als sie ein wenig zu Atem gekommen war, murmelte sie unverständliche gälische Worte in sein Haar und hielt ihn so fest umschlungen, als könnte jeden Augenblick ein Tornado aufziehen und ihn ihr entreißen. Er hob den Blick und lächelte, strich ihr das Haar aus der erhitzten Stirn.

„Wie fühlst du dich?“

Sie strich über sein Haar, über den Nacken bis vor zu seinem Kiefer, wo ihre Hand schließlich liegenblieb.

„Es ist anders, als alles, was ich mir je vorgestellt habe“, sagte sie leise. „Mächtig und ... drängend. Es ist ..., Dexter es war wunderschön. Du hast dafür gesorgt, dass es schöner war, als ich es mir je hätte vorstellen können.“

Als er vorsichtig aus ihr herausglitt, zuckte sie noch einmal zusammen. Die Feuchtigkeit zwischen ihren Schenkeln kam ihr wie ein Triumph vor, wie ein Beweis dessen, was sich zwischen ihnen abgespielt hatte.

Nach einem kurzen Blick nach unten, legte sich Dexter auf den Rücken und zog Bree an sich.

„Du blutest gar nicht.“

„Aye, ich weiß.“

Er sah mit gerunzelter Stirn auf.

War sie doch nicht jungfräulich? Der Gedanke, dass ein anderer Mann sie je angerührt hatte, rief einen unverhältnismäßigen Eifersuchtsreflex und eine nicht ungefährliche Wut gegen denjenigen hervor.

„Woher?“, fragte er und konnte nicht verhindern, dass er dabei drohend klang.

Brees Lächeln spürte er eher, als dass er es sah.

„Wenn du ein paar Tausend 200° Spagate gesprungen bist in deinem Leben, so sind die äußeren Muskelstränge nicht das einzige, das über kurz oder lang der Belastung nicht mehr standhält. Was auch immer jetzt hätte reißen soll, ist bei mir irgendwann während des Trainings schon vor langer Zeit gerissen.“ Sie richtete sich auf die Ellbogen auf und blickte Dexter ins Gesicht.

„Was ist?“, fragte er mit halb geöffneten Augen.

„Darf ich dich nicht ansehen?“

„Doch. Und was siehst du?“

„Du siehst aus wie vorher“, erklärte sie nachdenklich. „Und ich?“

„Du auch. Naja, vielleicht ein bisschen älter. Und etwas verbraucht, aber -“

Als seine Mundwinkel amüsiert zuckten, stürzte sie sich mit einem der Federkissen auf ihn, wurde jedoch mühelos abgewehrt und auf den Rücken gedreht. Mit eisernem Griff drückte er ihr Handgelenk auf die Matratze.

„Kaum entjungfert und schon größenwahnsinnig!“ Er lachte, als sie ihn mit der zweiten Hand erwischen wollte. Umso überraschter war er, als sie den Rücken durchbog, wie es wohl nur Tänzer und Artisten können und ihre Brust gegen seinen Oberkörper presste.

„Können wir es ... noch einmal tun?“, fragte sie leise.

Dexter schüttelt lachend den Kopf. „Ich brauche eine Pause, Mädchen.“

Sie blickte zwischen ihren Körpern hinab und schüttelte den Kopf. „Sieht für mich nicht so aus.“

Dexters Blick folgte ihrem.

„Grundgütiger“, erklärte er. „Nun denn ...“ Er schob ihre Knie weit auseinander, hob ihre Hüfte an und presste sich gegen sie. „Wo waren wir stehengeblieben?“

## IX

Dexter hatte es nicht für möglich gehalten, doch sie schliefen fast die ganze Nacht nicht, sondern sahen sich an, redeten, lachten und liebten sich. Kaum war das Verlangen abgeebt, die Lust gestillt, flammte sie von neuem wieder auf.

Beim vierten Zusammenkommen spürte Dexter, dass sich in Bree ein Höhepunkt aufbaute. Seine Bewegungen waren tief und mächtig und seine Hände liebkosten ihren Schoß träge und fordernd zugleich, so dass sie im selben Moment, indem sein Höhepunkt ihn überlief, plötzlich aufschrie. Ihr Innerstes zog sich um ihn zusammen, pulsierend und zuckend. Ihr Körper erbebte unter den Wogen ihres Höhepunktes und als er endlich abebbte, sank sie kraftlos an seiner Seite zusammen.

Sie wollte etwas sagen, doch die Silben ließen sich noch nicht wieder zu sinnvollen Worten anordnen und überhaupt gehorchten ihr die wenigsten ihrer Körperteile. Dexter schmiegte sich an sie und sog den Duft ihrer Erfüllung auf. Sie fasste nach seinen Armen und hielt sie fest, klammerte sich in seine Berührung und schlief fast auf der Stelle ein.

Am Morgen war Dexter als erstes wach. Das erkannte Bree daran, dass sie allein im Bett lag. Da jedoch die Dusche lief, schloss sie noch einmal die Augen und versuchte sich an einen Bestandsaufnahme.

Sie fühlte sich beschwingt und gelöst, alles in allem unerhört glücklich. Zwar tat ihr die Stelle weh, die sie Dexter die Nacht über wohl über Gebühr hatte beanspruchen lassen, doch es war wie eine Art Muskelkater und nicht zwingend unangenehm. Nach einem herzhaften Gähnen schwang sie die Beine aus dem Bett und schlich sich an die Badezimmertür. Dexter stand unter der Dusche, das erkannte sie an der Silhouette hinter dem Milchglas. Also stellte sie sich ans Waschbecken und spülte sich den Mund ein wenig aus.

„Wie fühlst du dich?"

Seine Stimme ließ sie zusammenzucken. Er stand nackt in der Duschtür und grinste sie provokant an.

Sie kam etwas näher, um zu beweisen, dass sie sich von seiner bereiten Männlichkeit nicht einschüchtern ließ.

„Einerseits zum Bersten mit Energie gefüllt. Andererseits, als hätte man mir einen Betäubungspfeil in den Hintern geschossen."

Er lachte auf. „Einen Betäubungspfeil?"

„Aye."

„In den Hintern?"

„Ganz genau."

Noch ehe sie reagieren konnte, hatte Dexter ihre Hand gepackt und zerrte sie zu sich unter die Dusche. Bree kreischte auf, doch Widerstand war zwecklos.

„Diese Betäubungspfeile können sich übel entzünden", erklärte er nachdenklich und drehte Bree gegen die Fliesen. Sie stützte sich ab, während seine Hand auf Wanderschaft ging.

„Was soll denn das werden?", fragte sie amüsiert.

„Ich untersuche das entsprechende Areal! Spreiz die Beine!"

Sie gehorchte und stöhnte unwillkürlich auf, als er mit einem Finger in sie hineinglitt.

„Das wäre aber ein ... kunstvoller Schuss gewesen", befand sie trocken.

Dexter gab ein abwägendes Geräusch von sich. „Man kann nie wissen. – Am besten wir gehen auf Nummer Sicher."

Sie blickte ihn über die Schulter hinweg herausfordernd an. Unglaublich, dass sie ihn schon wieder wollte. Mit einer schamlosen Geste, die sie sich vor wenigen Stunden niemals zugetraut hätte, spreizte sie die Beine und reckte ihm die Kehrseite entgegen.

„Walten Sie Ihres Amtes, Doktor", sagte sie und keine Sekunde später war Dexter in ihr.

Sie schrie auf und drängte sich ihm gleichzeitig willig entgegen. Seine großen Hände lagen auf ihren Hüften, die er fest gepackt hielt.

„So bin ich noch tiefer in dir", flüsterte er an ihrem Ohr. „Spürst du es?"

Wie zur Verdeutlichung seiner Worte, stieß er energisch in sie und sie nahm ihn bis zur Wurzel auf, keuchte und krallte sich an der glitschigen Fliesenwand fest.

„Aye, ich spüre es." Wieder stieß er zu und sie löste sich beinah auf. „Hör bloß nicht auf, Dexter. Bitte."

„Von Sex unter der Dusche stand nichts in meinem Arbeitsvertrag, soweit ich weiß."

„Du hast ... überhaupt keinen ... Arbeitsvertrag. Oh Gott! – Mach weiter! Bitte, Dexter. Mach es ..." Sie zögerte. Konnte sie das wirklich sagen?

„Was?", fragte er.

„Härter", brachte sie zwischen zwei seiner Stöße hervor. „Mach es ... härter. Ich kann gar nicht ... genug davon bekommen."

Mit einem zufriedenen Knurren ließ er den Takt seiner Bewegungen anschwellen, stieß gieriger zu, erfüllte sie kraftvoller. Ihr Höhepunkt kündigte sich schnell an und ließ sie keuchen. Dexter packte ungeduldig in ihr Haar, riss ihren Kopf zurück, fast zu grob.

„Schrei!“, knurrte er. „Ich will dass du es hinausschreist!“
Und als die Wogen des Orgasmus sie erfassten und wie ein Geschoss in die Stratosphäre beförderten, gehorchte sie unwillkürlich und schrie ihre Lust mit einem kehligen Laut hinaus.

Dexter hielt ihren zitternden Körper noch immer in seinen Armen, während sie langsam zu Atem kam. Er stellte das Wasser ab, das bereits begann kalt zu werden, und drehte sie vorsichtig um.
„War ich zu grob?“, fragte er.
Sie deutete ein Kopfschütteln an, brach aber ab. Sogar dazu fühlte sie sich im Moment zu schwach. „Nein, es ... da war eine Art Schmerz ... irgendwie. Aber ich wollte es trotzdem. Oder gerade deswegen?“ Verwirrt blickte sie zu ihm empor.
Er angelte nach einem Handtuch und warf es ihr über die Schulter. „Komm aus der Dusche, Bree.“
Sie hielt sich an ihm fest, während sie über die kleine Stufe trat und ließ sich willig ins Zimmer zurückführen.
„Ich glaube, da braucht jemand noch einmal eine Mütze Schlaf“, stellte er fest.
Sie widersprach ihm nicht und ließ sich ohne Widerstand und mit einem wohligen Seufzen zwischen die Laken schieben. Bevor sie richtig lag, war sie schon eingeschlafen.
Dexter zog in einer verwirrend zärtlichen Geste die Decke über sie und betrachtete ihre entspannten Züge, die schmalen Schultern, die unter dem Bettzeug hervorlugten und ihr nasses Haar.
Es war wunderschön mit ihr. Das brauchte er gar nicht zu leugnen. Sie war eine wundervolle und leidenschaftliche Frau, die über Stärke verfügte, die sich andere Menschen nur wünschen konnten.

Und ihre gemeinsame Nacht war mindestens genauso besonders gewesen, wie Bree selbst. Es war nicht nur schlichter Sex gewesen. Sie hatten ihre ursprüngliche Leidenschaft geteilt und dabei ohne es zu wollen ein instinktives Verständnis füreinander entdeckt.

Bree konnte es wahrscheinlich noch gar nicht abschätzen. Das würde sie erst können, wenn sie mit anderen Männern zusammen kam. Dann würde sie begreifen, dass sie heute Nacht mehr getan hatte, als mit ihm zu schlafen. Sie hatte ihm etwas gegeben und gleichzeitig etwas genommen, etwas, das man nicht bewusst einsetzen konnte; etwas, das zu einem gehörte auf elementarster Ebene. Etwas, das so stark und gut war, dass es bei Sonnenlicht betrachtet beinah unwirklich erschien.

Widerstrebend erhob sich Dexter. Er würde in die Küche gehen und etwas zur Stärkung holen. Schließlich sollte sie nicht noch einmal von der Bühne fallen. Vor allem dann nicht, wenn er nicht da war, um sie aufzufangen.

*

Wie immer war sein Vater schon früh morgens in der Küche und tat das, was ihm neben dem Gärtnern wohl am meisten Freude bereitete: er kochte.

Als er Dexter sah, blickte er kurz von seiner Schüssel auf und strich sich eine rote Strähne aus der Stirn, hinterließ dabei einen Mehlstreifen auf seiner Haut.

„Morgen, Dex."

„Morgen." Er ging schnurstracks zum Wärmefach und zog es auf, holte die Schüssel mit Rührei heraus und schichtete einen großen Teil davon auf einen Teller. Als er nach einem zweiten Teller griff, hörte der Schneebesen hinter ihn unvermittelt auf zu schlagen.

Dexter drehte sich um und traf auf den erstaunten Blick seines Vaters.

„Was?“

„Zwei Teller“, erklärte sein Vater überflüssigerweise.

„Ganz genau.“ Er türmte das Frühstück auf die Teller, füllte zwei Gläser mit Orangensaft ab, dann eine kleine Kanne mit Kaffee und drehte sich mit dem beladenen Tablett um. Sein Vater stand noch immer vor ihm.

„Die Kleine?“ Sowohl Ungläubigkeit, wie auch Zweifel standen dabei in seinem Blick.

„Soll das eine Frage sein?“

„Ja.“

„Und wie genau lautet die Frage?“

„Warst du mit dem Mädchen zusammen?“

„Falls du mit *dem Mädchen* Bree meinst, so lautet die Antwort eigentlich: das geht dich nichts an. Aber da du schon gesehen hast, wie ich hier Rührei auf zwei Teller schichte, lautet die Antwort: ja. Ich war es und ich bin es noch. Denn sie schläft und wird vermutlich gleich hungrig wie ein Bär nach dem Winterschlaf sein.“ Er schob sich an seinem Vater vorbei, um dieser unangenehmen Verhörsituation zu entkommen, wurde aber nochmals zurückgerufen.

„Dexter?“

„Was denn noch?“ Genervt fuhr er herum.

„Sie ist eine tapfere, kleine Frau.“

Dexter betrachtete seinen Vater einen Moment lang. Tausend mögliche Antworten schwirrten durch seinen Kopf. Dann sagte er „Sie ist mehr als das.“ ... und ging davon.

Als er die Tür etwas unelegant mit einer Hand öffnete, dabei das Tablett in der anderen jonglierte und sie mit dem Fuß wieder zutrat, verkündete er „Zimmerservice“ und steuerte aufs Bett zu.

Bree saß darauf, in ein Laken eingewickelt und starrte ihn geistesabwesend an. Sofort schrillten bei ihm alle Alarmglocken.

Er stellte das Tablett weg und kam zu ihr, griff nach ihren Händen.

„Was ist denn los mit dir?“

Ihre Augen waren feucht und sie deutete ein Kopfschütteln an, dann brach sie so unvermittelt in heftigem Schluchzen aus, dass er nichts anderes tun konnte, als sie in die Arme zu schließen und zu warten, bis sie sich beruhigt hatte.

Als er sich von ihr löste, waren ihre Wangen tränennass. Er griff nach der Ecke ihres Lakens und wischte ihr übers Gesicht. Besorgt musterte er ihre Züge.

„Sagst du mir, was mit dir los ist?“ versuchte er es noch einmal.

Sofort fing ihr Kinn wieder an zu zittern, doch dann brachte sie mit bebender Stimme hervor „Ich kann dich sehen.“

„Wie meinst du das?“

„Ich kann dich ganz genau sehen, Dexter.“

Als sie auf das Nachtkästchen zeigte, wo die aufgeschraubten Kontaktlinsenbehälter standen, begriff er endlich.

„Funktionieren sie?“

Zur Antwort schluchzte sie wieder auf und warf sich in seine Arme.

„Wenn du so weitermachst, schwimmen die Dinger noch davon“, versuchte er sich an einem Scherz, der sogar Wirkung zeigte, denn sie ließ schniefend von ihm ab und trocknete sich die Tränen.

„Entschuldige. Du hast Recht.“ Sie blinzelte und bewegte den Oberkörper hin und her, so dass er mal im direkten

Lichtkegel, der durch das Fenster fiel, war und dann wieder im Schatten der dicken Burgmauern. Fasziniert stellte er fest, wie sich die Linsen je nach Lichteinfall verdunkelten.

„Es ist der helle Wahnsinn“, sagte sie aufgeregt. „Diese sekundenlangen Momente der Blindheit sind weg. Ich meine, natürlich sehe ich noch immer nicht gut, aber ich sehe jetzt ständig für meine Verhältnisse optimal. Ich erkenne deine Züge wie in ... allerbestem Licht. Dein Haar schimmert kupfern und deine Lippen sind streng aufeinander gepresst.“ Sie imitierte seine Mimik und brachte ihn damit zum Lachen.

„Ich sehe die Möbel und die Teppiche und alles, aber das beste ...“ Sie sprang aus dem Bett und kümmerte sich offenbar nicht weiter darum, dass das Laken nur die Vorderseite ihres Körpers verhüllte. „Ich kann direkt in den Sonnenaufgang blicken. Ich sehe die Klippen, die sich schwarz davor abzeichnen. Ich sehe ... gelb und orange. Alles.“ Sie kam zurück zu ihm und setzte sich neben ihn. „Einfach alles, Dexter.“ Sie griff nach einer seiner großen Hände und strich die feinen, roten Härchen nach, die auf seinem Unterarm wuchsen. „Ich weiß überhaupt nicht, wie ich mich jemals dafür bedanken soll.“

„Indem du dich freust.“

„Aye, das tue ich.“ Sie hob seine Hand an die Lippen und küsste seine Fingerknöchel, blickte ihn dann wieder an. „Jetzt hast du mir schon zwei so wundervolle Geschenke gemacht“, sagte sie leise.

„Sag so etwas nicht, Bree. Du tust, als hätte ich dir irgendeinen Gefallen getan. Aber das habe ich nicht. Glaub nicht, dass ich dich weniger gewollt habe, als du mich. Und ich denke ...“ Sein Mundwinkel zuckte „,... Unschuld hin oder her, das müsste dir aufgefallen sein.“

Sie grinste etwas verlegen und nickte schließlich. „Ich hatte so eine Ahnung.“

„Na bitte. Und jetzt teste mal deine neuen Linsen und sag mir, was ich gerade mitgebracht habe."

„Rührei und Speck, Würsten, aber nicht viele, höchstens zwei. Und Kaffee." Sie zählte das auf, ohne hinzusehen. „Ich rieche es. Macht der Gewohnheit."

„Und jetzt sieh hin und sag mir, was du noch vergessen hast, aufzuzählen."

Sie hob den Blick, wie sie es schon beim Büffet am vergangenen Abend getan hatte, doch diesmal erkannte sie tatsächlich etwas. Mit einem stolzen Lächeln blickte sie wieder zu Dexter auf.

„Orangensaft", erklärte sie.

„Ganz genau."

„Und kriege ich davon auch etwas, oder darf ich mir die Sachen nur ansehen?"

Er erhob sich und stellte das Tablett aufs Bett. In seligem Schweigen verspeisten sie das Frühstück. Bree war ausgehungert wie ein Bär und schlang das Rührei hinunter, als würde sie in den nächsten zwei Wochen nichts mehr zu essen bekommen.

Als sie fertig war, lehnte sie sich zurück und hielt sich den Bauch. Dexter stellte das Tablett beiseite und ging an seinen Schrank. Als er zurückkam, hatte er eine Pistole in der Hand.

„Nimm sie."

Bree sah ihn zweiflerisch an, griff dann aber nach der dunklen Waffe, die unerwartet schwer war. „Und jetzt?"

„Ich will, dass du sie im Notfall benutzen kannst. Siehst du diesen Knopf an der Seite? Damit sicherst und entsicherst du sie." Er nahm ihr die Waffe ab. „So ist sie gesichert." Noch einmal betätigte er den Knopf. „Und so ist sie entsichert. Versuch es einmal."

„Ich will dich nicht aus Versehen erschießen."

„Sie ist nicht geladen. Versuch es."

Bree drückte zweimal den Knopf. „Das ist nicht besonders anspruchsvoll."

Er zog die Schublade auf und förderte ein Magazin zutage. „So lädtst du sie." Er schob das Magazin ein und zog einmal den Schlitten zurück. Dann entsicherte er und zielte auf das Fenster. „Es ist eine großkalibrige Waffe. Sie hat einigen Rückschlag, aber nichts, womit du nicht fertig würdest." Er lächelte kurz, dann wurde er ernst. „Wenn es nötig ist, ich meine ... wenn es wirklich nicht anders geht. Dann ziel immer auf den Brustkorb."

Sie wusste genau, wessen Brustkorb ihm in Gedanken vorschwebt. Der ihres irren Stalkers.

Mit einem verbissenen Nicken ließ sie das Magazin aus der Waffe, schob es wieder ein und entsicherte die Waffe. Dann zielte sie auf eines der Gemälde und peilte dabei die Brust der armen Dame in Öl an.

„So?"

„Ja, genau." Er seufzte. „Ich habe gerade mit McGrue telefoniert. Der Fingerabdruck hat kein Ergebnis geliefert. Wer auch immer es ist, ist noch nicht entsprechend straffällig geworden."

„Mist."

„Ja, allerdings."

„Also bleibt uns nichts weiter als abzuwarten und zu hoffen, das der Kerl bald einen Fehler macht." Er blickte Bree fest an. „Bitte mach nichts Leichtsinniges. Ich habe so ein Gefühl ... ich weiß nicht, er geht jetzt immer weiter, auch bei dir. Er wollte dich erst nur überzeugen, aber jetzt will er dich zwingen. McGrue hat einen Profiler auf die Sache angesetzt, der das Täterprofil ausbaut. Ich weiß nicht, was dabei heraus kommen wird, aber es wird nichts gutes sein."

Bree nickte. „Ich passe auf, Dexter. Ich verspreche es. Aber du bitte auch. Wenn es stimmt, was du sagst, dann schwebst du in noch viel größerer Gefahr als ich.“

„Ich passe schon auf mich auf“, erklärte er leichthin, doch sie packte sein Handgelenk und hielt es mit erstaunlicher Kraft fest.

„Ich meine es ernst.“

Er zögerte kurz und nickte dann, küsste sie flüchtig. „Ja, ich weiß.“

*

An diesem Morgen fiel es Bree zum ersten Mal wirklich schwer sich zum Training loszureißen. Trotzdem trat sie, als Dexter sich mit McGrue unten im Büro treffen wollte, den Weg hinüber zum Tanzsaal an. Natürlich mit zwei Sicherheitsleuten im Schlepptau, die ihr erst dann von der Seite wichen und sich dezent in eine Ecke verzogen, als Bree neben Elle zum Stehen kam.

„Aber heute!“, erklärte diese siegessicher. „Richtig?“

Sie schüttelte den Kopf. „Du bist unmöglich.“

„Ich sehe es dir an. Du hättest es dir genauso gut auf die Stirn tätowieren lassen können.“

„Glaub ja nicht, dass ich es dir erzähle.“

„Grundgütiger, Bree! Der Kerl sieht aus wie die Wikingerversion eines Rachegottes. Du *musst* es mir erzählen.“

„Keine Chance!“ Sie nickte auf die Bühne, wo Chester mit ein paar Tänzern diskutierte. „Was ist da oben los?“

„Angela hat sich beschwert, dass der Chor schlecht ausgeleuchtet wäre. Die Schatten würden schräg fallen und die Sprünge damit unregelmäßig und weniger spektakulär aussehen lassen.“

Bree zog die Stirn kraus. „Und stimmt das?“

„Ich weiß nicht. Ich hab mir das neue Video noch nicht angesehen.“

Mit ihrem neu gewonnen Blick konnte Bree erstaunlich gut die Diskussion beobachten, die gerade dabei war, in einen Streit umzukippen.

Elle schüttelte den Kopf. „Chester ist heute morgen schon die ganze Zeit so mies drauf“, stellte sie fest. „Ist sonst gar nicht seine Art.“

„Dabei war er gestern Abend noch so begeistert von deiner Idee mit Braemar.“

„Wann gestern?“

„Gestern Abend, als er Dexter und mich getroffen hatte. Dexter hatte sich in Schale geworfen und mich zum Essen eingeladen. Und ich meinte, es würde nur noch der Kilt fehlen. Als uns Chester dann über den Weg lief, meinte er die Highland Games wären der perfekte Anlass für einen Kilt.“

Nachdenklich wischte Elle über ihr Handy. „Wann hast du ihm das von Breamar denn erzählt?“, fragte sie dabei.

Bree runzelte die Stirn. „Gar nicht. Er sagte, er wüsste es von dir.“

Elles Blick schoss empor zu Chester, der auf der Bühne noch immer in seinen Streit vertieft war. Dann wandte sie sich mit einem langsamen Kopfschütteln Bree zu.

„Ich habe es ihm nicht erzählt. Du weißt doch, dass ich mit der Truppe nie über Dinge rede, bevor sie amtlich sind.“

„Aber woher weiß er es denn dann?“

Der Gedanke schoss den beiden so schmerzhaft und plötzlich ins Gehirn wie ein glühender Nagel: nur einer wusste, was die beiden besprochen hatten, kurz bevor Bree entführt worden war: der Mörder.

Plötzlich tauchte Dexter am Eingang des Saales auf. Sein Gesichtsausdruck war alarmiert, als er langsam näherkam; den Blick starr auf Chester gerichtet.

Er wusste es. Woher auch immer.

Dann ging alles ganz schnell.

Chester fing Dexters Blick auf, sah dann kurz Bree an, und wusste, dass er enttarnt war. Im selben Augenblick, als Dexter seine Waffe zog, riss Chester Angela an seine Brust und hielt ihr seinerseits eine Waffe an die Schläfe. Die Tänzer fuhren erschrocken zurück.

„Waffe fallen lassen!“, brüllte Dexter. „Alle raus!“

Die Tänzer stürmten von der Bühne. Bree und Elle blickten fragend zu Dexter empor. Angela schluchzte hemmungslos, während Bree wie in einem Schockzustand den Kopf schüttelte.

„Das kann nicht sein“, hauchte sie und blickte dann voller Hass und Enttäuschung zur Bühne hinauf.

*„Sag mir, dass du das nicht getan hast!“*, schrie sie, doch Chester schüttelte nur den Kopf.

„Du bist Schuld, Bree. Du bist an allem Schuld. Ich wollte das nicht, aber ... du hast ja überhaupt nicht auf mich geachtet. Du hast gar nicht begriffen, wie sehr ich dich liebe.“

Bree blickte Dexter an, der hart die Lippen aufeinanderpresste.

„Verschwinde nach draußen!“, befahl er.

„Sie bleibt hier!“ Chester presste den Lauf der Waffe gegen Angelas Stirn. „Sie kommt mit mir.“

„Niemals!“, brüllte Dexter. „Und jetzt Waffe runter, Mann.“

Chester schüttelte den Kopf und wirkte tatsächlich bedauernd. „Ich kann nicht mehr zurück. Das verstehst du doch, Bree? Nicht wahr? Es gibt kein Zurück mehr für mich. Du musst mit mir kommen. Was soll mein Leben noch für einen Sinn machen, wenn du nicht bei mir bist?“

„Chester ...“ Sie konnte nicht verhindern, dass sie aufschluchzte. „Du warst mein bester Freund. Ich habe dir vertraut!“

„Aber im Bett warst du mit *ihm*!" Sein irrer Blick traf Dexter.

„Lass Angela los! Bitte. Sie hat damit doch nichts zu tun."

„Wenn ich sie töte, dann tötet er mich. Das ist für mich die einzige Lösung, wenn du nicht mit mir kommst."

„Und wenn ich mit dir gehe, lässt du sie in Ruhe?"

Sie spürte Dexters Blick an der Schläfe wie ein glühendes Eisen. „Vergiss es, Bree. Das wirst du nicht tun."

„Wenn du mit mir kommst, lasse ich sie leben", erklärte Chester.

Bree sah zu Dexter auf. „Ich kann nicht noch ein Leben zerstören."

*„Du bleibst hier!"*, brüllte er.

„Ich kann nicht. Wenn sie auch noch stirbt, dann habe ich sie auf dem Gewissen!"

„Ich lasse nicht zu, dass er dich mitnimmt." Schmerz und Verzweiflung zeichneten sich in seinem Gesicht ab. Er kämpfte an gegen ihre Entscheidung und schien doch zu wissen, dass sie sich nicht würde abbringen lassen.

„Hol mich zurück", flüsterte sie und drehte sich dann zur Bühne.

Als sie auf Chester zuging, brüllte Dexter noch einmal auf vor Wut, doch ihr Entschluss stand fest. Bree kam mit zitternden Knien und rasendem Herz vor Chester zum Stehen und nickte.

„Ich bin soweit", erklärte sie schlicht. „Lass sie gehen."

Chester zögerte einen Moment, als würde er seine Chancen abschätzen wollen, doch dann stieß er Angela von sich und riss sich Bree vor die Brust. Mit rasendem Herzen ließ sie sich rückwärts von der Bühne zerren. Bis es nicht mehr ging, hielt sie Dexters Blick fest.

Chester riss Bree an sich und floh über das hohe Gras hinter der Burg in einen kleinen Wald. Sie sah die

Sicherheitsleute und Dexter, doch sie kamen nicht näher, hielt Chester doch unbeirrt seine Waffe gegen Brees Schläfe und sie als Schutzschild vor seinen Körper.

„Wohin bringst du mich denn?"

Er war außer Atem und sein Lächeln war genauso hektisch wie irre. „Es ist eine Überraschung. Du magst doch Überraschungen, nicht?"

Ihre Waden wurden von Brombeerstauden aufgerissen, als er sie immer weiter durch ein Wäldchen zerrte. Sie stolperte mehrmals über Wurzeln und Sträucher, doch er zog sie mit sich mit der Kraft eines Besessenen.

„Chester, bitte. Lass mich doch gehen. Ich bitte dich."

„Wenn du nur erst verstehst, was ich für dich empfinde, wirst du nicht mehr fort wollen, Bree. Das verspreche ich dir." Er blieb kurz stehen und lächelte sie an. „Endlich habe ich die Chance dir meine Gefühle zu zeigen. Ich bin mir sicher, du ... wirst sie verstehen. Und erwidern. Ja, du wirst mich auch lieben."

Als sich der Wald lichtete, standen sie plötzlich an einer Straßenausbuchtung, an der ein Kleinwagen geparkt war. Chester riss die Beifahrertür auf und schob Bree auf den Sitz.

„Lauf nicht weg!", sagte er, während er mit vorgehaltener Waffe den Wagen umrundete. Er setzte sich auf den Fahrersitz und warf ihr Handschellen in den Schoß. „Mach sie bitte fest, Bree. Eigentlich will ich das nicht", setzte er nach, als ihn ihr fassungsloser Blick traf, „aber es ist ja nur kurz, ja?"

Als er die Waffe hob, gehorchte sie und fesselte sich selbst. Die Angst war genauso mächtig in ihr, wie die Fassungslosigkeit. Ausgerechnet er. Chester. Ihr bester Freund, dem sie seit Jahren vertraute. Blind vertraute. Und der, das fiel ihr in einem kurzen, rationalen Moment ein, während er die einspurige Straße hinabjagte, die sich durch die Felder schlängelte, doch nie am Tatort gewesen war.

„Wie hast du das gemacht?, fragte sie. „Du warst doch auf der Burg, als ich entführt worden bin."

Er lächelte und wich hupend einem Schaf aus, immer die Waffe – wenn auch schwankend – auf Bree gerichtet.

„Du glaubst ja gar nicht, was mit Technik alles möglich ist. Heutzutage braucht man nicht mehr dort sein, wo man es die Leute glauben machen will. Oh, nein. Es ist ganz einfach Natürlich nur, wenn man genug Grips hat." Er lächelte sie stolz an. In diesem Gesicht war nichts mehr, das Bree erkannte. Es war, als hätte er sogar im körperlichen Sinne eine Maske fallengelassen.

„Ich habe die Webcam installiert und Elle den Link geschickt. Ich weiß ja, dass sie – obwohl ich ihr immer gesagt habe, sie soll keine fremden Email-Anhänge öffnen – immer auf jede Mail klickt wie ein Idiot. Ich hatte dich nur hinbringen müssen, die Geräte richtig eingestellt: den Stimmverzerrer, den Rauscher, der dich glaube ließ, jemand bewege sich um dich. Und die Dunkelheit hat ihr übriges getan."

„Wie konntest du nur so ausnutzen, dass ich fast nichts sehen kann?"

„Das tut mir leid, Bree. Vieles tut mir leid, aber du wirst mich schon bald verstehen. Das verspreche ich dir." Plötzlich wurde sein Gesicht hart und die Waffe in seiner Hand zuckte gefährlich. „Und jetzt sei still!", fuhr er sie barsch an. „Sonst verdirbst du die Überraschung!"

Bree kauerte sich zitternd in ihrem Sitz zusammen. Sie wollte die Arme um sich schlingen, doch die Handschellen schnitten in ihre Handgelenke und machten sie bewegungsunfähig.

Sie blickte stumm aus dem Fenster. Die sanfte Hügellandschaft flog an ihnen vorbei, die hohen Gräser, die sich im Wind wogen und die runden, schwarzgesichtigen Schafe, die empört aufsahen, wenn sie vorbeifuhren. Eine groteske Idylle. Hohn und Spott auf das, was mit ihr geschah.

Um zu wissen, wohin er sie brachte, kannte sich Bree zu wenig aus. Doch an der Beschaffenheit der Straße erkannte sie, dass er sie nicht in eine der größeren Städte brachte, sondern immer weiter rausfuhr Richtung Meer. Sie versuchte ruhig zu bleiben. Vielleicht war es wirklich so, dass Chester ihr nichts antun wollte; dass er sie tatsächlich ... liebte. Wenn dem so war, würde sich vielleicht für sie die Möglichkeit ergeben zu fliehen.

Auch wenn bei dem Gedanken unweigerlich Übelkeit in ihr aufstieg: die besten Chancen auf Flucht hatte sie vermutlich, wenn sie so tat, als würde sie sich tatsächlich freuen und etwas für ihn empfinden. Er war so jenseits von Gut und Böse, dass er ihr das vielleicht sogar glauben würde.

„Verrat mir doch etwas über die Überraschung", verlangte sie mit einem scheuen Lächeln und hoffte, dass die Lüge nicht in jeder ihrer Silben mitschwang.

Chester blickte sie aus dem Augenwinkel skeptisch an, so dass Bree schon ihre Felle davonschwimmen sah, doch dann zogen sich seine Mundwinkel unaufhaltsam nach oben und er nickte leicht.

„Ich wusste doch, dass du neugierig bist. Das warst du schon immer."

Immer. Ja, wenn jemand das Recht hatte dieses Wort zu gebrauchen, dann war es Chester. Sie kannten sich schon, seit sie 13 Jahre alt war. Wann nur war er zu dem geworden, was er jetzt zu sein schien? Wann war er ... zu einem Mörder geworden?

„Und verrätst du es mir?", fragte sie und warf einen Blick auf die Waffe in seiner Hand. Wenn sich in der nächsten Zeit eine Möglichkeit ergeben würde, an sie heranzukommen, dann würde sie dank Dexter wissen, wie sie zu benutzen war. Aber ob sie das auch könnte? Immerhin war es Chester.

Oder zumindest, war dieser Wahnsinnige neben ihr irgendwann einmal ihr bester Freund Chester gewesen.

Ungeweinte Tränen brannten in ihren Augenwinkeln und das Flattern in ihrer Brust machte ihr unnötigerweise klar, wie kurz davor sie war zusammenzubrechen.

„Nein!“ Chesters Stimme war so fest, dass sie zusammenzuckte. „Es ist eine Überraschung und es soll auch eine bleiben.“ Er lächelte. „Ich bin gespannt, was du sagen wirst.“

Chester lenkte den Wagen über einen unebenen, holprigen Kiesweg, der sonst wohl nur von Landmaschinen gebraucht wurde, zwischen zwei Weiden hindurch zur Steilküste.

Unweigerlich schwoll ihr Puls an. Hoffentlich plante er nicht, sich mit ihr gemeinsam umzubringen. Dank ihrer Kontaktlinsen konnte sie alles ungewohnt genau erkennen. Ein Trumpf in ihrem Ärmel, von dem Chester nichts wusste. Und von dem er auch keineswegs etwas erfahren durfte.

„Und wie hast du das mit der DNA-Probe hinbekommen?“, fiel es ihr plötzlich ein.

Plötzlich wurde sein Lächeln etwas verschämt. „Ach das“, erklärte er schüchtern. „Ich hatte mich hinreißen lassen damals. Ich meine, in deinem Schlafzimmer ... der Geruch und deine Kleider und ... die ganze Atmosphäre. – Du bist mir doch hoffentlich nicht böse deswegen?“

Sie schluckte hart. „Nein, natürlich nicht.“

„Gut.“

„Aber wie hast du das mit der DNA gemacht? Ich meine, du hattest doch auch eine Speichelprobe abgegeben.“

„Das war ein Kinderspiel. Es ist nicht schwer sich in die

Labor-Datenbank zu hacken und dort die Daten etwas zu vertauschen."

Bree blickte ihn fassungslos an. Das war Wochen her. Wochen! Und sie hatte nichts bemerkt.

„Ich glaube schon, dass das schwer ist", gab sie stumpf zurück und registrierte mit anschwellender Übelkeit, wie er sich geschmeichelt fühlte.

„Naja, ein normaler Hacker kann das vielleicht nicht. Aber für mich war das kein Problem." Er zog die Handbremse an und stellte den Motor ab. Dann stieg er aus, steckte sich die Waffe in den Hosenbund und nahm Bree bei ihren Handschellen. Die Sonne stand hoch und hell über der rauen Küste. Unter allen Umständen musste sie ihre neuen Kontaktlinsen verstecken. Also kniff sie die Augen zusammen, verzog möglichst hilflos das Gesicht – wenigstens das musste sie nicht spielen – und fragte „Wohin?"

Er nahm ihren Unterarm und sie musste sich mit aller Gewalt davon abhalten sich ihm zu entwinden.

„Hier entlang", wies er sie an. „Vorsichtig, hier geht der Weg etwas steil hinunter zum Ufer. Es ist ziemlich schmal, links und rechts sind Felsen. Vorsichtig, Bree! Ganz vorsichtig!" In widersinniger Führsorge lotste er sie den schmalen Weg durch die Felsen hinab, bis sie schließlich am kiesigen Ufer angekommen waren.

„Wir sind am Meer, nicht wahr?", fragte sie und versuchte möglichst viel von ihrer Umgebung erkennen zu können. Ein langgezogener Küstenstreifen, der ringsum von rauen Felsen eingerahmt war. Praktisch keine Fluchtmöglichkeit, außer dem schmalen Pfad, den sie heruntergekommen waren.

„Genau. Ich finde es richtig romantisch. Du nicht, Bree?"

„Ja, sehr." Widerwillig ließ sie sich an ihren Handschellen hinter ihm her ziehen.

Zielstrebig steuerte er auf eine Ausbuchtung im Felsen zu, die nach und nach zu einer Höhle anwuchs.

Der Geruch von abgestandenem Fisch, Moder und Exkrementen ließ sie würgen.

„Wo sind wir?", brachte sie schwer atmend hervor.

„Das ist eine kleine Wohnung, die ich für uns eingerichtet habe", erklärte er stolz. „Warte nur ein paar Minuten, dann kannst du alles ganz gut erkennen. Du hast gutes Licht hier drinnen, darauf habe ich geachtet."

Aber Bree brauchte keine Minuten, um zu sehen; sehr wohl aber um das, was sie sah, zu verarbeiten oder wenigstens zu begreifen.

In der langgezogenen Höhle hatte er zwei alte Stühle und einen wackeligen Tisch aufgebaut, darauf und auf einigen der Steine lagen lauter Dinge, die ihr gehörten. Oder die ihr zumindest einmal gehört hatten: eine Haarbürste, von der sie gedacht hatte, dass sie sie auf einer Tour im Hotel vergessen hatte, ein Schirm, von dem sie glaubte, dass er ihr abhanden gekommen wäre. Kleider, die sie schon lange vergessen hatte, alte Tanzschuhe, ein Döschen ihrer Creme, mehrere Haarnadeln und Spangen, sogar Unterwäsche. Alles Dinge, die einem im Alltag schon mal verloren gehen. Nur waren all diese Gegenstände niemals verloren gegangen; sie waren gestohlen worden. Von Chester. Und wenn sie sich dieses Sammelsurium ansah, dann über einige Jahre hinweg.

Es war schockierend. Es war beängstigend. Sie würgte ihre Übelkeit hinunter und zwang sich ein Lächeln auf, betete um Stärke.

„Du hast es hier ja sehr schön ... eingerichtet. Für mich." Sie sah zu ihm auf und zwang sich nicht zu weinen.

Er strahlte fröhlich. Pure, unverfälschte Freude, wie bei einem Hund, der eine Belohnung bekommen hat, stand in seinem Blick.

„Wie schön, dass es dir gefällt! – Ich habe nämlich noch etwas für dich!“ Er nahm sie bei ihren Handschellen und zog sie in eine schmale Höhlennische, in der sich der Gestank nach Urin plötzlich unangenehm verstärkte. Bree stolperte über eine Steinkante und wäre beinah gefallen. Chester fing sie ab. Und als sie auf den Boden sah, schrie sie unwillkürlich auf. Sie wollte ihm etwas vorspielen, und sie hatte geglaubt, sie würde es können. Doch in diesem Moment verpuffte dieser Vorsatz und allein der Versuch wurde zur abnormen Unmöglichkeit.

Auf dem Boden, zusammengesunken und gefesselt, genau wie sie selbst, erkannte sie die regungslose Gestalt eines alten Mannes.

Er trug ein seltsam festliches Gewand und erst auf den zweiten Blick erkannte sie, was es war. Eine Soutane.

Die Worte McGrues kamen ihr wieder ins Gedächtnis; der verschwundene Pfarrer! Er hatte sich nicht mit irgendwem abgesetzt. Er war entführt worden. Sein Gesicht war zerschlagen und blutverkrustet. Sein Atem ging röchelnd und schmerzhaft laut. Und auch wenn er lebte, schien es eine Frage von Stunden zu sein, bis sich dieser Zustand ändern würde.

Fassungslos blickte sie zu Chester auf. „Was hast du nur getan?“

„Ich habe einen Priester für uns geholt. Er wird uns trauen. Ich möchte dich heiraten.“

„Du bist ja völlig wahnsinnig“, hauchte sie.

Seine Züge verhärteten sich und in einer schnellen Bewegung griff er in ihre Haare und zog sie darin schmerzhaft an sich.

„Du bist so undankbar! Undankbar und verzogen! Aber das wird sich schon ändern, wenn wir erst einmal Mann und Frau sind; wenn ich all den Dreck, den die Berührung dieses Kerls auf deiner Haut hinterlassen hat, mit meinen eigenen Händen abgewaschen habe."

Dexter. Er sprach von Dexter. Sie würgte und schüttelte hilflos den Kopf.

„Dieser Mann", brachte sie mühsam hervor und zeigte auf den bewusstlosen Priester, „ist beinah tot. Er kann uns nicht trauen."

Drohend zog er sie noch enger an sich. Im dunklen Blau seiner Augen raste der Wahnsinn.

„Oh, doch", knurrte er. „Er kann. Und er *wird*!"

Mit einer energischen Bewegung zerrte er Bree auf einen der Stühle und platzierte auf dem Tischchen vor ihr eine Lampe, die er so ausrichtete, das sie der Lichtkegel direkt im Gesicht traf und ganz offenbar komplett blind machen sollte.

Er wusste, dass dies die effektivste Methode war, um sie zu fesseln. Oder zumindest wäre sie das gewesen, wenn ihr nicht ihre Kontaktlinsen erlaubt hätten noch Schemen durch ihre gleißend helle Blindheit hindurch erkennen zu können.

Chester packte den Priester und versuchte ihn auf die Beine zu zerren, doch der alte Mann kam nicht zu Bewusstsein. Bree konnte nicht fassen, mit welcher Gewalt und irren Kraft Chester den Geistlichen an den Armen gepackt in Rückenlage über den rauen Höhlenboden schleifte und neben dem Tischen platzierte, das vor ihr stand. Dann kam er selbst zu ihr und griff nach ihrer Hand. Bree riss sie ihm aus den Fingern, doch er packte noch einmal nach ihr und umklammerte ihre kleine Hand so fest, das sie meinte, die Gelenke müssten jeden Augenblick brechen.

Dann drehte er sich zu dem bewusstlosen Pfarrer um und sagte. „Wir sind soweit, Hochwürden."

Keine Regung.

„Chester, er ist bewusstlos. Er wird bald sterben, wenn wir ihm nicht helfen."

„Erst muss er uns trauen!", rief er voll unbändigem Zorn und trat dem Priester so heftig in die Seite, dass dieser regelrecht herumflog und mit dem Rücken zu ihnen liegenblieb. Bree konnte nicht erkennen, ob er noch atmete, aber selbst wenn, lange konnte er nicht mehr aushalten.

„Er kann nicht!", rief sie verzweifelt, doch Chester packte sie nur noch fester.

„Er muss aber! Ich verlange es! Ich *will* es!"

Das Geräusch am Eingang der Höhle hörte Bree einen Sekundenbruchteil vor Chester, doch nicht lange genug, um diesen Vorteil nutzen zu können. Er wirbelte sie herum, presste seinen Unterarm gegen ihre Kehle und drückte den Lauf seiner Pistole an ihre Schläfe.

„Wer ist da?", rief er, erhielt jedoch keine Antwort. „Geben Sie sich zu erkennen, oder ich töte Bree!"

Wieder herrschte Schweigen, doch dann kündigten sich langsam Schritte an. Bree schluchzte auf vor Angst und Erleichterung, als sie sah, dass es Dexter war.

„Das würdest du nie tun, Chester!", erklärte dieser, während er näherkam und dabei stetig auf Chesters Kopf zielte. „Du liebst sie doch. Nicht wahr?"

Dessen Atem ging hart und schnell hinter Bree. Sie registrierte einen kurzen Seitenblick von Dexter auf den Priester, während ihr wahnsinniger Entführer Luft holte.

„Ja. Ja, das tue ich. Sie ist eine wundervolle Frau."

„Das ist sie in der Tat."

Dexter wechselte einen kurzen Blick mit Bree und sie las darin all die verzweifelte Angst, die nur ihr galt.

„Und deswegen soll ihr keinesfalls etwas geschehen."

„Nein, es soll ihr nichts geschehen."

„Dann lassen Sie sie doch jetzt los, Chester. Und ich verspreche, dass wir uns für Sie einsetzen werden und die Umstände, die zu ... all dem hier geführt haben, ins rechte Licht rücken."

„*Nein!* Nein, ich lasse sie nicht gehen. Sie gehört zu mir." Er erneuerte seinen Griff um die Waffe und presste sie so stark gegen Brees Schläfe, dass ihr ein stechender Schmerz hinter die Stirn fuhr.

„Soll sie das nicht selbst entscheiden?", fragte Dexter trügerisch ruhig.

„Nein! Sie gehört zu mir. Wenn sie nicht bei mir sein kann, will ich nicht leben! Und Bree ... soll auch nicht leben!"

„Chester, warte!" Bree konnte nicht mehr anders. Sie musste sich einschalten und sie tat das einzige, das ihr einfiel. „Dexter, du darfst ihm nichts tun!", erklärte sie inbrünstig und sah, wie er zweiflerisch die Stirn krauszog. „Chester gehört doch zu mir. Nicht wahr, Chester?"

Sie verdrehte den Kopf, um ihm ins Gesicht sehen zu können. Darin standen Verwunderung und vorsichtige Freude. „Ja, du gehörst zu mir."

„Und wir wollen heiraten, Dexter", setzte sie nach und drehte sich ein klein wenig in Chesters Griff. „Dagegen kannst du nichts tun."

„Aber -"

„Kein Aber!" Sie wandte sich nun ganz um, den Rücken zu Dexter und den Blick starr auf Chesters Gesicht gerichtet. Sie lächelte. „Du liebst mich doch, nicht wahr?"

Er lächelte zurück und sie registrierte, wie die Spannung ein wenig aus seiner Schusshand wich.

„Ja, ja natürlich. Das sage ich doch die ganze Zeit."

„Dann lass uns heiraten. Jetzt gleich."

Chester blickte zu der regungslosen Gestalt auf dem Boden. „Aber der Priester -“ setzte er an und den kurzen Moment, da er sich auf den Mann konzentrierte, nutzte Bree aus. Mit aller Kraft ihrer gefesselten Hände packte sie seine Waffe und bog sie hinab, drückte ab und hörte, wie ein ohrenbetäubender Knall die Luft zerriss.

Sie hoffte, dass sie sich nicht aus Versehen selbst getroffen hatte, doch als im nächsten Moment die Kraft aus Chesters Hand wich, wusste sie, dass er den Schuss abbekommen hatte.

Seine Augen waren in ungläubigem Staunen weit aufgerissen, sein Mund stand offen, als wollte er etwas sagen, doch hätte keine Stimme mehr. Als plötzlich ein Rinnsal Blut aus seinem Wundwinkel lief, taumelte sie zurück und stürzte auf den Boden. Dexter war im nächsten Moment bei ihr, entwand ihr die Pistole und zog sie auf die Füße.

Chester hustete, spuckte dabei Blut und keuchte.

„Dafür ... wirst du bezahlen, Bree! Für deinen Verrat ... wirst du ... bezahlen! Das schwöre ...“ Er hustete noch einmal, doch diesmal kam er nicht mehr zum Sprechen. Sein Körper bäumt sich auf, verdrehte sich hilflos und panisch und sackte schließlich leblos in sich zusammen.

Bree schluchzte auf und klammerte sich an Dexter, der sie fest umarmte und mit seiner Berührung wortlos tröstete.

„Ich hab ... ihn getötet. Großer Gott, ich habe ihn umgebracht“, hauchte sie und wagte es nicht, noch einmal zu Chester hinüberzusehen.

„Du hast ihn nicht umgebracht“, sagte Dexter ruhig und löste sich ein wenig von ihr. Dabei hielt er Chesters Waffe in die Höhe und betätigte den kleinen Knopf an der Seite. „Ich habe dir doch gesagt, du musst die Waffe erst entsichern.“

„Aber -“

„Ich habe es getan“, sagte er. „Nicht du. Du warst es nicht Bree, in Ordnung?“

Sie nickte heftig und wischte sich die Tränen weg. Trotz all den schrecklichen Dingen, die Chester getan hatte und trotz des Monsters, zu dem er geworden war, tröstete es sie, dass sie ihn nicht getötet hatte.

„Wir müssen einen Arzt für den Priester holen.“

„Ich fürchte ...“ Dexter streckte sich nach unten und presste zwei Finger gegen die Kehle des Mannes. Dann schüttelte er den Kopf. „Er ist leider tot. Er muss ihn fast eine Woche hier gefangen gehalten und misshandelt haben.“

Bree starrte auf die Leiche des Priesters. Sie hatte noch nie einen toten Menschen gesehen. Bis zu diesem Tag.

„Und alles meinetwegen“, hauchte sie.

„Nein, Bree.“ Dexter umfasste ihr Kinn und zwang sie ihn anzusehen. „Alles *seinetwegen*“, sagte er und nickte in Chesters Richtung.

Dann stand er auf und zog Chesters Weste auf. Bree wagte nicht hinzusehen, bis Dexter mit einem kleinen Schlüssel wieder zurückkam. Er schloss damit ihre Handschellen auf und rieb ihre malträtierten Gelenke. Erst jetzt erkannte sie, wie mitgenommen er selbst war.

„Alles okay?“

Er lachte freudlos.

„Müsste ich das nicht eigentlich fragen?“

„Ich glaube, heute haben wir beide Anlass zu dieser Frage.“

„Ja, allerdings.“ Er zog sie auf die Beine. „Kannst du gehen?“

Sie nickte, obwohl ihre Knie zitterten.

„Dann ab nach Hause.“

## X

Als Dexter sie vorsichtig ins Freie führte, stand McGrue einsatzbereit vor dem Höhleneingang.

„Wir brauchen einen Leichenwagen“, erklärte Dexter schlicht und führte Bree, ohne auf die fragenden Einwände des Polizisten weiter einzugehen über den schmalen Weg durch die Felsen hinauf.

Beim Anblick des Kleinwagens, mit dem sie vor weniger als einer halben Stunde hierher gekommen war als Geisel eines Wahnsinnigen, der einmal ihr bester Freund gewesen war, überlief sie ein Zittern. Dexter legte seinen Arm um sie und drückte ihre Schulter.

„Wie hast du mich nur so schnell gefunden?“, fragte sie, mehr um sich selbst von ihren Gedanken abzulenken.

Dexter schob sie zu seinem Pickup und öffnete ihr die Beifahrertür.

„Die Linsen haben eine kleine ... Sonderfunktion.“

Bree zog erstaunt die Stirn kraus. „Meine Kontaktlinsen? Was haben sie? Einen Sender?“

„So etwas ähnliches. Sie senden ein GPS-Signal. Ich kann dich damit überall aufspüren.“ Er setzte sich neben sie hinters Lenkrad und warf ihr einen prüfenden Blick zu. „Ich dachte, wir könnten es vielleicht irgendwann einmal brauchen.“

„Offenbar eher früher als später.“ Sie starrte auf ihre geröteten und aufgescheuerten Handgelenke und blickte dann wieder zu Dexter auf. „Ich kann das irgendwie noch gar nicht begreifen. Das, was gerade passiert ist, meine ich. Gestern war Chester noch mein bester Freund, mein Vertrauter. Und innerhalb von weniger als einer Stunde wird er zu dem mordenden Monster, vor dem ich die ganze Zeit geflohen bin. Und jetzt ist er tot."

Dexter drückte sanft ihre Hand und startete den Wagen. Er konnte sich in etwa vorstellen, wie sie sich fühlte. Sie hatte noch nie etwas so Schlimmes erlebt. Es war einschneidend und grausam und es war ein schnelles Ende ihrer Angst, auch wenn sie das bis jetzt noch gar nicht realisierte.

„Ich bringe dich zurück nach Hause."

Bree blickte ihn verwirrt an. „Warum breche ich denn nicht zusammen?", fragte sie.

Er seufzte tief und fuhr den Wagen auf die schmale Straße, bevor er sagte. „Ich fürchte, das wirst du noch. Aber lieber auf Lochrick und lieber mit mir, als in der alten Schmugglerhöhle."

„Der arme Priester", sagte sie, ohne auf Dexters Worte einzugehen. „Das hat er nicht verdient."

„Nein, das hat er sicher nicht."

„Wenn ich Chester nur nicht so gereizt hätte. Er hat den alten Mann getreten. So heftig, dass er ein ganzes Stück durch die Höhle -"

„Bree, auch wenn es schwer ist. Auch wenn es vielleicht eine Zeit dauert, bis du es begreifst: nichts von alldem ist deine Schuld."

Dexter kniff die Lippen zusammen und bedauerte, dass er diesen Dreckskerl von Techniker nicht länger hatte leiden lassen können. Bree schwieg und er strengte kein Gespräch mit ihr an, bis sie nicht endlich an der Burg angekommen waren.

Im Burghof stoppte er jäh den Wagen, so dass Bree aufsah. Ihre ganze Truppe blickte ihnen erwartungsvoll entgegen. Der Gedanke ihren Leuten jetzt gegenübertreten zu müssen und womöglich genau dann zusammenzubrechen, versetzte sie in Panik.

„Sie wollen nur wissen, ob alles mit dir in Ordnung ist", sagte Dexter leise.

„Aye, ich weiß, aber -"

„Ich regle das."

Während sich Bree etwas schäbig vorkam, stieg er aus und ging auf die Menschentraube zu, die neugierig zum Wagen linste. Er redete mit ihnen und Bree konnte nicht erkennen, wie sie reagierten, nur dass sie nach und nach im Inneren der Burg verschwanden, während Dexter zu ihr zurückkam.

Er stieg ein und fuhr den Wagen vor den Haupteingang.

„Danke", sagte sie leise und er nickte. Dann umrundete er den Wagen, öffnete ihr die Tür und hob sie – kaum dass sie ausgestiegen war – auf seine Arme.

Bree gab ein protestierendes Geräusch von sich. „Ich kann selbst gehen!"

„Mag sein."

„Lass mich runter, Dexter."

„Keineswegs. Sieh es einfach als kleine Hilfe zu *meiner* Stressbewältigung." Und damit lag er näher an der Wahrheit, als ihm lieb sein konnte. Es war ein verdammt gutes Gefühl sie im Arm zu halten und zu tragen, ihre warme Haut und den Schlag ihres Herzens zu spüren, ihre Stimme zu hören und zu wissen, dass sie unversehrt war; und dass er dieses Schwein zur Strecke gebracht hatte. Auch wenn ihn schier der Schlag getroffen hatte, als er in der Interpol-Datenbank plötzlich sein Gesicht gesehen hatte. Bree war sicher. Und das war das einzige, was wirklich zählte.

Oben in seinem Zimmer angekommen stellte er sie ab und verriegelte. Bree verharrte regungslos, bis sich Dexter vor sie stellte.

Dann ging er vor ihr in die Knie und schnürte ihre Steppschuhe auf, zog sie von ihren Füßen und erhob sich wieder.

Er griff nach dem Saum ihres schmutzigen, vom Sturz zerrissenen Shirts und ohne zu zögern hob sie die Arme in die Höhe.

„Er hat gesagt, er will deine Berührung von meiner Haut waschen“, sagte sie tonlos, während Dexter ihren BH aufhakte. Dann streifte er den Rest ihrer Hose hinab und betrachtete die blutigen Striemen und Schrammen an ihren Unterschenkeln.

„Willst du denn darüber reden?“, fragte er sie.

„Eigentlich nicht. Keine Ahnung, warum ich es trotzdem tue.“

Wortlos zog sich Dexter das Hemd und die Schuhe aus, dann goss er sich und Bree Whiskey ein.

„Versuch an etwas anderes zu denken. Auch wenn es schwer ist. An etwas Schönes.“

Sie blickte ihn fest an und sorgte dafür, dass ihre Miene unergründlich blieb. Dann nickte sie. „Das tue ich.“

„Und woran denkst du?“

„An dich.“

Ihre Worte freuten und beschämten ihn gleichermaßen.

„An mich im Kilt in Braemar?“, fragte er bewusst amüsiert, doch sie blieb ernst.

„Ich weiß nicht“, hob sie mit einem verwirrten Kopfschütteln an, „ob es total daneben ist und ich habe auch irgendwie das Gefühl, als würde ich dich benutzen, um zu vergessen ...“ Sie brach ab.

Dexter beugte sich wortlos zu ihr hinab und küsste sie. Ihr Körper reagierte instinktiv.

„Denkst du daran?“, fragte er leise.

Sie nickte zögerlich. „Aber ich fühle mich schlecht dabei. Ist es nicht, als würde ich dich ausnutzen?“

Seine Mundwinkel zuckten. „Dafür nutz mich gerne aus, Bree. Und bitte, tu einfach, was du tun möchtest.“ Er legte seine Hand auf ihren Rücken und strich sanft darüber. „Lass dich einfach gehen“, hauchte er in ihr Ohr und registrierte, wie sich die feinen, weißen Härchen in ihrem Nacken aufstellten.

Zuerst hob sie nur zögerlich den Kopf und küsste ihn leicht, doch dann drang sie so abrupt und hart mit der Zunge zwischen seine Lippen, dass sich Überraschung und Erregung gleichzeitig in ihm erhoben. Er spürte ihre Finger an seinem Gürtel und ließ sie gewähren.

Es gab verschiedene Möglichkeiten solch schreckliche Dinge zu verarbeiten, und sicher war diese Vorgehensweise nichts, was man in Therapiesitzungen vermittelt bekam. Doch die Art von körperlicher Nähe, wie Dexter und Bree sie erlebten, war sicherlich das süßeste Vergessen, das man sich vorstellen konnte.

Er überließ sich Brees Tempo, erwiderte ihren Kuss und passte sich an die plötzliche Heftigkeit ihrer Erregung an. Sie riss seine Hose förmlich zu Boden und zog ihn zum Bett, stieß ihn in die Laken und setzte sich auf seine Brust, während sie ihn unablässig küsste.

„Bin ich ... zu grob?“, fragte sie. Ein leises Lachen vibrierte in seiner Brust, während er den Kopf schüttelte. „Tu mit mir, was du möchtest, Bree. Und glaube mir, dass es schön sein wird. Für uns beide.“

Brees Oberkörper schmiegte sich an seinen, während sie sich tief über ihn beugte und seine Kehle küsste, dann seine Brust und wieder seine Lippen. Die Scheu der ersten Nacht war von ihr abgefallen, war einem drängenden Verlangen gewichen, dem er sich nur zu gerne überließ. Als er ihre kleinen Finger an seiner Erektion spürte, keuchte er auf. Bree erhob sich über ihm und ließ sich langsam auf ihn herab, nahm ihn in sich auf mit ihrer Hitze und dem drängenden Wunsch mit ihm vereint zu sein. Dexter blickte in ihr verklärtes Gesicht, betrachtete ihre in Lust aufgelösten Züge, ihren schmalen Brustkorb und das Heben und Senken ihrer Brüste unter den schnellen Atemzügen. Er setzte sich auf und sie schlang die Arme um ihn, bewegte die Hüften und sorgte dafür, dass sie beide aufstöhnten.

Wieder küsste sie ihn. Schnell. Drängend. Es war, als würde sie in ihn hineinkriechen wollen, sich unter seine Haut wühlen, um sich in seinem Inneren zu verstecken vor all den schrecklichen Dingen, die geschehen waren.

Als sie sich auf ihm bewegte, wurden ihre Züge weich und ihr Körper verlor allmählich die Spannung der Angst, schmiegte sich eng an ihn, wie es nur Menschen möglich war, die aus tiefster Seele vertrauten.

Ihr stürmisches Zusammenkommen war Trost und Lust, Erleichterung und Schmerz gleichermaßen. Jede dieser Emotionen zeichnete sich auf ihrem Gesicht ab. Dexter umfasste ihren schlanken Körper, hob sie an und kam ihren Bewegungen von unten entgegen.

Ihr lustvoller Schrei war ein süßer Ansporn. Sie krallte sich in seinen Nacken und warf den Kopf zurück. Instinktiv einigten sich ihre Körper auf einen Rhythmus. Es dauerte nicht lange, bis Bree sich härter auf ihm bewegte und schließlich mit einem kehligen, süßen Laut Erlösung fand. Dexter folgte ihr mit wenigen letzten Stößen, hielt sich dabei an ihr genauso fest, wie sie an ihm.

Sie waren ein Körper. Ein Herzschlag. Er hatte es nicht für möglich gehalten, aber es fühlte sich wirklich an, als wären sie eins.

Schwer atmend sanken sie seitlich ins Bett, noch immer fest ineinander verschlungen.

Bree lag da und streichelte Dexters Haar aus der Stirn, betrachtete seine schönen, strengen Züge, während er ihren Blick still erwiderte.

„Kein Wunder, dass die Leute so ein Aufhebens darum machen“, sagte sie mit einem leisen Lächeln.

„Um Sex?“, fragte er.

Bree nickte. „Egal, was man hört, wie überwältigend es sich anfühlen soll. Niemand kann begreifen, dass es sich *so* anfühlt, bis er es nicht selbst erlebt hat.“

Dexter folgte der Linie ihres Handrückens, während er langsam den Kopf schüttelte.

„Es fühlt sich ... normalerweise nicht so an.“

„Nicht?“ Bree runzelte die Stirn. „Wie dann?“

„Naja.“ Er gab ein Schulterzucken von sich. „Es ist meistens weniger intensiv. Weniger mitreißend. Weniger tief und weniger leidenschaftlich. Einfach ... weniger.“

Sie biss sich auf die Unterlippe. „Du meinst, mit anderen Frauen hat es sich nicht so angefühlt?“

Dexter zögerte kurz, fragte sich, wohin es führen mochte, wenn er all diese Wahrheiten mit ihr teilte. Doch dann schüttelte er schon den Kopf. „Nein, bisher nicht.“

Nachdenklich nickte sie. „Ich fühle mich dir sehr ... nah.“

„Ich mich dir auch, Bree.“

Sie öffnete gerade den Mund, um etwas zu sagen, da unterbrach sie das Klingeln eines Telefons.

„Dein Typ wird offenbar verlangt“, erklärte sie mit einem scheuen Lächeln.

„Lass es einfach klingeln. Was wolltest du sagen?“

Sie öffnete den Mund noch einmal, doch der schrille Klingelton, ließ sie einfach nicht weiterkommen. „Nein, geh erst ran. Ich ... kann das so nicht.“

Dexter griff nach seiner Hose, zog das Handy heraus in der festen Absicht es mit einem gezielten Wurf gegen die groben Steinmauern ins Nirvana zu befördern, doch die Vorwahl, die er sah, ließ ihn innehalten.

„USA“, erklärte er nachdenklich. „Ich gehe kurz ran, ja?“

Bree nickte und er stand vom Bett auf.

„Hay", meldete er sich knapp.

*„Mr. Hay, der Secretary of the Navy möchte sie sprechen. Kann ich durchstellen?"*

Dexter zog ungläubig die Stirn kraus. Was konnte der *SECNAV* von ihm wollen?

„Natürlich. Stellen Sie durch."

Ein kurzes Knacken. Stille. Dann eine tiefe Stimme, die ihm bekannt vorkam.

*„Mr. Hay?"*

„Mr. Secretary?", fragte er dagegen.

*„Mr. Hay, ich melde mich bei Ihnen wegen der bevorstehenden Reise des Präsidenten auf die britischen Inseln."*

Dexter hatte schon so lange keinen US-amerikanischen Akzent mehr gehört, dass er ihm direkt fremd vorkam. „Ja, was ist damit?"

*„Der Präsident war bis zu Ihrem Fortgang zur CIA immer äußerst zufrieden mit Ihrer Arbeit. Er wird im September das Königreich besuchen und wollte Sie auf diesem Wege fragen, ob Sie Interesse hätten zu diesem Zwecke wieder in seine Dienste zu treten."*

„Als was?"

*„Als Personenschützer."*

„Und warum bekomme ich dafür keine Anfrage vom Secret Service oder direkt aus dem Weißen Haus?"

Der SECNAV räusperte sich eloquent. *„Aufgrund des anhängigen Verfahrens gegen Sie ist es wohl besser einen etwas inoffizielleren Weg zu wählen. Dennoch ist das Vertrauen des Präsidenten und seiner Familie in Sie ungebrochen. Sie könnten die Schutzeinheiten koordinieren."*

„Während der Dienstreise?"

*„Ja, genau. Und auch ... danach."*

„Wie meinen Sie das. Auch danach?"

*„Der Präsident möchte Sie gerne wieder im Weißen Haus wissen. Es ist eine Schande, dass ein so fähiger Mann in der Einöde*

*Englands versauert.*"

„Wenn schon, dann ist es die Einöde Schottlands."

*„Wie auch immer."*

„Wann brauchen Sie eine Antwort?"

*„Möglichst noch heute, Mr. Hay. Die Planung der Reise ist eigentlich schon abgeschlossen. Der Präsident hörte erst sehr spät von Ihrer Suspendierung und möchte Sie schnellstmöglich wieder in Dienst nehmen. Mit der nächsthöheren Besoldungsstufe natürlich."*

Dexter schluckte trocken. Er hatte die Stelle im Weißen Haus sehr gemocht. Nirgendwo hatte er sich nützlicher und gebrauchter gefühlt als dort. Und der reine Schutz lag ihm viel mehr als gewagte Einsätze für die CIA.

„Ich überdenke das, Mr. Secretary. Aber ich werde Ihnen spätestens morgen Bescheid geben."

*„Zwingend, Mr. Hay."*

„Ja, natürlich."

*„Gut, wir hören voneinander."*

„Bis dann."

Dexter legte auf und starrte auf das Display seines Telefons, bis es schwarz wurde. Eigentlich hätte er Luftsprünge machen müssen, doch es gab einen gewaltigen Haken an der Sache: Bree.

Als er sich etwas gefasst hatte, drehte er sich zu ihr um, doch da hatte sie sich schon ein Laken umgeschlungen und stand neben ihrer Verbindungstür. Ihr Lächeln war schwermütig und gezwungen. Sie war eine verdammt miese Schauspielerin.

„Herzlichen Glückwunsch", sagte sie. „Wenn ich das richtig verstanden habe, hast du deinen alten Job wieder."

„Bree, ich -"

Sie hob die Hand. „Nein, nein. Schon gut. Du brauchst es mir nicht erklären, ich verstehe das. Ich liebe meine Arbeit auch. Und dein Job hier ... ist ja abgeschlossen, nicht wahr."

„Sag das nicht so!“, rief er plötzlich aufgebracht.

Sie zuckte kurz zusammen und schluckte. „Tut mir leid. So meine ich es nicht. Aber ich weiß, was dir diese Arbeit bedeutet.“ Sie musste sich sichtlich überwinden, um auf ihn zuzugehen. Als sie nach seiner Hand griff, zitterten ihre Finger. „Ich habe es dir gesagt, Dexter. Ich erwarte weder Blumen noch Treueschwüre. Die schönsten Stunden meines Lebens habe ich mit dir verbracht und in Anbetracht der Umstände und wenn man bedenkt, wie gerne ich auf Bühnen stehe, heißt das wirklich eine Menge. Lass mich dir zum Abschied sagen, dass ich dich wirklich sehr gerne mag. Und das ist der Grund, warum ich dir sage: geh dorthin, wo dein Herz ist. Geh zu der Arbeit, die dir so viel bedeutet. Ich wünsche dir, dass du glücklich wirst. Ich wünsche es dir von Herzen.“

Während er nur stumm wie ein Trottel dastand, während sie ihren Monolog hielt, der ihr sichtlich alles abverlangte, ließ sie langsam seine Hand los. Dann ging sie zur Verbindungstür.

„Leb wohl, Dexter“, sagte sie und verschwand aus dem Zimmer.

Mit einem Kopfschütteln lief er ihr nach, doch sie hatte die Tür abgeschlossen. Er ließ die Schultern hängen und fuhr sich mit beiden Händen aufgebracht durchs Haar. Dann sammelte er seine Kleider ein, während Bree auf der anderen Tür lautlos weinte.

*

Sein Plan war es gewesen am nächsten Tag noch einmal alles in Ruhe mit ihr zu besprechen, doch als er an ihre Zimmertür klopfte, war diese unverschlossen.

Er ging hinein und sah, dass all ihre persönlichen Dinge fort waren. Das Zimmer war wieder das sterile Hotelzimmer, das es vor ihrer Anreise gewesen war.

„Was zum ...?“

„Sie ist weg.“

Als er herumfuhr, stand Elle ebenfalls abfahrbereit mit einem Aktenkoffer in der Tür. Sie wirkte traurig, aber gefasst.

„Was heißt *weg*?“

„Sie ist heute Morgen um fünf mit Michael abgereist.“

„Wohin fährt sie?“

„Nach Hause. Nach Edinburgh.“

„Aber ...“

„Sie hat mir gesagt, dass sie wohl bald ihre Arbeitsstelle im Weißen Haus wieder antreten werden. Meinen Glückwunsch dazu.“

„Geben Sie mir ihre Adresse!“, verlangte er und Elle schluckte ängstlich, straffte dann aber die Schultern.

„Sie hat mit dieser Frage gerechnet und mir aufgetragen Ihnen etwas als Antwort auszurichten.“

Er zog die Stirn kraus. „Und was?“

„Sie sagte, Sie sollen sie in Ruhe lassen. Sie sagte, ...“ Elle schluckte.

„Was?“ donnerte Dexter.

„Sie sagte, sie bräuchte keinen neuen Stalker. – Guten Tag, Mr. Hay.“ Elle nickte knapp und konnte gar nicht schnell genug aus Dexters Reichweite verschwinden, während er vor Wut kochte.

Grimmig ging er die Stufen hinunter und sah gerade noch, wie sein Vater Elles Koffer in ein Taxi lud und ihr die Tür öffnete. Diese sagte etwas zu ihm, das Dexter nicht verstand. Doch sein Vater lachte und Elle verabschiedete sich mit einem Kuss auf die Wange von ihm, bevor sie einstieg und davonfuhr.

Das Lächeln seines Vaters verschwand sofort, als er Dexters Gesichtsausdruck sah.

„Wo ist dein Mädchen?“, fragte er ansatzlos.

Dexter zwang sich zur Ruhe. „Zurück nach Edinburgh. Sie muss schon heute früh vor Elle gefahren sein.“

„Und wann kommt sie wieder?“

„Gar nicht.“ Er stürmte vorbei ins Freie.

„Was soll das heißen?“, rief ihm sein Vater nach.

„Das heißt, dass der Irre gefasst ist. Bree ist in Sicherheit und ich habe ein Angebot vom Weißen Haus.“

Angus Hay schüttelte fassungslos den Kopf. „Du lässt sie doch nicht wirklich gehen, oder?“

*Ein neuer Stalker* ... „Und ob ich das tue.“

„Komm bitte mal rein, Dexter.“

„Was ...?“ Er schnaufte aufgebracht. Da er ohnehin nur dumm auf dem Kies stand, konnte er genauso gut nach drinnen gehen. Er folgte seinem Vater in den kleinen Salon, der ihm als Wohnzimmer diente.

„Setz dich, Junge.“

„Ich stehe lieber“, erklärte Dexter trotzig.

Plötzlich fuhr sein Vater wütend zu ihm herum und zeigte mit dem Finger auf ihn.

„Einen Dreck tust du! Du bist mein Sohn und einmal in deinem Leben wirst du tun, was ich dir sage! Und das ist genau *jetzt*! Also setz dich, verdammt nochmal!“

Dexter blinzelte überrascht. In so einem Ton hatte er seinen Vater noch nie sprechen hören. Ehrlich beeindruckt ließ er sich auf die geblümte Couch nieder und wartete, bis sein Vater den doppelten Whisky getrunken hatte, den er sich großzügig eingegossen hatte.

„Ich weiß, dass ich bei dir alles verbockt habe, was man nur verbocken kann.“

„Du?“

„Natürlich ich. Ich hätte dich niemals mit ihr gehen lassen dürfen.“

Dexter wusste, von wem die Rede war. Seiner Mutter. Er

hasste es, über sie zu sprechen und presste grimmig die Lippen aufeinander. „Du hattest keine Wahl“, erklärte er knapp.

„Natürlich hatte ich die. Ich hätte durch alle Instanzen um dich kämpfen müssen. Ich hätte niemals aufgeben dürfen. Du hättest niemals in ihre Hände gelangen dürfen.“ Angus strich sich in einer Art das rote Haar aus dem Gesicht, das Dexter von sich selbst kannte, dann fuhr er fort. „Ich hätte deine Mutter niemals heiraten dürfen. Ich hätte niemals zulassen dürfen, dass sie ein Kind bekommt. Ich wusste, dass sie ein schlechter Mensch war. Ich wusste es von Anfang an. Aber ich war jung und so scharf auf sie, dass mein Verstand völlig aussetzte.“

Dexter hob die Hand. „Bitte keine Details“, erklärte er um Lockerheit bemüht, doch die kam ihm beim Gesichtsausdruck seines Vaters schnell abhanden.

„Unser Kind hat alles geändert. *Du* hast alles geändert, denn ich habe dich geliebt vom ersten Tag an. Und es hat mir gezeigt, wie wenig ich für sie empfand. Und dafür hat sie dich gehasst. Uns beide.

Denkst du, ich weiß nicht, dass sie dich schier totgeprügelt hat? Weißt du, wie viele Tage und Nächte ich um dich geweint habe? Ja geweint, Dexter. Um mein einziges Kind!“ Er kniff kurz die Augen zusammen, bevor er weitersprach. „Als du zu mir kamst, dachte ich, dass sie all das zerstört hatte, was du warst. All die Fröhlichkeit, all das Gute. Ich war mir sicher, dass sie das Kind, das ich gekannt hatte, zu Tode geprügelt hat. Und was zu mir kam, war ein junger Mensch, der nichts als Hass und Gewalt kennengelernt hatte und nicht dazu in der Lage war, etwas anderes zu empfinden. Es brach mir das Herz. – Und dann ganz plötzlich taucht dieses blinde Mädchen auf. Und Gott allein weiß warum, aber sie sieht in dir all das, was ich nicht mehr zu sehen vermochte. Sie sah es, weil es immer da war. Du warst kein schlechter und du bist kein böser Mensch. Du warst noch immer ... du. Und sie hat es gespürt und zum Vorschein gebracht. Dexter, dieses Mädchen liebt dich. Und sei doch kein riesen Idiot, du liebst sie auch!“ Als Dexter widersprechen wollte, brachte er ihn mit einer ungeduldigen Geste zum Schweigen. „Du bist noch zu jung, um zu wissen, was für ein seltenes Geschenk das ist. Ich war fünf Mal verheiratet.“

„Vier Mal“, korrigierte Dexter.

„Nein, fünf Mal.“ Angus Hay blickte kurz gegen die Decke, um sich zu sammeln. „Deine Mutter war meine zweite Frau. Danach kamen die Mütter von Lloyd und Bella. Mit meiner letzten Frau hatte ich keine Kinder mehr. Ich bin von meinen letzten vier Frauen geschieden.“

Dexter blickte seinen Vater forschend an. Er hatte ihn noch nie so aufgewühlt gesehen.

„Ich wusste nichts von deiner ersten Frau“, sagte er leise.

Angus nickte. „Du nicht. Und Lloyd und Bella auch nicht. Nicht einmal meine Exfrauen wissen von ihr. Sie war mein süßes Geheimnis. Meine wunderschöne Erinnerung.“

„Was ist mit ihr passiert?“, fragte Dexter und kannte die Antwort schon, bevor sein Vater zu sprechen anfing.

„Sie ist tot.“ Er rang um Fassung. „Sie ist schon lange tot. Fast vierzig Jahre. Sie wurde bei einem Banküberfall getötet. Der einzige Überfall auf der Skye in über dreißig Jahren. *Ein* Opfer. Und das war *sie*. Und dabei wollte ich an diesem Tag zur Bank gehen. Aber ich war zu faul. Ich ... habe sie gefragt, ob sie nochmal losfahren würde, und sie hat es gemacht. Sie hat es einfach gemacht.“ Er blickte auf seine Finger, als hätte er sie eigenhändig ermordet. „Eigentlich hätte ich sterben müssen. Und glaub mir, Dexter. Ich wäre gern gestorben. Liebend gerne. Ich habe sie so sehr geliebt. So sehr, dass es einem das Herz in der

Brust zerreißt." Um sich zu fassen, goss er sich noch einmal nach. „Ich habe nie wieder eine Frau geliebt nach ihr. Nur meine Kinder. Nur euch drei. Ich habe es versucht. Natürlich. Ich habe es ... wirklich versucht. Aber am Ende habe ich sie nur verletzt ... und mich und euch gleich mit."

Ehrlich ergriffen von der Schilderung seines Vaters schwieg Dexter, schüttelte den Kopf und wusste nicht, was er sagen sollte.

„Es ... tut mir leid, Dad. Ich hatte wirklich keine Ahnung."

„Natürlich hattest du die nicht."

„Wie hieß sie?"

Angus sah auf. Ein trauriges Lächeln lag in seinem Blick. „Elin. Sie hieß ... Elin."

Dexter schwieg und so sprach sein Vater weiter. „Ich erzähle dir das nicht, weil ich es will, Dexter. Elin gehört mir. Sie ist *meine* große Liebe und ich scheiße darauf, wenn du das kitschig findest. Und bei Gott, wenn du mich deswegen auslachst, schlage ich dich zu Brei."

„Ich würde dich deswegen niemals auslachen."

Angus nickte aufgebracht. „Ja, ich weiß. Tut mir leid, ich ..."

„Nein, schon gut."

„Ich will damit doch nur sagen, dass ich weiß, wie es ist zu lieben. Und ich sehe doch, dass du sie liebst. Lass sie nicht gehen, Dexter. Nimm dir doch nicht die einzige Chance auf Glück, die du vielleicht im Leben hast."

„Sie möchte mich nicht mehr sehen, Dad."

„*Bullshit!*"

„Bitte?"

„Du bist doch nur zu feige, um für euch zu kämpfen."

„Ich bin nicht feige, Dad. Und bei allem Respekt, das hier ist mein Leben. Und nicht deines. Bree hat sich entschieden. Sie will tanzen. Sie will nicht ... mehr von mir. Und ich werde in die Staaten gehen, wenn der Besuch des Präsidenten in England endet."

Angus schüttelte traurig den Kopf. „Dexter, bitte. Überleg es dir noch einmal. Sprich wenigstens noch einmal mit ihr. Werde nicht so, wie ich. Werde kein alter Mann, dem nichts geblieben ist als drei Kinder, die ihn für einen jämmerlichen Versager halten."

Als das Telefon in seiner Tasche klingelte, wusste Dexter, wer es war. „Das ist der SECNAV", sagte er. „Er wartet auf meinen Bescheid."

„Bitte überleg es dir noch einmal."

„Ich habe mich entschieden. Und Bree auch." Dexter erhob sich, drehte sich aber noch einmal um. „Dad?"

„Ja?"

„Ich halte dich nicht für einen Versager. Und insbesondere für keinen jämmerlichen. Und das habe ich auch nie getan."

Angus Hay nickte traurig.

„Und Dad?"

„Hm?"

„Ich werde niemandem von deiner ersten Frau erzählen. Die Erinnerung gehört nur dir und ich habe nicht vor sie dir wegzunehmen.

„Danke, Junge." Er blickte Dexter einen Moment lang an. „Du findest es wahrscheinlich zum Kotzen, wenn ich dir sage, dass ich dich liebe."

Dexter ließ den Blick sinken. „Nein, Dad. Ganz bestimmt nicht."

Dann hob er ab.

# XI

*Braemar, zwei Wochen später:*

Bei aller Liebe für Tradition und deren Pflege: Bree hatte allmählich die Nase voll vom ewigen Tauziehen, Baumstammwerfen und improvisierten Wettrennen von jungen Männern im Kilt. Sie wippte nervös auf den Ballen, während sich die Truppe hinter der Bühne aufwärmte und ganz sicher nicht sehen sollte, dass ihre Chefin genau das gleiche Nervenbündel war, wie sie alle.

Zum tausendsten Mal ließ sie ihren Blick über die bunte, feiernde Menge schweifen. Ihr anschließendes Seufzen wurde vom Lärm des Festes verschluckt.

„Er ist nicht hier, Bree."

Elle stand mit einem Funkgerät, einem Block, einem Handy, einer Packung Tabletten gegen ihr rebellierendes Magengeschwür und einem mitfühlenden Lächeln neben ihr.

„Wer?"

„Na, dein roter Teufel. Er ist nicht hier."

Bree gab ein abfälliges Schnauben von sich und dehnte sich. „Damit habe ich auch nicht gerechnet."

„Vor allem nicht, nach dem, was du mich ihm hast ausrichten lassen."

Sie hielt Brees grimmigem Blick stand und schüttelte den Kopf. „Zu so einem Mist werde ich mich nie wieder hergeben, Bree Kennedy. Wenn du mit einem Kerl Schluss machen willst, dann erledige die Drecksarbeit in Zukunft alleine."

Allein der Gedanke an Dexter versetzte ihr einen Stich. „Ich habe nicht mit ihm Schluss gemacht", erklärte sie aufgebracht. „Nichts hätte mir jemals ferner gelegen, Elle.

Aber du hättest sein Gesicht sehen sollen, als er die Nachricht bekommen hat, dass er wieder im Weißen Haus arbeiten kann.“

„Ich habe sein Gesicht gesehen, wenn er dich ansieht. Das genügt mir.“

Das Funkgerät in ihrer Hand rauschte. *„Elle?“*

„Ja?“, fragte sie hinein. „Alles klar?“

*„Die Verstärker für die Geigen sind zu schwach. Ich muss noch schnell neue anschließen. Zwei der kleineren Spots sind falsch aufgehängt, ansonsten ist alles klar?“*

„Ansonsten ist alles klar?“, rief Elle aufgebracht. „Das soll wohl ein Witz sein. Bringen Sie das sofort in Ordnung oder ich sorge dafür, dass es nichts mehr geben wird, weswegen man Ihnen unter den Kilt sehen müsste. Haben wir uns verstanden?“

Wenn es ums Geschäft und die perfekte Show ging, war mit Elle wirklich nicht zu spaßen. Kurz herrschte am anderen Ende des Funks Schweigen, dann kam ein schnelles *„Natürlich, Ma'am.“*

Bree verdrehte die Augen. Auch wenn sie an Chester eigentlich keinen Gedanken mehr hatte verschwenden wollen, aber die Technik hatte er immer tipptopp im Griff gehabt. Wobei man dem neuen Mann zugute halten musste, dass es sicher nicht leicht war mit den Hinterlassenschaften der Show in so kurzer Zeit firm zu werden.

Brees zweiter Tänzer Bill kam hinter der Bühne hervor zu den beiden. „Noch 12 Minuten, Bree.“

Unwillkürlich schwoll ihr Puls bei dieser Ankündigung an. Die Nervosität packte sie mit ihren eisigen Fingern.

„Ist gut. Danke.“ Mit einem schnellen Blick zur Tribüne der Königin schaffte sie es, ihre Aufregung noch zu verstärken.

„Was ist das denn?“ Bill zeigte in den Himmel. Sein Staunen war so groß, dass sein amerikanischer Akzent besonders stark hervortrat und so folgten Elle und Bree zögernd seinem Blick in den dämmerigen Himmel.

„Was denn?", fragte Bree, die zwar dank ihrer neuen Linsen besser, aber eben nicht normal gut sehen konnte.

„Das ist nur ein Hubschrauber", winkte Elle ab. „Sicher die Presse. Hier gibt es doch immer diese spektakulären Luftaufnahmen."

„Das haben wir bei der Show gar nicht bedacht", wandte Bree ein.

„Er ist im Sinkflug", erklärte Bill. „Er will hier landen."

„Bist du sicher?" Bree blinzelte hinauf und konnte mit einiger Mühe mehrere Lichter erkennen, die näher kamen.

„Meine Liebe, ich habe vier Jahre lang Hubschrauber für die Army geflogen", erklärte Bill, der Ex-US-Soldat. „Ich *bin* sicher."

Elle blickte stirnrunzelnd in ihre Aufzeichnungen. „Hier steht nirgends etwas von einer Hubschrauberlandung."

„Da sind einige Sicherheitsleute rund um die Königin ziemlich aufgeregt", erklärte Bill und nickte zur Tribüne, wo plötzlich ein halbes Dutzend Männer im schwarzen Anzug geschäftig in ihre Mikros redeten.

„Wer kann das denn sein?", rätselte Bree.

„Keine Ahnung." Bill schätzte offenbar die Entfernung ab. „Aber wir werden es in etwa zwei Minuten wissen."

Die drei starrten genauso gebannt in den Himmel und beobachteten den sinkenden Hubschrauber, wie die tausende Besucher auf den Tribünen. Unwillkürlich verzogen sich die Hammerwerfer und Tauzieher von der zentralen Rasenfläche.

Wo sonst sollte das verdammte Ding auch landen?

Plötzlich stieß Bill hinter Bree ein Keuchen aus. Sie fuhr herum.

„Was ist?"

„Der ... Helikopter", stotterte er ungläubig.

„Was ist damit?“
„Das ist die *Marine One.*“
„Was soll das sein?“, fragte Elle.
Allmählich erkannte man, dass der Hubschrauber dunkelgrün war und am Dach und unter den Rotorblättern weiß. Er war ungewöhnlich groß und übertönte den Festlärm schon aus beträchtlicher Höhe. Er war so laut, dass Bree sicher war, in ganz Aberdeenshire müsste man ihn hören können.
„Das ist der Hubschrauber des Präsidenten. Des *US*-Präsidenten, meine ich.“
„Was?“ Wieder blätterte Elle hektisch durch ihre Aufzeichnungen. „Hier steht nichts von einem Besuch des Präsidenten. Du musst dich täuschen.“
„Ich täusche mich nicht. Sieh doch!“ Er zeigte nach oben und der Helikopter war mittlerweile so nah, dass sogar Bree den weißen Schriftzug über den Fenstern lesen konnte.
*„United States of America.“*
Elle blickte Bree fassungslos an. Offenbar hatten die beiden den gleichen Gedanken.
„Das kann doch nicht sein“, brachte Elle fassungslos hervor. „Ich meine, das ist doch nicht möglich. Oder?“
Bree zuckte die Schultern und ein Zittern überlief sie bei dem enormen Wind, den die Rotorblätter des landenden Hubschraubers erzeugten.
„Keine Ahnung“, sagte sie und beobachtete, wie die Maschine landete.
Die hintere der beiden Türen wurde geöffnet und die komplette Festgesellschaft hielt den Atem an, als plötzlich im Ausstieg unter den sich noch immer drehenden Rotoren eine Gestalt erschien, die schnell mit eingezogenem Kopf die Stufen hinuntereilte und dem Piloten ein Zeichen gab. Sofort schwoll der Lärm der Rotoren

wieder an und die Maschine hob ab.

Bree starrte auf den Rasen und schüttelte ungläubig den Kopf, während Bill hinter ihr durch die Zähne pfiff und sagte

„Das ist das Geilste, was ich je gesehen habe.“

Und wenn das auch nicht zwingend ihre Art war die Dinge zu formulieren, so musste ihm Bree doch zustimmen:

Dexter lief strammen Schrittes über den Rasen, würdigte dabei die königliche Tribüne keines Blickes.

Er war der Inbegriff eines Highlanders im Festgewand. Sein Kilt schwang um seine Knie, sein Hemd war weiß, die Ärmel ausgestellt, der Kragen mit einem Tuch gefasst. Die Waden steckten in den traditionellen Kniestrümpfen und darunter trug er seine schweren, schwarzen Schuhe. Die Felltasche unter seinem Gürtel wippte bei jedem Schritt und im Licht eines Scheinwerfers reflektierte die Klinge seines Dolches.

Wenn er nicht direkt und schnurstracks auf Bree zugegangen wäre, hätte sie wahrhaftig gedacht, sie würde träumen. Und das tat sie auch bis zu dem Moment, als Elle hörbar neben ihr die Luft einsog und sich sammelte.

Dexter stand vor den dreien, überragte sie alle in Größe und Pracht und hatte nur für Bree Augen. Sein Ausdruck war entschlossen und fast ein wenig wütend.

„Bree“, sagte er schlicht.

Sie wollte etwas sagen, doch sie brachte keinen einzigen Ton zustande. Es war ihr nichts anderes möglich als den unfassbaren Anblick zu genießen, den er bot. Er war schon immer ein schöner Mann gewesen, egal was er trug oder auch nicht. Aber in genau diesem Moment war er das Atemberaubendste, was sie jemals gesehen hatte. Generationen von Highlandern würden weinend in einer Ecke stehen, wenn sie sehen könnten, was sie sah.

Elle fasste sich als erste. „Was große Auftritte angeht, können wir noch eine ganze Menge von Ihnen lernen, Mr. Hay."

„Ich hätte es sonst nicht mehr geschafft", erklärte er, ohne den Blick von Bree abzuwenden.

„Was geschafft?", fragte sie tonlos und blickte staunend auf ihre Finger, die er plötzlich ergriff.

„Meine Wettschulden einzulösen." Er zeigte an sich hinab. „Bist du zufrieden mit meinem Outfit?"

Sie öffnete den Mund, fand aber nicht die richtigen Worte.

„Also ich wäre damit sehr zufrieden", erklärte Bill hinter ihr und sorgte dafür, dass Dexters Mundwinkel zuckte. Sein Blick fiel auf die Hundemarke, die Bill noch immer zur Erinnerung um den Hals trug.

„Haben Sie nicht etwas Dringendes zu erledigen, Soldat?", fragte er ihn.

„Momentan nicht."

„Bill", zischte Elle. „Verschwinde!"

Mit einem mürrischen Geräusch verzog er sich wieder hinter die Bühne.

Das Funkgerät rauschte. *„Vier Minuten."*

„Alles klar." Elle berührte Bree am Oberarm, die noch immer wie in Trance wirkte. „Bree, kannst du tanzen? Oder ...?"

„Sicher. Ich ... bin sofort oben."

Elle zog sich mit einem Nicken zurück und überließ die beiden sich selbst.

Dexter packte Brees zweite Hand, während sie kopfschüttelnd zu ihm aufblickte. Er sah die Verwirrung in ihrem Blick, aber er sah auch die Freude.

„Was tust du denn hier?", fragte sie ihn.

„Ich löse meine Wettschulden ein. Und ... ich möchte dir etwas sagen."

„Ich muss in zwei Minuten auf der Bühne stehen, Dexter."

„Es dauert nicht lange."

„So kann ich mich nicht konzentrieren. Bitte, lass uns gleich reden. Ich ... kann jetzt nicht."

Er trat einen Schritt zurück und nickte verstehend. Die Zurückweisung versetzte ihm einen kurzen Stich.

„Gut, natürlich."

Als er fortgehen wollte, hielt sie ihn fest.

„Warte", sagte sie dabei. „Gib mir einen Glücksbringer für die Show."

Er runzelte die Stirn. „Willst du meinen Dolch?"

„Einen Kuss", sagte sie schnell und lächelte scheu. „Aye?"

Schnell beugte er sich zu ihr hinab und spürte im nächsten Moment ihre Arme um seinen Nacken und ihre weichen, heißen Lippen auf seinem Mund. Er hob sie von den Füßen, bis ihre Fußspitzen gegen seine Knie stießen, und umarmte sie so fest, dass es ihr ein schmerzhaftes Keuchen entlockte.

„Tut mir leid", sagte er schnell. „Ich freue mich nur so sehr, ... dich zu sehen."

„Eine Minute!" brüllte Elle und lief auf die beiden zu, packte Bree am Ärmel und stieß sie regelrecht Richtung Bühne. „Verdammt nochmal, Bree. Hoch da! Und zwar schnell!"

„Ja, ja. Schon gut." Sie blickte zu Dexter auf. „Lauf nicht weg!"

Er schüttelte den Kopf. „Nicht für Geld und gute Worte."

Während Bree auf die Bühne verschwand, spürte Dexter Elles forschenden Blick auf sich. Dann ihr anerkennendes Nicken.

„Und wie halten Sie es mit der Tradition, Mr. Hay?“, fragte sie.

„Inwiefern?“

„Na, Sie wissen schon. Was tragen Sie unterm Kilt?“

Er lächelte über die dämlichste Frage, die Männern im Kilt mit solch bewundernswerter Beharrlichkeit seit Generationen gestellt wurde.

„Eine kühle Brise“, antwortete er mit einem Zwinkern und registrierte ihr offenes Lachen mit einiger Genugtuung.

„Sie nehmen mir also die Verabschiedung auf Lochrick nicht übel?“

„Wie ich vermute, hat Bree Sie gezwungen die Dinge auf diese Weise zu regeln.“

„Ja, das hat sie.“

Er gab ein Achselzucken von sich. „Also gibt es nichts, was ich Ihnen übelnehmen müsste.“

Plötzlich wurde es dunkel auf der Bühne und durch die großen Lautsprecher tönte ein langgezogenes „Ssscht!“

Sofort wurde das Publikum still. Dexter spürte die Aufregung. Er hatte noch nie eine von Brees Shows gesehen.

Plötzlich setzten tiefe Trommeln ein. Erst langsam, dann schwoll das Tempo an und dann geschah es:

Mit einem gleißenden Lichtblitz und einem Paukenschlag bei dem die Menge regelrecht zusammenzuckte sprang Bree im Spagat auf die Bühne und fegte steppend von einer Seite zur anderen. Ihr fast weißes Haar trug sie offen, ihr schmaler Körper steckte in einem schwarzen, kurzen Kleid, das im Spot, der sie ausleuchtete, schimmerte wie Schlangenhaut. Bei den mitreißenden Rhythmen und ihrem beeindruckenden Stepptanz johlte die Menge vor Begeisterung.

Elle hielt sich das Funkgerät an die Lippen. „Gibt es Ausfälle?“, fragte sie hinein.

*„Nein, Ma'am. Alles bestens.“*

„Na, Gott sei Dank.“ Sie drehte sich zu Dexter um und zeigte lächelnd in die vorderen Reihen. „Ihr Vater sitzt übrigens dort.“

Dexters Brauen fuhren überrascht in die Höhe. „Mein ... Vater?“

Als er zwischen den abgedunkelten Rängen seinen Vater entdeckte, hob dieser die Hand und winkte ihm lächelnd zu. Zögerlich winkte Dexter zurück.

Natürlich beobachtete er ihn. Sein Auftritt war wohl von keinem unbemerkt geblieben.

„Wie kommt er denn hierher?“

„Ich habe ihn eingeladen“, erklärte Elle und erstaunte Dexter damit noch mehr.

„Warum?“, fragte er entgeistert.

Elle deutete ein ungeduldiges Kopfschütteln an. „Ihr Vater ist ein ausnehmend charmanter, geistreicher Mann.“

Dexter blinzelte irritiert.

Was war in den zwei Wochen, seit er auf Lochrick ausgezogen war, nur vor sich gegangen?

„Er ist mein *Vater*!“, erklärte er entrüstet. „Er muss mindestens fünfzehn Jahre älter sein als Sie!“

Elle musterte ihn kühl. „Und Sie sagen mir das, weil Sie so jung sind wie Bree, oder ...?“

*Touché!*

Er warf noch einen Blick zu seinem Vater, der gerade gebannt auf die Show starrte und wie alle anderen applaudierend aufsprang, als auf Brees Geste hin der komplette Chor auf die Bühne tanzte.

Er sah ziemlich glücklich aus. Ungewöhnlich glücklich.

Dexter blickte zu Elle hinab. Er hatte sie immer als geldbesessene, kühle Organisatorin gesehen, sicher nicht als eine warmherzige Frau, die seinem Vater eine angenehme Gesellschaft war. Er hatte sich offenbar getäuscht.

„Nicht alle Menschen sind so, wie sie im ersten Moment erscheinen“, erklärte Elle mit einem wissenden Lächeln. „Nicht wahr, Dexter?“

„Stehen meine Gedanken irgendwo auf meine Stirn tätowiert?“, fragte er mürrisch.

„So in etwa. Ich stelle fest, dass Sie Ihre Überlegungen in etwa genauso schlecht verheimlichen können, wie Ihr Vater es kann; zumindest wenn er sich nicht sehr viel Mühe gibt.“

Dexter hob die Hand. „Ich wäre Ihnen wirklich dankbar, wenn Sie keine weiteren, wie auch immer gearteten Vergleiche zwischen mit und meinem Vater anstellen würden.“

Elle grinste. „Wenn Sie Ihrem Vater auch in anderen Dingen ähnlich sind, wird es nichts geben, worüber sich Bree wird beschweren können.“

Dexter schluckte trocken. „Hören Sie auf, mir wird sonst schlecht.“

Ihr Lachen wurde vom Knacken des Funkgerätes unterbrochen.

*„Wir haben ein Problem!“*

Elle kniff die Lippen zu einem Strich zusammen. „Von allen Dingen, die ich heute *nicht* hören möchte, steht das ganz oben auf meiner Liste!“

*„Ja, Ma'am. Trotzdem.“*

„Und was für ein Problem?“

*„Die beiden vorderen Solo-Mikros funktionieren nicht.“*

Dexter blickte hinauf zur Bühne, wo Bree grade ein Solo steppte, ganz vorne am Bühnenrand mittig auf einer speziellen Platte, die von vier Mikrofonen flankiert war.

„Und das ist Ihnen beim Sound-Check nicht aufgefallen?“, brüllte Elle grimmig.

Ob sein Vater das auch schon einmal gehört hatte, überlegte Dexter und betrachtete Bree. Sie war einfach wunderschön.

*„Wir haben die Mirkos nicht gecheckt!“*

„Warum denn nicht, um alles in der Welt?“

*„Sie waren in einem Extra-Karton. Der war verschlossen und beschriftet mit den Worten ‚Nur für die Show'.“*

Elle stutzte und Dexter wurde hellhörig.

„Das ist doch Blödsinn. Wir checken immer alle Geräte. Wer soll so etwas denn auf den Karton geschrieben haben?“, rief sie gegen die laute Musik ins Funkgerät.

*„Was weiß denn ich?“* Offenbar verlor der neue Techniker langsam die Geduld. *„Werden Sie mal mit dem ganzen Bullshit fertig, den mein Vorgänger hier hinterlassen hat. Auf dem Karton stand* nur für die Show, *also nehme ich sie auch nur für die Show. Ich habe Ihnen gesagt, dass ich einiges von der Ausrüstung ersetzen wollte, aber Sie wollten ja unbedingt Geld spar -“*

Dexter hielt die Hand aufs Funkgerät und blickte Elle aufgewühlt an.

„Kann das Chester gewesen sein?“, fragte er.

Elle schluckte trocken. „Ich weiß es nicht. Er hat die Mikros immer gecheckt vor der Show. Sonst macht ein Soundcheck doch überhaupt keinen Sinn.“

„Kann er den Karton beschriftet haben? Kann er dafür gesorgt haben, dass die Mirkos erst heute zum Einsatz kommen?“

Elle atmete nervös ein und nickte. „Ja, theoretisch -“

Mit einem grimmigen Fluch fuhr Dexter herum und riss einem der Zuschauer sein kleines Fernglas aus der Hand. Während Chesters letzte Worte in seinem Geist echoten, nämlich dass er Bree für ihren Verrat würde büßen lassen, richtete er den Blick auf die Mikrofone.

Die äußeren beiden schienen zu funktionieren. Aber die mittleren ... Dexter erkannte einen schmalen Streifen an der Seite und eine Farbe dahinter, die sich seltsam veränderte, oder vielmehr ... vermischte.

„Bree!“ brüllte er gegen die Musik an und warf das Fernglas weg, hetzte zur Bühne. „Runter von der Bühne! Sofort!“

Doch sie hörte ihn nicht und steppte unbeirrt weiter.

Er erreichte den seitlichen Aufstieg und brüllte den Chor an, der hinter ihr tanzte. „Alle runter! – Bree!“

Sie fuhr erstaunt zu ihm herum, sah ihn wie eine karierte Dampflock näherkommen und wurde im nächsten Moment von ihm buchstäblich von den Füßen gerissen.

Sie flogen einige Meter durch die Luft und landeten krachend am seitlichen Bühnenrand. Die Zuschauer stöhnten auf, während Bree sich versuchte unter Dexters Körper hervor zu kämpfen.

„Was soll denn das? Verdammt nochmal, Dexter!“ nuschelte sie in seinen Ärmel und trat ihm schmerzhaft gegen den Oberschenkel. Es war nicht schwer zu erraten, was sie eigentlich hatte treffen wollen.

Er gab ihr Gesicht frei und schüttelte den Kopf. „Die Mikros gehen nicht.“

„Das ist doch kein Grund die Show zu ruinieren!“

„Ich dachte ...“ Er rappelte sich auf die Knie und streckte ihr die Hand hin, versuchte die fassungslosen Gesichter der Zuschauer und nicht zuletzt der Königin und seines Vaters zu ignorieren. „Ich dachte, dass sie vielleicht manipuliert wären. Von Chester, verstehst du? Ich dachte, ich hätte etwas changieren sehen, aber ich habe mich wohl geirrt. Tut mir leid.“

Sie nickte irritiert. „Naja, du hast es ja gut gemeint ...“

Sie griff nach seiner Hand und ließ sich auf die Füße ziehen, als plötzlich mit einem lauten Knall die Mitte der Bühne in die Luft flog. Die Druckwelle riss sie beide um und beförderte sie zurück in die Position, aus der sich Bree gerade freigekämpft hatte. Dexter schirmte sie mit ihrem Körper ab, bis keine Holzsplitter mehr durch die Gegend flogen. Sein Blick huschte hinab zu den vorderen Reihen, wo er seinen Vater sah – unverletzt – wie er gerade einer älteren Dame auf die Füße half.

Während unter ihnen die Hölle losbrach und das Publikum in wildem Schreien hektisch auseinanderstob, fiel auf der kompletten Bühne die Beleuchtung aus. Bree wühlte sich aus Dexters Hemdsärmeln und blickte ihn atemlos an.

„Bist du verletzt?“, fragte sie.

„Nein, du?“

„Außer, dass du mich mit deinen fünfhundert Pfund zu Brei quetschst, geht es mir prächtig.“ Sie hob ein wenig den Kopf und blinzelte in die Dunkelheit. „Woher hast du gewusst, dass etwas mit den Mikros nicht stimmt.“

„Elle sagte, sie gingen nicht. Als ich sie mir angesehen habe, hab ich an einem kleinen Streifen changierende Farben gesehen.“

„Und was soll das heißen?“

„Ein binärer Sprengstoff. Zwei Flüssigkeiten vermischen sich durch Erschütterung und entzünden sich so.“

Sie ließ den Kopf zurück auf die harten Holzbretter fallen. „Unfassbar.“

„Allerdings.“

„Und unfassbar ist es auch, dass du hier auftauchst, um mir schon wieder das Leben zu retten.“ Sie klang beinah ärgerlich.

„Das war eigentlich nicht der primäre Sinn meines Besuches.“

„Sondern?“ Als Bree sich unter ihm bewegte, stöhnte er halb verärgert, halb erregt. Und was sie da unter seinem Kilt spürte, bestätigte ihre Vermutung.

„Dexter!“ Empört versuchte sie sich weiter aufzurichten, scheiterte aber an seinem beträchtlichen Gewicht.

„Hör mal“, rechtfertigte er sich. „Ich habe dich zwei Wochen nicht gesehen und dann liegst du hier plötzlich unter mir und ich trage nur dieses lächerliche, karierte Nichts. Ich bin auch nur ein Mann!“

„Das steht zweifelsfrei fest.“ Sie wühlte sich unter ihm hervor und setzte sich hin, blickte ihn fragend an und schüttelte den Kopf. „Da die Show nun offenbar vorbei ist und mein Shakehands mit der Königin vermutlich ins Wasser fällt, ... worüber wolltest du mit mir reden?“

Er presste die Hände ineinander, bis die Fingerknöchel weiß hervortraten, plötzlich von einer heftigen Aufregung gepackt.

„Naja, ich wollte dir erzählen, dass ich nachgedacht habe. Und ich habe mit meinem Vater geredet.“

Sie zog die Stirn kraus, was er im Halbdunkel eher erahnen, als sehen konnte. „Und?“

„Er meinte, ich wäre ein Idiot.“

„Was für ein kluger Mann.“

„Außerdem erwähnte er, dass es um deine Geisteskraft wohl auch nicht besser bestellt sei.“

„Und was bringt ihn zu dieser wenig schmeichelhaften Annahme?“

„Weil du mich versucht hast weg zu ekeln, und zwar ...“ Er atmete tief ein. „... und zwar obwohl du mich liebst.“

„Also, was fällt dem ...?“

„Hör mal, Bree. Ich kann nur eines sagen und das ist die reine Wahrheit: bis du gekommen bist, hat jeder nur den Scheißkerl in mir gesehen; ausnahmslos jeder hat mich für etwas gehalten, auf das man entweder spuckt oder vor dem man davonläuft. Und ich habe mein Leben lang dafür gesorgt, dass sie davonlaufen." Er griff nach ihren Händen und sie schwieg betreten. „Und dann tauchst du auf einmal auf. Und anstatt zu reagieren, wie all die anderen, siehst du etwas in mir, von dessen Existenz ich gar nichts wusste; etwas, das wertvoll war, eine gute Regung, die es rechtfertigt mir eine Chance zu geben. Du hast mir diese Chance gegeben und mir klar gemacht, dass es vielleicht mehr in mir gibt als das, was ich all die Jahre gelebt habe." Er schüttelte aufgewühlt den Kopf. „Ich weiß auch überhaupt nicht, ob mein Vater Recht hat mit seiner Vermutung oder ob er grandios daneben liegt, aber unabhängig davon und um damit zum eigentlichen Thema zurückzukommen bin ich angeblich so ein Idiot, weil ich dich habe gehen lassen. Und zwar obwohl ... ich dich liebe." Sie blinzelte irritiert.

„Du hast gesagt, du willst mit mir zusammen sein. Du hattest den Mut es einfach auszusprechen und mittlerweile begreife ich, wie sehr ich diesen Wunsch geteilt habe. Und obwohl du keine Blumen, Treueschwüre, Ringe und Versprechungen willst, ... so würde ich dir all das doch wirklich gerne geben." Als er zu seiner kleinen Felltasche griff, verschwamm ihr Blick. Sie zog die Nase hoch, als er irgendetwas Kleines hervorholte. Obwohl unten noch immer bunter Trubel herrschen musste, nahm sie nichts davon wahr. „Was ist das?", fragte sie.

„Eine Patronenhülse."

Sie lachte unter Tränen. „Du alter Romantiker."

Er nahm ihre Hand und legte sie auf ihre Handfläche. „Früher hat man in den Klans auf Dolche geschworen, Bree. Sieh dies einfach als die moderne Form. Ich habe unser Motto eingravieren lassen und ich möchte sie dir geben als Zeichen meines Schwurs, dich immer zu beschützen und zu bewahren vor Unheil. Ich möchte dich nicht gehen lassen, Bree Kennedy. Du hast mir an unserem letzten Tag auf Lochrick gesagt, ich solle dorthin gehen, wo mein Herz ist. – Mein Herz ist da, wo du bist. Ich möchte bei dir bleiben. Und es ist mir ein Ding der Unmöglichkeit mir vorzustellen, dass sich daran jemals etwas ändern wird, denn – und Gott weiß, dass ich diesen Satz niemals für möglich gehalten hätte – mein Vater hat Recht. Ich liebe dich. Und zwar so sehr, dass es mir eine Heidenangst macht. Aber ein Feigling war ich lange genug. Ich liebe dich; und zwar mit allem, was ich bin und habe."

Sie schluchzte auf und schloss die Hand fest um die kalte Patrone. Dann nickte sie heftig.

„Ich glaube, da war keine Frage ... in deinem Monolog, aber ... ja. *Ja* zu ... allem."

Bebend fiel sie ihm um den Hals und drückte so fest zu, dass er sekundenlang keine Luft bekam.

Dann plötzlich sprangen die Scheinwerfer wieder an und Bree erkannte fassungslos, dass das ganze Publikum unter der Bühne stand und sie ansah.

Elle hatte sich ganz vorne positioniert und sagte leise: „Die Lichter waren ausgefallen. Die Mikros nicht!"

Angus Hay war der erste der die Arme in die Luft riss und applaudierte, und sofort fielen alle anderen mit ein.

Dexter drehte Brees staunendes Gesicht zu sich und betrachtete sie mit einem seligen Lächeln.

„Da haben die Leute ja doch noch ihre Show bekommen", erklärte er leise.

Sie umfasste sein Gesicht und richtete sich auf die Knie auf, so dass sie auf Augenhöhe waren. Dann küsste sie ihn lange und tief.

Das Publikum johlte, klatschte und pfiff und als Bree sich wieder von Dexter löste, zitterten sie beide.

„Die allerbeste Show", sagte sie leise. „Denn sie ist wahr.

Und zwar von Anfang an. – *Wir* sind wahr.“ Sie strich ihm verträumt das Haar aus der Stirn. „Habe ich Recht, Dexter?“

Zur Antwort umfasste er sanft ihren Hinterkopf und küsste sie noch einmal.

*ENDE*

Meine lieben Leserinnen und Leser,

ich hoffe, dass euch die Geschichte rund um Bree und Dexter Freude bereitet hat.

Und ich möchte mich gleichzeitig ganz herzlich für eure Unterstützung und Begeisterung, für die vielen Mails, Nachrichten, Rezensionen und Kommentare bedanken, die mich seit über einem Jahr so glücklich machen. Sie sind so oft der größte und wundervollste Ansporn, den man sich vorstellen kann!

Ich hoffe sehr, dass ich mich weiterhin mit vielen amüsanten, mitreißenden Lesestunden bei euch werde bedanken können.

Wir immer freue ich mich über eure Nachrichten, Mails und Rezensionen und wenn es Fragen oder Kritik gibt, wendet euch jederzeit an mich.

Hier bin ich zu erreichen:
Email: Lara.steel.mail@gmail.com
Facebook:
**https://www.facebook.com/pages/Lara-Steel/350798415049851?fref=ts**

Twitter:
@steel_lara
Homepage: **www.larasteel.de**

Eure Lara Steel

Auch erschienen von Lara Steel:

Lost Secrets
LARA STEEL

HEARTBEAT
Lara Steel

SECRETS OF LOVE 1
LARA STEEL

SECRETS OF LOVE 2
LARA STEEL

Indian Summer
Lara Steel

LARA STEEL & FAITH WASHINGTON
IRISH EYES
Lakefield House

Impressum:

Der Autor ist unter der folgenden Adresse zu erreichen. Es handelt sich bei der Adresse um einen postalischen Weiterleitungsservice der Firma Ideekarree, da der Autor seine private Adresse nicht bekannt geben möchte. Die Firma Ideekarree trägt Sorge für die fristgerechte Weiterleitung der Post an den Autor, sofern diese an folgende Adresse gesendet wurde:

**Lara Steel**
c/o **IDEEKARREE Medien Leipzig**
Herr Alexander Pohl
Alfred-Kästner-Straße 76
04275 Leipzig
- **PAKETE WERDEN GRUNDSÄTZLICH NICHT ANGENOMMEN! -**

Printed in Great Britain
by Amazon

43539742R00156